孙犁读本

孙晓玲 李屏锦 ◎ 主编

孙犁抗日作品选

河北出版传媒集团
花山文艺出版社

图书在版编目（CIP）数据

孙犁抗日作品选 / 孙犁著；孙晓玲，李屏锦主编.—石家庄：花山文艺出版社，2015.8（2020.6重印）
（"孙犁读本"）
ISBN 978-7-5511-2470-6

Ⅰ.①孙… Ⅱ.①孙… ②孙… ③李… Ⅲ.①中国文学－当代文学－作品综合集 Ⅳ.①I217.2

中国版本图书馆CIP数据核字（2015）第184563号

丛 书 名：	孙犁读本
主　　编：	孙晓玲　李屏锦
书　　名：	**孙犁抗日作品选**
著　 者：	孙　犁
编选者：	李屏锦　刘传芳
策划统筹：	张采鑫　赵锁学
责任编辑：	梁东方　贺　进
责任校对：	李　伟　李　鸥
封面设计：	景　轩
美术编辑：	胡彤亮
出版发行：	花山文艺出版社（邮政编码：050061）
	（河北省石家庄市友谊北大街330号）
销售热线：	0311-88643221/29/31/32/26
传　　真：	0311-88643225
印　　刷：	三河市华东印刷有限公司
经　　销：	新华书店
开　　本：	700×1000　1/16
印　　张：	17
字　　数：	200千字
版　　次：	2017年4月第1版
	2020年6月第2次印刷
书　　号：	ISBN 978-7-5511-2470-6
定　　价：	35.00元

（版权所有　翻印必究·印装有误　负责调换）

1983年孙犁在天津市多伦道寓所

1943年3月,孙犁(左)与战友在河北阜平河西村

1941年,孙犁(前左三)等晋察冀边区文学工作者于河北唐县张家庄

《〈善闇室纪年〉摘抄（1937～1945）》手稿

1981年11月，孙犁前往天津迎宾馆看望吕正操将军

花山文艺出版社出版过的孙犁作品

作者手迹

编者的话

《孙犁读本》是孙犁作品的普及本。

孙犁是我国革命文学的一面旗帜,是风格独具的文学大师。在我国现当代文学史上,只有一个孙犁!

孙犁对中国革命文学的贡献,他崇高的文品人品,深深地影响了一代又一代人,被广大作家和读者所敬爱。

孙犁的抗战小说写得最好最多,《荷花淀》誉满天下。

孙犁的《风云初记》和《铁木前传》被誉为共和国中长篇小说的经典之作。

孙犁一生不随波逐流,坚持讲真话,愈到晚年,思想愈臻成熟,行文尤其老辣,他的《耕堂文录十种》不同凡响,其思想之深邃与节操之坚贞,最终成就为作家良心的光辉形象。

孙犁饱览群书,博古通今,知识渊博,是学者型作家。他的文章、题跋、书衣文录等,给予读者智慧和力量;他广泛阅读新人新作,扶植他们健康地走上文坛,有口皆碑。

《孙犁读本》面向大众,首次将孙犁的作品分门别类地作了归纳,包括《孙犁抗日作品选》《孙犁诗歌剧本选》《孙犁评论选》《孙犁书信选》《孙犁作品·少年读本》《孙犁作品·老年读本》

《孙犁晚作选》《孙犁论读书》《孙犁论孙犁》《孙犁名言录》，共十种。

  《孙犁读本》涵盖了除中长篇小说以外孙犁的全部作品，各自独立，又共为一体，言简意赅，富有新意，免除读者翻检之劳。各册编者不约而同地看中了某些篇目，不可避免地会有少量的重复；倘若完全排除重复，必有遗珠之憾。仁者见仁，智者见智。在两难之中，我们力求协调，不使偏失。

  尚祈读者、方家不吝赐教！

  本书编选过程中，阎纲先生热情指点，在此深表谢意。

编者谨识

2016年3月10日

序：读懂父亲

□ 孙晓玲

有人说他是迎风也不招展的一面旗帜，有人说他是越打磨越亮的一面古镜，有人说他是文苑那轮皎洁的明月，有人说他是淀水荷花的精魂……不管别人怎样评价他、赞美他，他就是他——生活中我们最慈爱的父亲。

努力读懂父亲的路我走了很长，而且就算我永久地闭上眼睛，也不可能完全读懂，因为父亲是一本极为厚重极具内涵的人生大书，"大道低回，独鹤与飞"。但我愿一点一点地翻阅，用心细细地品读、了解、感悟这本书。

小时候懵懵懂懂，父亲带我参观他的写作小屋时，告诉我，他就在这里写作。那是天津市多伦道216号大院后院一排平房中的一间。过去是《大公报》创始人之一吴鼎昌用人住的地方。这间小屋只有一张写字桌、一把椅子、一张单人床。说到写作，他似乎有种兴奋，他告诉我："我吃的是草，挤的是奶。"我茫然、困惑不解，是嫌母亲做的饭不够好吗？他为什么这样说呢？后来我才知道他背的是鲁迅先生说过的一句话，那是他的心志。

在一个城市与父亲共同生活52年的岁月里，我对他的了解逐渐加深。尤其搬到蛇形楼之后我已经退休，常去看望他，父亲身体好时三言五语也给我说过他对文学创作上的一些独特见解，对我的求教也有一两点针对性的指导。父亲去世后，我历经十余年寒窗苦，在2011年与2013年写完《布衣：我的父亲孙犁》与《逝不去的彩云》两本怀思父亲的书。之后，我对父亲的作品渐渐熟悉了起来，是父亲的作品伴着我度过了远离慈父的岁月，是父亲的作品给了我莫大的安慰，给了我奋进的力量，给了我如见亲人的温暖，给了我更多写作上的点拨与规诫。我不仅是父亲的女儿，还是他的读者、学生；他不仅是我慈爱的父亲，还是对我谆谆教诲引导我写作的良师、近在咫尺的国文教员、文学启蒙人。无论过去现在，我为有这样一个父亲感到深深地自豪。不论做人为文，他永远是我学习的楷模。尤其当我发苍苍、视茫茫，年近古稀之际，能亲身体会到文学创作带给我的慰藉与快乐之时，我的心中充满感恩之情。现在我的女儿也拿起手中笔写了很多关于姥爷的回忆，在天津《中老年时报》上开辟了专栏。我们都是仰望大树的小草，根深叶茂的参天大树，一枝一叶都令我们景仰无限，叹为观止。

　　在父亲孙犁七十多年文字生涯里，他用心血凝聚了300多万字的心灵之作。这笔丰厚的文学遗产，是中外优秀文化遗产的继承与发展，尤其是对鲁迅文化遗产的继承与发展，留给了后人，留给了民族，留给了中国现当代文库。

　　父亲而立之年在延安窑洞写出成名之作《荷花淀》，以高超的艺术手法，传递了民族精神、爱国热情；不惑之年父亲满怀激情在天津市和平区多伦道原155号《天津日报》编辑部写出抗战题材长篇小说《风云初记》，成为烽火中的抗战文学红色经典、爱国主义优秀教材。在和平区多伦道216号侧院《天津日报》宿舍披星戴月写出中篇小说《铁木前传》，被称为共和国中篇小说经典扛鼎之作；花甲之年至耄耋之年，他在天津市多伦道大院与南开区蛇形楼内呕心沥血又写出了十本散文集，四百多篇文章。这十本小书，浸透着父亲"沉迷雕虫技，至老意迟迟"十三年废寝忘食的投入，焕发着老树着新花的光彩，闪烁着真知灼见的光辉。20世纪80年代初，八卷本《孙犁文集》面世。这八本文集，民族魂魄铸雄文，浸透着父亲半个多世纪以来文学历程的心血才智，字字似珠玑，篇篇有情义，创造了一个历经关山考验，白纸黑字可不作一处更改的奇迹。

父亲一生虚心向生活学习、向人民学习，他把生活留给了历史，历史也留住了他的文学生命。他是一位一生向人民奉献精品的作家。

为了弘扬伟大的爱国主义精神，为了弘扬中华民族优秀传统文化，为使优秀文艺作品成为人民群众的知心朋友，我于2015年——中国人民抗日战争暨世界反法西斯战争胜利70周年这一具有重大历史意义之年，抱着"缅怀先生莫如读他的作品"这一理念，怀十三年追思之痛，仰高山之大美、叹芸斋之丰赡、赞耕堂之奉献，与父亲友人花山文艺出版社原副总编辑、资深编审李屏锦先生共同主编了这套丛书。他与我父亲生前交往甚洽，这次编书不遗余力地给了我极大帮助。此"孙犁读本"系列包括：《孙犁抗日作品选》《孙犁诗歌剧本选》《孙犁评论选》《孙犁书信选》《孙犁作品·少年读本》《孙犁作品·老年读本》《孙犁晚作选》《孙犁论读书》《孙犁论孙犁》《孙犁名言录》，共十种。

在花山文艺出版社领导张采鑫、赵锁学等同志的鼎力支持下，在杨振喜、刘传芳、郑新芳、梁东方等孙犁研究专家、学者、编辑的齐心努力、不辞辛劳工作中，这套饱含对孙犁先生思念与景仰，崭新、素雅、简朴、易读、面向广大读者的丛书终于面世。

怀文学梦　一生追寻

　　父亲自小聪慧好学，奶奶常夸他"三岁看大，七岁知老，从小爱念书"。还是在本村上小学时，教书先生就对我爷爷说："你这个孩子，将来会有更大的出息。"上高小后父亲便爱上了新文学作品，除了课堂受教，他经常利用课外时间阅读报纸图书，他的同学们都知道，操场上少见他的身影，图书馆是他最爱待的地方。

　　"不积跬步无以至千里，不积小流无以成江海。"在文学理想追求上，父亲一生不仅极为执着，极为勤奋，而且也与梦悠悠相关、绵绵缠绕。从他少年时的"求学梦""莲池梦"，青年时的"文学梦""青春梦"，壮年军伍时的"游子梦""报国梦"，晚年时的"耕堂梦""芸斋梦""桑梓梦""还乡梦"，他有追梦的"无与伦比之向往"，有梦想破灭的失意与痛苦，也有美梦成真的快乐欢欣。

　　自青少年时期受到《红楼梦》《聊斋志异》《牡丹亭》及唐诗宋词这些与梦有关的古典文学影响，父亲对博大精深的中华民族"梦"文化也有兴趣。在父亲晚年创作中，《书的梦》《画的梦》《戏的梦》《戏的续梦》《青春余梦》《芸斋梦余》，皆以"梦"字为题，而《亡人逸事》《老家》《包袱皮儿》《一九七六年》《幻灭》《关于〈山地回忆〉的回忆》等一些充满亲情、乡情、军民鱼水情和切身感受的作品，也不乏梦的情愫。他默默地如春蚕展吐，不断地编织已逝的旧梦，在静静的编织中，又不时补进现实沉潜的感受。

　　"梦的系列"是父亲晚年创作中的一个重要组成部分，是他十年梦魇之后，孤独反思、寂寞为文所留下的不可忽视的一道独特的文学景观，与"白洋淀系列"相比，尽管两者风格截然不同，前者荷浮幽香、清新隽永，后者老辣逼人、意蕴丰厚，但都紧紧触摸着时代的脉搏，都是他心路历程的凝结。

文如荷美　品似莲清

　　文品、人品的高度统一，造就了父亲作品历久弥新的生命力。

　　父亲一生爱国家、爱民族，七七事变后，抛妻舍子告别双亲，带着一支笔投身抗日洪流，走上革命的路，写作的路。战乱奔波，行军跋涉，被大水冲走过，被炸弹爆炸惊吓过，上前线采访险遭不测过，在蒿儿梁病倒过……山边、地头、农舍，他创作了大量优秀的抗日作品，为这场保家卫国的伟大战争做出了热血男儿安邦御辱的无私奉献。及至晚年，日本帝国主义的铁蹄声犹在耳畔，敌人肆虐后的战士、群众、孤儿寡母哭啼声犹在耳畔，不忘国耻、警钟长鸣。生活中他布衣素食，不求享受，甘于清贫，不慕奢华；在平凡的生活中我行我素地保持着他对文学理想神圣的追求。

　　1966年惊心动魄的"文革"开始后与父亲共同经历了多次被抄家、被逼迁，共同经历了人妖颠倒、文士横死、文苑凋零的严酷与惨烈，父亲的文学梦被无情摧毁。我深知这一"史无前例的文化运动"对他造成的心灵伤害。

　　父亲在逆境中不向权贵折腰，不跟风、不整人。我亲眼看见，父亲向造反派交代的材料上只有一行开头，无半句下文；我亲耳听他沉痛地呐喊："这是要把国家搞成什么？"别看父亲体质瘦弱，可他是非分明、疾恶如仇，铜枝铁干无媚骨，不管形势多么复杂、多么混乱，他头脑清醒不盲从，更不做违背良心良知的事情，有传统知识分子的风骨。

　　"四人帮"祸国殃民的邪恶凶残，令这个正直的作家深恶痛绝。任风云变幻、黑云压城，他铁骨铮铮，宁折不弯。十年动乱、头戴荆冠，他不跟形势修改自己的抗战作品，一字不动，宁可沉默，不昧天良；任污蔑辱骂，不求助于位高有势的权威、新贵以求"解放"。他浊清分明，耻于跟那些帮派文字登在同一版面。

书衣残帛记心语，旧牛皮纸封皮上一段段语句，犹如日记，倾吐出他内心多少积郁忧愤。

父亲极其尊崇热爱鲁迅先生，诗人田间在艰苦的条件下曾赠他"横眉冷对千夫指，俯首甘为孺子牛"两寸宽窄纸对联，与他相互激励。

我记得与父亲谈话，涉及先生的照片集、作品，只要提到鲁迅先生，父亲神情声音便立时充满了仰慕与崇敬，双眼闪现出钦敬的光芒。

鲁迅先生伟大的人格，对民族强烈的责任心，疾恶如仇、爱憎分明的战斗精神，对文学事业至死不渝的耕耘努力，是父亲一生的楷模。父亲晚年依然忧国忧民，关心国家精神文明建设，捍卫民族文化与自尊。他认为"文化大革命"首先破坏的是文化，文化的含义很广，它包括中国的历史和传统，道德和伦理，法律规范和标准，"文化大革命"破坏污染了人的灵魂，流毒深远，一时难以复原。"文革"以后，国民的文化素质，呈急剧下滑状态。为了捍卫民族语言的纯洁性，回击随意践踏中华民族语言的一股邪流；为了抵制那些说起来很时髦，听起来以为很潇洒，实际上对青少年成长极为不利，甚至诱导犯罪的口号；为了揭露某些作品媚俗、色情、暴力等精神污染给社会带来的种种危害；为了用美好高尚的文学作品为青年一代提供优秀的精神食粮，托起祖国明天的希望，这位年高体弱的抗战老战士，仿佛又听到祖国民族的召唤，以凌厉的战斗姿态，披坚执锐，跃马扬鞭，驰骋疆场，一往无前。

书生模样，战士情怀，君子本色。晚年父亲抨击文坛不正之风，无私无畏，哪怕孤军作战，腹背受敌决不退缩，决不投降！正如诗坛泰斗臧克家先生称赞孙犁那样：批判文坛不正之风，少有顾忌，直抒胸臆，"具有卓然而立的精神"。

无论小说、散文、诗歌、剧本，孙犁先生的作品都能给人以美的享受，如同没有被污染过的纯正的粮食一样，别样甘甜、香醇。

父亲的散文，是他一生默默耕耘的悠长的犁歌。从小小少年在育德中学刊物上发表习作开始，到耄耋之年仍挥毫不辍，一时一事一景一情，无不记下自己的足迹、时代的弦歌。耕堂散文清雅质朴，意境深邃，个性突出，文字练达，富含哲理，真情毕现，是他人生历程鲜活的记录。

"感情的真挚与文字朴实无华是写好散文的要素。"这是父亲在《论散文》中强调指出的。他自己也遵循了这一要旨，正因如此，他的许多名篇名段至今仍被他的读者津津乐道、默默涵泳，具有春草夏荷般的生命力。

不论是他的"病期琐谈"还是"芸斋梦余"，不论是"往事漫忆"抑或"乡里旧闻"，他纯熟的白描手法、寓意深远的抒情、含蓄多弦外之音的表达、简洁朴实的语言素为研究者所称道。

读父亲的散文，尤其是晚年之作，常常让我流下感动的泪水，就是因为感动于《亡人逸事》，父亲不弃糟糠、对妻子至深情感，2003年5月我写出了《摇曳秋风遗念长》一文。其实有些篇章，父亲新写出来后自己也一遍遍诵读、背读，自己也不禁流出对文学神圣力量感动的泪水。历经战乱流离、天灾人祸，荣辱沉浮、病痛折磨，写作是对他的慰藉、同情和补偿，无可替代。他常常在寂寞、痛苦、空虚的时刻进行创作，他常常在节假日别人欢喜游乐时进行创作，他常常在深夜月光下、在别人休息酣睡时进行创作，全身心投入使他忘记了病痛。

"子夜荧荧，灯昏欲蕊；萧斋瑟瑟，案冷凝冰。集腋为裘，妄续《幽冥》之录;浮白载笔,仅成孤愤之书。"父亲晚年以古人顽强创作心志,远离红尘闹市在孤独寂寞中著书,在他书房的书柜上有台灯,在他睡觉的床头有台灯,月光不知为他伏案窗前投下多少光亮。

坎坷际遇,沧桑容颜;苦辣酸甜,乡情浓酽;战友情深,依依难忘;怀思清幽,情凝笔端。"创作贵有襟怀,有之虽绳床瓦灶,也无妨文思泉涌;无之,虽金殿皇宫,也无济于事的。"父亲在《远道集》"宾馆文学"文中这样慨叹。他的《荷花淀》写于延安窑洞,马兰草纸、自制墨水、油灯摇曳、木板搭床、砂锅瓦罐、伙房打饭,他自得其乐。在他晚年,箪食瓢饮、老屋陋巷亦铸华章。

时间是最严厉也是最公正的评判者。

父亲一生没有大红大紫,许多作品还经常受到指责和批判。《铁木前传》更让他背负骂名,九死一生,家破人亡。"十年荒于疾病,十年废于遭逢。"只要能拿起手中笔,他就会写作,倾吐心声。历经岁月的洗礼,大浪淘沙,如今他的作品被更多的研究者所称道,为更多的读者所欣赏,曾被他自己定位"我的作品寿命是五十年"的期限已经大大超过,安息于天国的他应感欣慰。

白洋游子　故园情深

由于父亲写过《荷花淀——白洋淀纪事之一》《芦花荡——白洋淀纪事之二》《白洋淀边一次小斗争》《采蒲台的苇》《一别十年同口镇》《白洋淀之曲》(诗歌)《莲花淀》(剧本)等多种文学形式的有关白洋淀的作品,有不少读者误认为他是白洋淀人、衡水人。其实父亲的老家是河北省安平县东辽城村,距离白洋淀还有一段路程。对故乡,12岁就外出求学的父亲一往情深,故乡的乳汁、故乡的恩泽在他身上和作品里都打下了深深的烙印,

"梦里每迷还乡路,愈知晚途念桑梓。"愈到晚年他思乡愈切。父亲家乡临近滹沱河,经常旱涝不收。虽不富庶,但生养之地民风淳朴。在父亲的晚年文字中,《度春荒》《童年漫忆》《蚕桑之事》《听说书》《第一个借给我〈红楼梦〉的人》《贴春联》《父亲的记忆》《母亲的记忆》《老家》《鸡叫》……皆饱含深情。童年与小伙伴们的野地追逐,乡风民俗,老屋炊烟,亲情挚爱,哪一样不让白洋淀游子怦然心动,魂牵梦萦?安平,古称博陵郡,历史悠久,是革命老区,因"众官民安居乐业且地势平坦"而得名。这个吉祥的县名,小时候常听父母念叨。如今的安平县,发生了巨大变化,已成为闻名中外的"丝网之乡"。

如果现在走进河北省安平县父亲的故乡,无处不在的"孙犁故里"安平精神与孙犁精神融为一体,您一定会被这里强烈的爱国爱乡氛围所震撼。"孙犁纪念馆"由前文化部长、著名作家王蒙先生亲题,"纪念孙犁书画苑"由著名作家贾平凹先生亲题。沈鹏、欧阳中石、霍春阳、从维熙、徐光耀、梁晓声等国内180多位著名书画家、作家捐赠作品展出。重新修盖的"孙犁故居"四字匾额由诺贝尔文学奖得主莫言先生亲书。故居内设八块孙犁作品碑林,展示其文学业绩。在安平烈士陵园则有父亲亲手撰书的"英风永续"四个大字,他亲自撰写的《三烈士事略》英烈事迹也垂教后来,诵颂百代。文韵荷香,铁肩担道义,妙手著文章。故乡人民以他为骄傲,这位一生心系故土的作家,家乡人民永远怀念他。

父亲生前极为关心学生教育问题,关心青少年成长环境。他关心家乡子弟读书学习的事迹至今在河北省安平县广为传颂。

父亲一生不喜仕途,远离官场,晚年更是足不出户,囿于耕堂之地,不爱出头露面开会应酬。在天津,对那拿着一沓子钞票找上门来的求他题写饭店匾额的老板拒之门外,一字不供。可他

1983年为天津市少年儿童基金会捐款2000元（那时候写一本散文集稿费是600元~700元，需写一年）。后又将家乡祖产大小五间房屋，片瓦不留，全部捐给乡里办学并捐资；先后为安平中学、安平县"大子文乡中学""孙遥城小学"题写校牌，题字。一方面是对故乡难以割舍的感情，一方面是对家乡莘莘学子的爱护与期望。"祖宗的烙印我是从安平土地上产生出来和走出来的。"父亲如是说。

1953年，父亲曾回乡为安平中学学生传艺授课，讲《如何写作》之课题，当时有30名由学校精挑细选出来的学生听课。回津后，父亲又给学校寄去包括鲁迅、冰心在内的多种经典名著，还有自己的作品。他特别关心县里的文化教育事业，希望县领导千方百计地以教育的繁荣和发展来保证乡亲们尽快地富裕起来，日子一天比一天好。

如今，孙犁先生手持书本4.6米高的汉白玉立像矗立在安平中学孙犁广场，长青植物映衬着松柏后凋的品格，黄色的菊花寓意着"人淡如菊"的布衣精神；底座"孙犁"二字由中国作家协会主席铁凝亲题。

水秀地灵华北明珠白洋淀地区曾是冀中抗日根据地，虽然不是父亲的生身之地，但它是父亲重要的第二故乡。正是由于有在白洋淀边一段教书难忘的宝贵的生活经历，才能使父亲在文学生涯里形成了重要的白洋淀系列。1958年由康耀伯伯帮助病中父亲编辑的《白洋淀纪事》由中国青年出版社出版，初收54篇孙犁小说散文，此后多次再版。1981年2月，父亲在为友人姜德明同志所藏精装本《白洋淀纪事》题字时这样写道："君为细心人，此集虽系创作，从中可看到：一九四〇年到一九四八年间，我的经历，我的工作，我的身影，我的心情。实是一本自传的书。"

晚作十种　激浊扬清

"衰病犹怀天下事,老荒未废纸间声。"晚年父亲的《晚华集》《秀露集》《澹定集》《尺泽集》《远道集》《老荒集》《陋巷集》《无为集》《如云集》《曲终集》十种作品集一一问世。他不忘文学的崇高使命与作家的神圣职责,发扬并丰富了我国革命文学的现实主义传统,以深邃之思想,创新之文体,鲜明之艺术风格及炉火纯青之文字,为商品经济下的当代中国读者构筑了一座守望自我与真善美的精神家园。1995年5月30日,父亲在耕堂亲自抄录了作家曾镇南先生写给他的一本嵌十本小书名的五言诗,并送给了我。

父亲录后写道:"余衰病之年,曾君镇南屡作关怀之辞,近又作五言一首嵌拙作十书于内,诗有魏晋风神,声音清越,喜而录之。"

那天上午,父亲抄录完此诗受到鼓舞,心情喜悦,连年劳苦不觉一扫,顺手将此书幅递给了我,今愈知其宝贵胜金。父乃谦谦君子,没有张扬发表造势之意,唯有默默留作纪念之心。经自己练笔多年感悟,方知父亲连续奋战十三个春秋,孜孜矻矻、不眠不休、日夜兼程、焚膏继晷之万般辛劳。

淡泊名利　德谦行逊

回眸历史,70年前,1945年5月15日(当时报纸上刊登的是"中华民国三十四年"),在延安《解放日报》当天报纸第四版右上角登出一篇五千字左右的小说,题目是《荷花淀——白洋淀纪事之一》,版式竖排。开篇那段著名的"月亮升起来,院子里凉爽得很,干净得很,白天破好的苇眉子潮润润的,正好编苇。苇眉子又滑又细,在她怀里跳跃着……"伴着诗一样的语句,一个质朴、宁静、勤劳、柔美的冀中青春妇女形象一下子跃入人们的眼帘……一个富有传奇人生色彩、将生命附丽于文学的作者瞬间迸发出耀眼的光华。那简洁明快的语言,那巧妙的构思,那充满浓郁的生活气息的对话,那新鲜的创作手法,尤其出自年轻的妻子们口中的埋怨与谑语,更是出神入化,令人称绝。这篇小说不仅是一首令人心神陶醉的抒情乐曲,而且称得上是一支振奋人心鼓舞斗志的战歌。

不同凡响的稿件犹如一块石头投入平静的湖水,激起不小的浪花,当副刊编辑方纪拿到这篇稿件时高兴得差点儿就跳了起来,报社整个编辑部都为之轰动。发表后,更是好评如潮。随着美誉传陕北,人们知道了作者的名字,这是接受上级命令奉调从冀中步行千里奔赴抗日中心的一名原华北抗日联大的教员,他现在是延安鲁艺的研究生,第六期的学员,他的名字叫"孙犁"。这位从冀中走来的年轻作者,从此蜚声文坛。"清新庾开府,俊逸鲍参军",兼有现实主义与浪漫主义美学风格的《荷花淀》迅速被重庆《新华日报》和解放区的各报相继转载,新华书店和香港书店又分别收集了他的其他作品出版了《荷花淀》小说散文集。此后以《荷花淀》命名的版本不断问世,至今印刷不衰。

凡读过此文的读者,总有这样深切的感受,爱国的情怀充溢着身心;浓密的芦苇是军民筑起的长城;挺出水面的荷箭,是射向日本侵略者的武器;小船上几个年轻妇女,正警觉着四周动静;潜伏在硕大荷叶下的八路军战士正准备开展一场针对鬼子的生死歼灭战。

至今,《荷花淀》巨幅彩色壁画陈列在中国现代文学馆大厅显著位置,彰显着这篇文学经典与作者在中国当代文学史上的地位。《荷花淀》不是从血与火、你死我活的残酷战争场面，而是从人性美人情美的另一个角度解读人民战争。它不仅以它独有的艺术魅力吸引着几代读者阅读、欣赏，更是列入了全国语文统编教材和大学文科现代文学必读书目；也曾多次列入中学语文课本，而今正向青少年阅读领域迈进。

据我所知，1945年在延安，毛主席读了刊登在《解放日报》上的短篇小说《荷花淀》之后，用铅笔在报纸边白上写下"这是一个有风格的作家"给予赞赏。

我十几岁时有幸与父亲就《荷花淀》的写作问题进行过面对面的交流，那简短的对话成为我向父亲求教写作知识最珍贵的记忆。他那从容的回答，喜悦的神情，受了赞扬有些腼腆的样子，深深地印在女儿心里。我总的感觉是他在西北风沙很大的黄土坡上写了淀水荷花，所以延安的人们喜欢看；他在"那里的作家都不怎么写"的情况下（刚整风完）标新立异，所以受稀罕；当时他写作条件不好，可是写得很顺，得心应手，一气呵成。父亲的原话是："在窑洞里，就那么写出来了，连草稿也没打。"对名著的诞生，他说得轻如风淡如水，没有标榜，没有炫耀，没有拔高，没有自得。

20世纪40年代，父亲的《丈夫》和《区村和连队的文学写作课本》获晋冀边区文联鲁迅文艺奖；20世纪80年代父亲荣获全国老编辑荣誉奖，1986年11月获全国新闻工作者协会荣誉证书；1989年4月《孙犁散文选》荣获全国优秀散文（集）、杂文（集）荣誉奖；1983年至1988年，《远道集》《谈作家的素质》《耕堂序跋》连续三次获天津市鲁迅文艺奖；1986年至1990年，《谈照相》《一个朋友》《近作之写》等三次获《羊城晚报·花地》佳作奖。1995年8月15日，中共天津市委宣传部在纪念抗战胜利和反法西斯战争胜利50周年之际，为表彰他自抗日战争以来为革命文艺工作做出的贡献，颁发给他"抗战文艺老战士"荣誉证书。这些荣誉父亲生前从没跟我提起过，是我整理他的遗物时收集的。

大约1996年、1997年前后，有一次父亲跟我说："我不同意'南有谁谁，北有谁谁'的说法。人家是人家，我是我。"据我所知，"南有某某，北有某某"在戏剧界、美术界早有这种提法，如"南有麒麟童，北有马连良""南有张大千，北有溥心畬"等等。凡能有这种提法的，都是名气非常大、艺术造诣极深的人物。"南有巴金，北有孙犁"这一盛誉谁不景仰？而父亲坚决不接受这种提法。他觉得巴金先生那么大成就，自己比不了。如同他坚决不同意说他是"荷花淀派"创始人的说法一样，对别人求之不得送上门的顶级荣誉他拒不接受。1962年，49岁的父亲便写过《自嘲》这首诗："小技雕虫似笛鸣，惭愧大锣大鼓声。影响沉没噪音里，滴澈人生缝罅中。"他敢于把自己一生中的不足、缺点都写进文章，谦谨好学、不浮不躁、实事求是伴随了他的一生。他把自己看作一滴水，只有融入江河，流向大海才不会枯竭。

桃李不言　下自成蹊

2011年11月5日，由中国报纸副刊学会与天津日报社联合主办的"2011孙犁报纸副刊编辑奖"在天津静海县颁奖。这也是天津文艺界、新闻界的一份荣光。父亲虽然离开了我们，但他甘为他人做嫁衣、甘为人梯、做铺路石的无私奉献精神将激励副刊工作者奋发向前，创造辉煌。

进城后，父亲是《天津日报》的创始人之一，在长期从事文艺副刊编辑工作中，倾注心血培育新苗，他以《天津日报·文艺周刊》为园地，与同仁共同培养了很多文学幼苗成长为参天大树，已成文坛佳话。但他从不以文坛伯乐自居,更不当状元的老师。看到年轻人从自己这个低栏跳过,他由衷地感到高兴。他以书信为载体,与多位青年作家、编辑保持联系,对他(她)们进行写作上的鼓励,被誉为"我国报刊史上一代编辑典范"。

父亲愿化作"尺泽",润泽过往善良的鸟兽,他的这种精神,就是奉献精神,园丁精神。2013年,著名作家从维熙先生在为拙作《逝不去的彩云》一书所作序中写道:"从文学的视角去寻根,我也是孙犁这棵文学巨树的一片树叶。孙犁作品不仅诱发我在青年时代拿起笔来,而且在我历经冰霜雨雪之后,是继续激励我笔耕至今的一面旗帜。不只我一个人受其影响,而踏上了文学笔耕之路,仔细盘点一下,真是可以编成一个文学方阵了——这是老一代作家中罕见的生命奇迹。"

一生爱书　不离不弃

父亲深厚的文化积淀与广博的学养来源于中外优秀典籍之馈赠。与父亲在一个城市共同生活这么多年,感受最深的是他对书的感情。

他对书一往情深,从年轻时脖颈上套着装有鲁迅先生作品的布包行军打仗、跋山涉水,与身上背的干粮、墨水瓶一样行止与俱,有空就读,到老年坐拥书城,满室书香,每本心爱之书不是有书衣便是有书套,舒舒服服待在书柜里,他为之掸尘、补缺,他为书衣写字题跋,视若"红颜知己",不离不弃,白头偕老。他与书是一生结缘、心心相印。

他嗜书如命、喜欢读书仿佛是与生俱来的。我母亲说他对书"轻拿轻放,拿拿放放""最待见书"。他自己跟我说,报社爱打扑克的人有句口头禅:孙犁搬家——净书(输)。

好的书籍对于父亲不是消遣、不是娱乐,他自己曾写过:书给他以憧憬,给他以营养,给他以力量,给他以启示,使他奋发,使他前面有希望,使他思想升华……他视好的书籍为指路明灯、精神的栖息地。

在艺术探索的道路上,父亲就像摆在他书柜上的那匹驮着绿色水囊的唐三彩骆驼一样,不畏艰难,跋涉大漠,仰天长啸,奋勇直前。父亲晚年独居静室,"素处以默,妙机其微,饮之太和",广泛吸收着中华典籍丰美优良的传统文化精华,自由翱翔于文字时空,沉浸于清纯、悠远的创作境界。

父亲是令人钦敬有真才实学的学者型作家,德、才、学、识兼备,集小说家、散文家、理论家、批评家、诗人于一身,有多方面的艺术才能。他的文艺理论、文艺批评见解精湛,读其文论"可兼得学问、见识、文采三者之美"。一些精辟、精彩之句,常为文学爱好者背诵摘抄、引用学习,成为文学入门必读之章。他的大量有关读书的文章深入浅出、观古知今,文字清峻古朴,有浓郁的文人气质,有其独特的艺术欣赏趣味。

他的诗歌有散文之美,以记事为主,发哲人之思,是他"处世的情怀之作"。父亲从小便与诗词相伴,读诗、写诗求知萤火边。早年流浪北平,他获得的第一笔稿费五角钱也是因诗而得。他的诗中我最喜欢《自嘲》《悼念小川》及《大星陨落》《生辰自述》中的四言诗。其古体诗《悼内子》是写给我母亲的,令我今生难忘永怀于心。"雕虫蒙记忆,烹鲤问沉绵",他的书信近年被广泛搜集,通信人众多,友人、作家、文学评论家、编辑、文学爱好者、同学、青年学生、家乡校长、县领导等等,内容极为丰富,其中有多封涉及文学创作方面的交流探讨,尤为可贵。

他的"芸斋小说",是个人切身经历的情感体验。还有不少的杂文、随笔,以犀利的笔法,剖析国民品性,针砭假恶丑,呼唤真善美的回归。

彩云即使随风流散，也会化作春雨润物细无声；飘落的黄叶，即使归入泥土，也会化作春泥护花红……

2015年5月23日是父亲生辰之日，如果他还活着，是102岁。他属牛，笔名芸夫，他一生就像一位田间戴笠的老农执犁扶耧，不怕风吹日晒，不惧冰雹霜雨，默默耕耘，春种秋收。"文章能取信于当世，方能传世于后代。"我相信他用毕生心血汗水凝结不欺人、不自欺的心灵文字，充满"真诚善意，名识远见，良知良能，天籁之音"的道德文章，会继续散发出人品与文品完美结合之双重魅力，润泽滋养更多读者的心灵，为书香社会增添正能量，引导更多的文学爱好者走进文学曲径通幽、姹紫嫣红的艺术园林。

2015年4月28日

目　录

琴和箫	1
老胡的事	8
黄敏儿	15
第一个洞	21
杀　楼	26
荷花淀	
——白洋淀纪事之一	35
村落战	43
麦　收	50
芦花荡	
——白洋淀纪事之二	58
嘱　咐	64
新安游记	73
钟	76
碑	94
"藏"	103

浇　园	116
嵩儿梁	122
吴召儿	133
山地回忆	143
采蒲台	150
小胜儿	159
看　护	
——在天津中西女中讲的少年革命故事	168
芦　苇	175
女人们	177
二月通信（并后记）	
——寄给一个没有到会的参议员	185
游击区生活一星期	190
山里的春天	206
白洋淀边一次小斗争	211
塔　记	
——蠡县抗战烈士塔碑记	215
采蒲台的苇	219
回忆沙可夫同志	221
关于《荷花淀》的写作	226
《善闇室纪年》摘抄	229
"古城会"	232
第一次当记者	236
编后记	241

琴 和 箫

去年,我回到冀中区腹地的第三天,就托了一个可靠的人到河间青龙桥去打听那两个孩子的消息。过了一个星期,送信人回来说,她姐妹两个在今年春天就参加了分区的剧社,姐姐已经登台演奏过,妹妹也会跳舞。社长很喜欢她们。抚养她们的衰老的外祖父,也带给我一封用旧账篇写的信,谢过我的费心,好像很愉快。在信的末尾他又想起死去的姑爷,久不通音讯的女儿……泪痕还可以辨认。但是那总的感情,我看出来,老人是很振奋的。

这老人也是个音乐爱好者。直到今天他还领导着本村的音乐队。他钟爱自己独生的女儿,和钟爱他那笙笛胡琴一样。他竭力供给女儿上学,并且鼓励她要和一个音乐能手结婚,哪怕是一个穷光蛋,只要十个手指能够拨弄好丝弦,两片嘴唇能吹好竹管。这样我那朋友钱智修就入选了。

接到老人的信,我也长出一口气,这代表我自己,也代表我那死去的朋友。这样他可以瞑目了。而我也像那老人了却一件挂心事一样,甚至不想去看看她们。我想她们既是入了这个园地,就会有人浇灌培养,热情和关照不会比我差。人多,伙伴多。一定比我还要周到。算来,大的孩子已经十三岁,小的是十一岁了。

我同她们的父亲虽然是同乡，但是在抗战刚开始，家乡正在混乱的时候才搅熟了。那时候，我闷在家里得不到什么消息就常到他那里去，一去就谈上半天，不到天晚不回家。在那些时候，我要求几次，他才肯把挂在墙上的旧南胡，拉去布套，为我，在他也许是为他自己，奏几支曲子。在那些时候，女人总是把一个孩子交到我的怀里，从床头上拉出一支黑色的竹箫来吹。我的朋友望着他那双膝间的胡琴筒，女人却凝视着丈夫的脸，眼睛睁得很大，有神采随着音韵飘出来。她那脸虽然很严肃，但我详细观察了，总觉得在她的心里和在那个男人的心里，有一种共同的东西在交流。女人的脸变化很多，但总叫微笑笼罩着。

他们之间，看来已经养成这样一种习惯，女人与其和丈夫诉说什么，是宁可拉过箫来对丈夫吹一支曲子的。丈夫也能在这中国古老的乐器的音节里了解到爱人的要求和心情。这样把生活推演下去。但是，过去的二十八年里，他们的生活如同我的生活一样，是很少有任情奔放的时候。现在，生活才像拔去了水闸的河渠一样，开始激流了。所以，我的友人不愿意再去拉那只能引起旧日苦闷的回忆的胡琴。

不久，他就参加了那风起云涌一样的游击队。女人却留在家里一个时期，因为还有两个孩子，就是现在我说的大菱和二菱。那个女人比起我的朋友来，更沉默些，但关于她的孩子的事，是很爱谈论的。就在那些时候，我去拜访他们，也常从孩子的病说到奶的不够用，说到以后的日子。她很少和我谈音乐上的事，因为我虽然常自称很懂得音乐并且也非常爱音乐，她总不相信。她说一个人爱什么早就应该学习了，早就应该会唱会奏了，不会唱不会奏，那就是不爱。

有一次，我指着怀里的大孩子说：

"你说大菱爱好音乐么？"

"爱！"

"她也不会唱不会演奏啊。"

"好，这么大人和孩子比。"

我也觉得这孩子将来能够继承父母的爱好，也能吹唱。她虽然才八岁，当母亲吹箫的时候，她就很安静，眼里也有像她母亲那样的光辉放射出来了。

那母亲说的，爱好什么就该去做什么。不久，她就同丈夫一同到军队里去了。把孩子送到河间的年老的父亲那里去。大菱爱好音乐不久也证明了，那时已经丧失了南胡的演奏者，孩子们还不能即刻去射击，但也知道爱好复仇的战争了。

敌人进攻我们的县城，我的朋友同他的部队在离县城十五里地的沙滩迎击，受伤殒命。那时正是春天。孩子们的母亲赶回来，把他埋葬了。在我看来，这样一个丈夫对她是不能失去，失去就不能再有，甚至连她也就失去了生活的主持，在心里失去了主张。她把孩子们接来，又到家里整理了一下我的朋友的遗物。她和我商议，把大菱交给我看管，她带着二菱去。因为孩子们要受教育了。临走，她把那个布满灰尘的南胡给我们留下，她和二菱带走了箫。我想箫对她或者有用。至于胡琴只是在第一个夜晚，大菱从梦里醒来，哭着叫妈的时候，我扯去布套，拉了几声，哄她上床去睡。

等到大菱和我熟惯了以后，一天夜晚，或者是什么中秋节日，我给她讲了一个故事，虽然说在教育心理学上，我不应该用这样的撕裂人的心肺的悲哀的故事，去刺那样稚小的孩子的心灵，但我终于讲完了。我努力看进她的眼睛，当看到从那小眼睛里逐渐升起了怨恨的火，我才抱起她到临街的窗前。

"珂叔叔，你把爹的南胡放到哪里了？"

孩子找到了南胡。我帮她定好弦，安放在她那小膝盖上，孩子就也望着那胡琴筒开始演奏了，但那声音简直是泣不成声，我支持不住自己,转过身去,探身窗外,月色多么皎洁,天空多么清冷啊!

冬天,母亲带了二菱来看我们。母亲已经能够镇静,只是当从包裹里拿出一双白色的小鞋给大菱换上的时候,她才哭了。

我叫大菱拉南胡给母亲听。母亲大大惊异地望着我,半天没说出话来。当她又从包裹里拉出那支箫来,交给二菱,那九岁的孩子就慢慢地送到微微突起的嘴边去,我才知道她为什么那样惊异了。但我想,只是这样来叫孩子们纪念父亲吗?

这一次,母亲又把二菱强留给我,说是要到延安去了。箫交在二菱的手里。那时,村庄后面就是一条河。我常带她们到河边去,讲一些事情给她们听。我说人宁可以像一棵水里的鸡头米,先刺那无礼的人一手血,不要像荷花那样顺从,并且拿美丽的花朵来诱人采撷。两个孩子高兴听我讲,我也愿意她们完全愉快。有时甚至感觉,虽然我不到三十岁,在这上面,已经有些唠叨了!

不久,我只得把她们又送到河间去,因为我要到别处去工作。

今年五月,敌人调集了有四五万兵力,说要用"拉网战术"消灭我们。我用了三个夜晚的时间,跳过敌人在滹沱河岸的封锁,沙河的封锁,走过一条条的白色蛇皮一样的汽车路,在炮楼前面踱过去。我想,叫敌人去拉滹沱河和沙河里的鱼吧,我可是提着驳壳枪在他们身边走过来了。每逢在雨露寒冷的夜间踏上一条汽车路,我就想:敌人像一个愚呆恶毒的蜘蛛,妄想用那个肚子里拉出来的脆弱的残网,绞杀有五年幸福生活的人民和有五年战斗历史的子弟兵吗?我看见敌人那些炮楼在夜色里摇摇欲倾,因为它们没有根底。

我们又在白洋淀里集合了。已经是秋初,稻子比往年分外好,漫天漫野的沉重低垂的稻穗。在田埂上走过,稻穗扫着我的腿,我就像每逢跳到那些交通沟里一样,觉到振奋了。

我重新看见了那无底洞一样的苇地,一丈多高的苇子全吐出荻花,到处有苇喳子鸟的噪叫,我们那些把裤脚卷得高高的,不分昼夜在泥泞里转动、战斗的士兵们，静静地机警地在那里面出没，简直没有声响，苇叶划破他们的脸皮，蔓延的草绊住了腿脚，他们轻轻地把它挪开了。

一个夜晚，我和一个专摆渡游击战士的船夫约好，到淀北边一个偏僻的小庄子上去，我顺着羊肠小道摸到了泊船的处所，对好口令、暗号，跳了上去。借助星光和经验，我知道那是一只以前放鱼鹰捉鱼的尖底的小艇，只能坐两三个人。我倒坐在艇的前面，船夫站在后尾上撑起篙来。

船夫默默地拨弄着小艇前进，离了岸到水深处就加快起来。十几天来，在炮火毒气里工作，已经使我十分的神经质，身体的各部分受到一个近似枪炮呼喊的声音，就立时反应动作起来，每一条神经像多日因为焦躁失眠的人一样，简直容纳不了什么刺激，对什么刺激，也立刻会有本能的抵抗。现在坐在船上了，眼前是一片茫茫的水，船划过荷茎菱叶，嚓嚓地响，潮气浸到眼皮上来，却更有些清醒了。我开始想到这也是和大菱二菱旧游之地，现在淀不是闲游处所，我们就要在这里和敌人决战了。我忽然小声问：

"同志，你这是只鹰船吧？"

"是啊！"他的声音更小。

"白天还放鹰吗？"

"看事。有了抗日的事儿，别的全二五眼！"

"鱼还多吗？"

"多个屁，鬼子一来，人间百物全都晦气，鱼鹰，他们看见了全要抢去杀掉，捉鱼儿弄屁！"

他即刻制止了我说话，他用篙尖敲了敲我，连船划水的声音全寂然了。一会儿，我看见在西边远处，一个火亮一闪，就是一梭机枪。

"我们的队伍。"他低低地讲了一句。

当船将要靠近北岸的时候，他告诉我说：

"就在这个地方，"他用篙触一触一个久已作废的渔人撒网站立的棚台架，"两个女孩子死得好惨。"

他说过，身子很像就站不稳，船也摇摆起来，他继续说：

"同志，我也是五十岁的人了，也伤过几个儿女，可是没比这一次伤了我的老心。她们，就坐着我的船啊。刚上船来，你没见过那股欢喜劲儿，她们大的也不过十三四岁，那小的也就有十岁，还有像你这样一个同志带领她们。一上船那大孩子就说：可不怕了，在这里我们就不怕他们。你知道，那些孩子也是和我们一样，在敌人的炮火里爬过来跳过去啊。那孩子说了就趴在船帮上洗了一个脸，把一个多月小脸上带着的烟火气汗土，眼上的泥污，全洗了个干净。那带她们的大同志还说不要洗脸，战斗没完啊，那孩子不管，把头发也洗了洗。我没见过那样俊气的孩子，我看见了这样可爱的孩子，我就忘去了我那死去的孩子了。我也高兴，就说洗吧，咱们不怕他们。可是就在这个地方，没提防岸上那片苇地里一小队鬼子跑出来，就用机枪向我们扫射，那大同志把那个小女孩子拉到自己怀里，卧倒下去，他是第一个死的，当我赶紧拨转船想跑，那大女孩子就直栽到水里去了，临死我还看见她那新洗过的俊气的脸，就是我这老没死的倒钻到水里逃了命。"

我听下去，无数我认识的孩子们的脸就一一出现在眼前，我检阅着她们，我也一一检阅自己的心、志气。我在孩子们的脸上，像那老船夫的话，我只看见了一股新鲜的俊气，这俊气就是我的生命的依据。从此，我才知道自己的心、自己的志气，对她们是负着一个什么样誓言的约束，我每天要怎样在这些俊气的面孔前面受到检查。

那老船夫最后一篙把船撑到岸上，临别他又说一句：

"就为了这两个孩子，我也要干到底啊！"

我在岸上停了一刻，看见他急转回船去，箭似的走了。我再看看那久已作废的渔人撒网站立的棚台架,但已经不能辨认,我从那茫茫的一片水里像看见了大菱和二菱。

我走向那约定工作的小庄子上去,我甚至忘记了那附在我裸露的腿上像马蝇一样厉害的蚊虻,我不是设想那殉了难的就是大菱姐妹,那也许是她们,也许不是她们,但那对我是一样,对谁也是一样,像那老船夫说的。

当然,我想起那些死去的同志和死去的那朋友。但是这些回忆抵不过目前的斗争现实。我想,我不是靠过去的回忆活着,我是靠眼前的现实活着。我们的眼前是敌人又杀死了我的同志们、朋友们的孩子。我们眼前是一个新局面,我们将从这个局面上,扫除掉一切哀痛的回忆了。

我,整天就在那一个小庄子上工作,一股力量随时来到我的心里,无数花彩来到我的眼前。晚间休息下来的时候,我遥望着那漫天的芦苇,我知道那是一个大帐幕,力量将从其中升起。忽然,我也想起在一个黄昏,不知道是在山里或是平原,远远看见一片深红的舞台幕布,飘卷在晚风里。人们集齐的时候,那上面第一会出现两个穿绿军装的女孩子,一个人拉南胡,一个人吹箫,演奏给人们听。

一九四二年八月二十五日晨

老 胡 的 事

一天，天快黑了，老胡同着他那一部分开到这村里来，老胡的住处是在一个铁匠的家里。吃过饭，他把背包、挂包、干粮袋，搬进房里去。和铁匠打了交道，把东西放在一边，就打扫起房子来。他打扫得很仔细，房顶上的灰土、蜘蛛网全扫净了，地上的东西，看看用不着全搬了出来，一篮破马蹄铁，一捆干豆荚，一盆谷糠。问好铁匠的女人，放在了外间。然后把土抛到远远的灰堆上去，回来打开铺盖。

等铁匠家吃过晚饭，他又去搬来一张桌子。桌子只有三条腿，他费了很大的事才把它支架起来。还有一个高脚凳。用白纸将桌面铺好，点上一个小灯碗，灯花很小，照在桌面上一个黄色的光圈；他就在这光圈里摊开了一本书。

在睡觉以前，铁匠的女人到这间屋里来坐了坐，说了几句闲话；一个十六七的姑娘在隔扇门口听着。老胡报了自己的姓名，说自己是冀中区人，工作是写字，所以离不开桌子、凳子、灯和书本。铁匠的女人说，原来和新搬走不久的老王一样，是个念书人。

第二天老胡很早就起来了。站在院子里辨别了方位，看了看这个居处的环境。三间的小屋建筑在村子的尽南端，地基很高，可以看得很远。小房向南开门,正对山谷的出口,临着中午的太阳。房子虽只有两方丈大小,却也开了两个窗户,就在西面一间的窗户下面,安着打铁的炉灶和一只新的风箱。

山谷是南北的山谷,在晋察冀倒算是一条宽的。一条狭窄的弯弯曲曲的小河在山谷中间的沙滩上,浅浅地无声地流过去。沙土浸透了许多水,山泉冒出许多水。除去夏天暴雨过后,两旁山上倒下大水,平常恐怕都是保持着三尺宽的河渠。谷的南口紧连着一条东西谷,那是大道,这样早,已经有骡马走过。大道那边是一条不高的平的出奇竟像一带城墙一样的山,而这条谷的北面,便是有名的大黑山,晋察冀一切山峦的祖宗,黑色,锋利的像平放而刃面向上的大铡刀。

这时,那个铁匠已经开开单扇的屋门走出来了。他的眼还没有完全睁开,借着清晨的雾露,恢复了精神。他虽然还只有三十几岁,却像四五十岁的人了,脸色干皱得像没发育得很好就遇到了酷旱的瓜秧结下的瓜的皮,纵有多少雨水再给它浇灌,也还洗刷不去那上面的暗淡,又涂着一层烟灰,就更显得瘦弱。他,中等身材,却很灵活。默默地扫除了炉灶上的灰土,用一把茅柴引着火,再加上一层煤屑,拉起风箱。等到火旺了,他才唤起妻子和孩子们。

这样,过了一刻,那被铁匠叫作梅而事实上却是梅的母亲的女人,才掩着怀出来。她长得很高大丰满,红红的脸孔,也很光润。她走过去,从丈夫手里接过风箱把,立刻,风箱的响声大了,火也更旺更红了。

太阳已经升起。老胡向南边的山坡走去。现在正是秋收快完,小麦已经开始下种的时候,坡下的地全都掘好了,一条条小的密的沟,土是黑颜色,湿的。地,拿这个山坡做依靠,横的并排的,一垄垄伸到沙滩,像风琴上的键板。山坡和山坡的中间,有许多枣树;今年枣儿很少,已经打过,枣叶还没落,却已经发黄,黄得淡淡的,那么可爱,人工无论如何配不出那样的颜色。而在靠近村庄的楸树、香椿、梧桐、花椒、小叶杨树的中间，一棵大叶白杨高高耸起，一个喜鹊的窝巢架在枝叶的正中央，就像在城市的街道中央，一个高高的塔尖上挂了一架钟，喜鹊正在早晨的阳光和雾气中间旋飞噪叫。

到铁匠一家吃早饭的时候，老胡才看出那个叫梅的姑娘十分可爱。第一天初来，忙乱间他没注意，现在他很惊异这个女孩子的秀丽。他想，这也不过是从相貌上看，一时的印象。可是从此以后，老胡越来越觉得小梅处处好；相貌俊，不过是可喜欢的一个组成部分罢了。

老胡，已经是三十岁开外的人了，在这一部分，他是最年长的一个。每天，除了伏在桌子上写字，就站在门口看铁匠一家打铁，或者到山坡去散步。一天，他从山沟里摘回几朵还在开放着的花，插在一个破手榴弹铁筒里，摆在桌上。小梅对这件事觉得好笑，她问：

"你摘那花回来干什么？"

老胡忙说：

"看哪，摆在桌子上不好看？"

小梅笑笑：

"那好看什么，有什么用呢？"

"好看就是它的用处啊！"

老胡也笑了。小梅走了出去，对她母亲学说了，母亲笑着说，可惜家里没有一个好看的花瓶，让胡同志来插花用。过一会，小梅拿篮子到地里去摘树叶，就顺便对老胡说：

"胡同志，你有空，还不如和我去摘树叶呢！"

小梅是她父母的长女。父母每天打马掌铁，把烧饭、打水、割柴的事，就全靠给她做了。现在秋风起来，树叶子要落了，她每天到山沟里去，摘杏叶、槐叶、楸树叶。回来切碎了，渍在缸里做酸菜。小梅对门的老太太骂她的儿子，还不如一个姑娘，小梅能爬到很高的树上去，不同别的孩子抢，默默地进行竞争。她知道哪个山沟里树多，叶子黄得晚。有时树的主人看见了，说：

"哈!小梅又弄我的树叶子了!"

小梅从树枝上俯着身子,蹙着长长的眼眉说:

"呀,我们吃点树叶还不行?你真小气!"

树主人要说:

"你摘了它的叶子,它还能长吗?"

小梅就会说:

"你不知道冬天到了,不摘,叶子也得落完了啊!春天来了,什么也少不了你的!"

小梅的身体发育得很像她的母亲,匀整,又粗壮。她的走动很敏捷,近于一种潇洒,脚步迈出去,不像平常走路,里面有过多的愉快、希望。她的身子里好像被过多的青春鼓动,放散到一举一动上,适合着她的年岁。

她整天放下东就是西,从来看不见她停下休息。老胡全看在眼里。老胡写字写到深夜,铁匠的一家全睡熟了,铁匠有时候咳嗽,孩子有时哭,女人有时说梦话,小梅只是舒畅地甜甜地呼吸。

秋末,山风很大,风从北方刮过来,一折下那个大山,就直蹿这条山谷,刮了一整夜还没停下。第二天,一起身,小梅就披上一件和她的身体绝不相衬的破棉袄走出去了。那棉袄好像是她弟弟穿的,也像是她幼小时穿过的。她一边走,一边用手紧紧拉住衣角,不然就被风吹了去。里面,她还只穿着那胸前有几处破绽的蓝布褂,手里提着一个白布口袋。老胡问她母亲,知道是要去拾风落枣子,就要帮她去拾,小梅的母亲劝他穿暖和一些,不然会着凉。老胡披上他那件新发的黑布棉袄,奔到山坡上去。小梅走到山顶上了,那里风很劲,只好斜着身子走,头发竖了起来,又倒下去;等到老胡追上了,她才回头问:

"胡同志,你又去找花吗?"

老胡说要帮她去拾枣子,小梅笑了笑说:

"你不怕冷？"

风噎住她的嗓子，就赶紧回过头去又走了。老胡看见她的脸和嘴唇全冻得发白，声音也有些颤。

爬过一个山，就到了一个山沟里面，小梅飞跑到枣树丛里去。一夜风，枣树的叶子全落了，并且踪影不见。小梅跳来跳去地捡拾地下的红枣，她俯着身子，两眼四下里寻找，两只手像捡什么东西一样，拾起来就投到布袋里去。老胡也跟在后面拾。打枣时遗漏在树尖上的枣，经过了霜浸风干，就甜得出奇。小梅把这一片地里的捡完了，就又爬上一层山坡去。风把她身上的破袄吹落到地下，她回头望望老胡说：

"你给我拾起来拿着吧！"

老胡说：

"穿上，穿上！"

小梅只顾拾她的枣子，直到口袋满满的了，叫着老胡回来。到家里，老胡已经很疲倦，只和小梅的母亲夸了夸小梅能干，就到自己的房间里去了。小梅把枣晒到房顶上去，她母亲叫她赶紧吃饭，吃过饭把小园里的萝卜拔了，不然就冻了。

小梅在小菜园里拔萝卜，她拔得很快，又不显忙乱。然后装在篮子里提回来，坐在门限上切去萝卜茎和叶，把那些肥大白嫩的萝卜堆在她的脚下，又摩去它们的毛根。她工作着，不说一句话。

这样，老胡就常常想什么是爱好工作……这些事。

阴历十月底，这里竟飞了一场小雪。雪后，老胡五年不见面的妹妹，新从冀中区过来，绕道来看哥哥。这天，老胡的脸，快乐地发着红光。他拉着妹妹的手，不断就近去，用近视眼看妹妹的脸孔。他叫小鬼去买几毛钱的核桃，招待这个小的亲爱的远客。铁匠的女人也慌忙来问了，老胡向她们介绍：

"喂，房东，你看，这是咱的妹妹，今年才十七岁，可是十三岁上就参加军队了哩，在平原上跑了几个年头了！"又对靠在墙角上的小梅说："小梅，你看，我也有一个妹妹，和你同岁呀！"

妹妹也笑着说：

"哥，你房东的小姑娘多俊啊！"

老胡坐在妹妹身边，先问了相熟的同志们和家乡的情形，又问妹妹在这次反"扫荡"里的经过，什么时候过来，什么时候回去。

妹妹说，反"扫荡"开始的时候，麦子刚割了，高粱还只有一尺高。她同三个女同志在一块，其中小胡和大章，哥哥全认识。敌人合击深武饶的那天，她们同老百姓正藏在安平西南一带沙滩上的柳树林里，遍地是人，人和牲口足足有一万。就在那次小胡被俘了去，在附近一个村庄牺牲了。她同大章向任河大地区突击，夜里，在一个炮楼附近，大章又被一个起先充好人给她们带路的汉奸捉住了。她一个人奔跑了半个多月，后来找到关系，过路西来。

妹妹要赶路，说得很乱很简单。最后说，她们不久就回冀中区去，在这里只是休息休息，听一听报告……

老胡送妹妹，送了差不多有八里路才回来。别人不知道老胡心里的愉快，他好像新得到一个妹妹，不是从幼小时就要哥哥替她擦鼻涕的妹妹了，她已经不是一个孩子，是一个知道得很多又做过许多事的妹妹了。老胡兴冲冲地回来，小梅正同父亲给一个战士拉的马匹挂掌。老远就喊：

"你们看老胡可乐了，见到亲人了！"

老胡走近来笑着说：

"怎样，我这个妹妹？你也好，和她一样。你能做许多事，可是你还该向她学习，她知道很多的革命道理呀！"

他像夸奖自己的妹妹，又像安慰小梅，走到屋里去了。

这天夜里，又起了风，这间小小的草铺顶的房子，好像要颠簸滚动起来。风呼呼地响，山谷助着声威。从窗孔望出去，天空异常晴朗，星星在风里清寒可爱。感情像北来的风，从幽深的山谷贯穿到外面：几年不见的家乡的田园，今天跟着妹妹重新来到老胡的眼前了，它带着可爱的战斗的身段，像妹妹的勇敢一样。

老胡想，初秋的深夜里，几个女孩子从一个村庄走过去，机警地跳进大道沟里去（她们已经在这平坦柔软的道路上跑过几年了）。在那时，交织在平原的胸膛上的为战斗准备的道沟，能给行进的人们一种清醒振奋的刺激。向远处望去，望过那旷漠的然而被青年男女的战斗热情充实的田园、村庄、树木、声响……人们的心就无比的扩张起来。

这一晚，老胡想了很久，灯光爆炸跳跃，桌面上的花束已经干了。那个手榴弹的弹筒，被水浸透，乌黑发光。在老胡的心里，那个热爱劳动的小梅和热爱战斗的妹妹的形象，她们的颜色，是浓艳的花也不能比，月也不能比；无比的壮大，山也不能比，水也不能比了。

一九四二年十一月二十日夜记于山谷左边的小屋

黄 敏 儿

黄敏儿原来不是豹子营的人，他的爹娘全到延安去了，临走把他托给一个老朋友，已经有三年了。自从敌人来了，他整天待在家里，实在闷得慌。书没得读了，歌也不许唱，以前玩耍的木刀木枪，他坚壁了；又不能像大人一样，面对着墙壁发闷，盖上被子睡觉，他很想到外面去玩玩，换换空气。他看见灶户前面的柴禾少了，就对老师说：

"我到地里去拾些柴禾来烧吧！"

"你还是好好地在家里待待吧！"老师说。

"我到远些的地方去。"

"远了，我就更不放心了。"

可是，家里实在缺柴烧了，黄敏儿又请求，师母就准许了他。他背上一个柴筐，在腰里束上一条麻绳，到野外去了。

过去，他走起路来，像他爹和娘的样子，两条腿左右分开点，迈着大步，好像一个将军刚刚从飞跑很久的马上跳下来走在大街上的样子。他把两手插在衣服两边的口袋里，黑白分明的大眼睛望着前面，长长的头发撒在宽宽的明亮的前额上，薄薄的通红的嘴唇闭得很紧。现在他是按着一个拾柴割草的孩子的样子走路，好像饿了两顿没吃饭了,右手拿着的镰刀,有意无意地打着路上的土块儿。

正是春天,遍地是荒草,地里的人也很少。他走到河边,举眼看见的是土黄的、像支架起来的坟头一样的炮楼。公路在地上横插过去,一条又一条。

他原来是想到野地来唱个歌儿什么的,结果也没唱好。拾了不到半筐柴,就回去了。快进村的时候,后面有一个穿着黑细布长衫,戴着黑色礼帽,黑黄脸的中年人追上来:

"喂!别走!我问你一句。"

黄敏儿回头一看说:

"有话到维持会去问吧,我家里等着柴禾做饭哩。"

"我就是问你!"那人上前捏住黄敏儿的手,怒冲冲地。

黄敏儿把手一抬,眼眉竖起来:

"你是干什么的?这么凶!"

"陈青湖到底在家里没有?"那人低声问。

黄敏儿想了一想说:

"他呀?没有在家,他爹和他媳妇,倒是很想他,谁也不知道他到哪里去了。你准和他不错吧,也费心给打听着点,他爹和他媳妇一定要知你的情哩!"

"你敢和我说谎?"

"为什么就不敢和你说谎,你知道现在的情形,汉奸有这么多,我知道谁是汉奸哩!"

"他妈的!"那个人甩开黄敏儿的手走了。

"你他妈的!"黄敏儿也骂着就家去了。他对老师学说了一遍,老师说:

"汉奸是吃硬不吃软的。"

话还没说完,枪响了。

敌人把村里的男女老幼全圈到街中央那个大池子边上去,一个军官模样的鬼子讲了一大篇话，翻译官侧着耳朵听着，翻译着，最后几句是：

"老婆子们站出来，皇军中队长大人要看看你们跳秧歌舞！"

乍听到秧歌舞三个字，黄敏儿心里一跳，可是立时就又沉下去了，还有些痛。

翻译官吆喝着，老婆子们不站出来，也不跳。一个鬼子骂着，拉出他身边的一个中年妇人推到水池里去。翻译官说：

"皇军大人要看你们凫水。"

军官模样的又喊了一声。翻译官说：

"皇军大人要青年妇女全体下水！"

鬼子们拖着插刺刀的枪，转到女村民们后面去，用脚踢着。正在这个时候，黄敏儿看见他那天遇见的那个穿黑细布长衫的人也来了。他一闪闪到老师的背后去，可是那个人好像早就看见他了，跑过来，拉出黄敏儿说：

"你先凫一下，给你的婶母大娘姑姑姐姐们试试深浅。"

黄敏儿望望池子的水，把眼皮微微一抬，望到池子那边，他说：

"好，我脱了衣服就来凫。"

他站到人们前面去，立在大池子的边沿，鬼子们也都向他这里看着。他很快地脱去衣服，露出一个红色的圆润的小身体，把衣服卷了卷，回身抛给他的老师，就跳进水里去，一个水花翻上来，人不见了；水花渐渐扩大，水波击打着水岸，什么也寂然无声了。

他的老师心里像插上了一把刺刀，叫了一声，呆呆地望着平静的池水。很久很久，对面的水上却又打起一个水花，黄敏儿从水里钻了出来，抹一把脸，望望这边，他那长头发上淋着水，跳上岸去，拐过一个胡同跑了。

汉奸绕过池子去追他，又招手叫了两个鬼子一同去。全村的男女为黄敏儿担心，鬼子中队长坐在椅子上休息了。几个被推进水里的青年妇女爬上岸来，低头弄着湿透的衣服。很久，他们把黄敏儿带回来，汉奸提了一个明亮的铁铲，在水池旁边挖好一个坑，把黄敏儿推到那里。老师的脸黄得像一张金纸。

全村的人向汉奸恳求，汉奸并不答话。他望望黄敏儿，黄敏儿低着头望着那个坑。他那因为逃跑气喘鼓动着的胸脯，渐渐平静下来，嘴也能够闭紧了。汉奸把铁铲扬起来说：

"进去！"

"你要活埋我？"黄敏儿抬起头来，他的原来黑白分明的眼，现在烧成了一团暗雾。

"这怨你自作自受！"

黄敏儿跳进坑里，全村的人向汉奸哭号着哀告。汉奸掘起一铲泥，连看也不看地抛进坑里。黄敏儿就从坑里一弹，跳出来，他把眉毛一扬，两眼死盯在汉奸手里的铁铲柄上，嘴角露出一种难解的笑容说："你当真要埋我么？"

这句话竟使那个汉奸咧开嘴笑了。村民们趁机会又来哀求他说，无论如何留这孩子一条活命。汉奸把铁铲一丢就转身走了。以后，只有黄敏儿的老师看见从他的学生的眼里，像骤雨一样滴下一串热泪，因为很快，黄敏儿就把它擦干了。

敌人决定把黄敏儿带到据点里。黄敏儿穿上老师送来的衣服，望一望老师，就跟在他们身后走了，又把两只手插进上衣两边的口袋里，用他那有些踌躇、像一个将军刚从他奔跑的马上跳下来走路的姿势走路。到了槐林镇，天就黑了，敌人把他关到一间临时改造成的监狱里面。那房子原是一个财主家的上房客厅，靠北山墙埋上一排木柱，就形成一个宽大的木笼。黄敏儿坐在地下，把上身靠在木柱上，两只手交叉在膝盖上，把头放上去。

这一夜过得很慢。天明了，有三个小孩子闪进来，小声喊：

"黄敏儿，小黄！"

黄敏儿一瞥眼看清是槐林镇的三个同学，原先常在一起玩的，立时把头转回来对着墙。

一个孩子跑过来，伸进手去拉住黄敏儿的衣服，说：

"小黄，你这是干什么？"

另一个说：

"他以为我们全是汉奸了？小黄，我们是他们抓来当勤务的，我们谁也不是汉奸！"

黄敏儿回过头来说：

"你们不是汉奸是什么呢？"

三个人同时回答：

"我们是抗日的儿童团！"

这时候，那个穿黑细布长衫的人也进来了。黄敏儿不知道这个人给敌人当的什么差事，好像哪里都有他。他吆喝着三个孩子走了，说是中队长已经起来了，还不快去；又对黄敏儿说：

"回来就提你，你有能耐和鬼子施展吧，可是我决不害你。"

是在中队长的房子里过的堂。黄敏儿两只手插在口袋里，微微斜仰着头；中队长坐在一张黑漆椅子上，桌子上摆满了吃过的饭菜。中队长问：

"说，你是谁的儿子？"

这时候，一个小勤务走进来，走到中队长的身边说：

"中队长，赵八庄又送了几只大红公鸡来了。"

中队长笑了笑，小勤务把桌子上的饭盒子、菜盘子拿了下去。中队长又问：

"你说，谁是你的爸爸？"

这时候，另一个小勤务走进来，走到中队长的身边说：

"中队长，翻译官那个好看的媳妇过来了，正在院子里。"

中队长赶快立起来，走到窗口的小玻璃上一看，回过头来瞪着眼说：

"哪里？"

小勤务说：

"到东屋里去了。"

中队长坐不下去了。他叫小勤务先把这个小犯人带到笼子里去。两个孩子走出来，从此，就谁也不知道黄敏儿和那三个小勤务到哪里去了。有的人为黄敏儿一天一夜没吃饭担心，可是他却不会饿着，他们带走了中队长剩下来的那些饭菜。

第二天，鬼子和汉奸们到豹子营搜捕他老师的家。可是就在那天夜里，老师和他的女人也一同不见了，谁也不知道他们跑到哪里去了。只有一天，一个抗日干部带着黄敏儿写给他父母亲的一封信，里面也有那个老师给他的老朋友的信，带过路西，带到那在黄敏儿想来是非常遥远的延安去了。

一九四三年春

第 一 个 洞

蠡县××庄的治安员杨开泰，今年虽只二十五岁，看来，已像三十几岁的人了。那一带环境十分残酷，他的面色，因为长期睡眠不足，显得很干枯。眼里布满红丝，那每一条红丝里，就有一个焦虑，一个决心。从前年起，××庄的形势就变了，在它周围，敌人的据点远的有八里，近的只有二里。杨开泰愤然地对人说："好，敌人蚕食使我们的任务加重了。我要把精神提高，把自己变成两个人，要叫我的精神，也增加生产！"

从此，他就很少睡觉了。他是一个贫农，有个和他年岁相当、相亲相爱的老婆。老婆看见丈夫的脸渐渐黄瘦起来，常常为他担心，每天在饭食上加些油水，劝他早些睡觉。杨开泰说："现在不是睡觉的时候了。就是敌人不出动，我躺在被窝里，想到围在身边有那么些碉堡，有那么多敌人在算计我们，我就焦躁起来了。你熬不住先睡去。"

区里的干部，有时夜间来，他们选定了在杨开泰家里开会。这不是因为他家里有高墙大院，可以防身，而是因为他们信任杨开泰这个人。深夜，杨开泰到村西头的堤上去，正是初冬，柳枝被霜雪冻干了，风吹过来，枯枝飘落。几个区干部，跟在杨开泰后面，默默地，放轻脚步，走回家去。

开过几次会了。杨开泰的脸上越发干枯，眼里的红丝也越加多了。只有他知道，敌人的特务，已经钻进村里来。在一天夜里，他从屋里走出来，猛一抬头，屋檐上伏着一个人，立时不见了。又过了两天，他清晨起来，开开板门，看见道路扫得非常干净，这样，只要有人走过，就可以辨认出几个人和去的方向。又过几天，他看见有人在路上划了许多密密的横线，有人走过时，可以清清楚楚地看出来。再过两天，他在一个夜间发现大门的铁链上，系着一条黑线，一推门线就断了。

他看到这一切，明白了一切。不只为他自己担心，他更为这些区干部担心。敌人可以包围他的家，逮捕区干部……他细心地侦察着，他迅速地通知区干部，不要到他家里来了。

一天，吃过晚饭，他对老婆说：

"不要等我了，我要到外边开会去。"

老婆就一个人先睡了。直到第二天吃早饭的时候，杨开泰才走回来，他很劳累，脸上有汗迹。老婆说：

"你看，又和谁争吵来，脸红脖子粗的。"

杨开泰只是笑了笑。

这一天吃了晚饭，他又对老婆说：

"不要等我了，我要到外边开会去。"

老婆只是噘了一下嘴，就先睡了。

这样一天、两天、三天、四天，杨开泰没进屋睡一夜觉。早饭一熟，他就带着一身疲乏，红着脸，还有些气喘回来了。第五天早上，他照例笑着问：

"饭做好了？"

他老婆坐在灶火前，垂着头，用草棍划着地，没言语。

他又问：

"今天叫我吃什么？我看你该叫我吃点好东西了。"

女人突然站起来，站起得过猛了，手扶在屋门框上。脸上挂着泪水，两只眼睛红桃儿一样。她怒气冲冲，急口说：

"好，你该吃好东西了！你费了劲了！你夜里背了瓮了！你该补一补了，你泄了阳气了！"

杨开泰也就火了，说：

"你这是干什么？你！"

老婆狠狠地望了他一眼，到里屋去，趴到炕上哭起来，嘴里数道着：

"不知道叫哪个浪女人缠住了，十天八天地不在家里睡，还有脸跟我要好的吃。你不知家里水没有人给我担，柴没有人给我抱，火没有人给我烧呀……"

杨开泰才明白老婆为什么生气了。他劝着，安慰着说：

"结婚已经快五年了，看你还不信任我？"

"我不信任你！你十天八天不进我的屋，你夜里出去，回来就瞧你累成那个样子……我的命苦啊！"

"你的命苦，我的也不甜。可是甜的时候总得来，这就先得把苦的时候打发走。你算瞎疑心了，我不是和你说过，是出去开会吗？"

女人坐起来，擦一擦眼泪说：

"你去哄三岁的孩子吧，你去哄那些傻子吧。我问了青救会杨秃，他说这几天就没见过你。"

杨开泰还想解释解释，可是因为过于疲劳，他又睡着了。女人坐在他身边，哭泣、伤心、伤心、哭泣。

黄昏又来了。平原的村庄，把黄昏看成是一天的年节一样。孩子们从家里跑出来，满街上跑跑跳跳，把白天闭上的嘴张开，把往日可以尽情唱的歌儿唱起。女人们，也站到门口来望望。黄昏很短，一时晚饭熟了，家家先后插上门，以后又吹熄了灯。

杨开泰默默地吃过晚饭，他向老婆告假，说：

"好，我听你的话，今晚不出去了，一定在家里睡。只是我要到后院里去转转，一时就回来。"

"好吧。"老婆回答说。

杨开泰走出去，天已经很黑了，屋里的灯光，只能照明窗前一片地。

他向后院里走去，进了那间破旧的磨棚。他擦着一根火柴，石磨用四根木头支架着，他丢了火柴，钻到磨下面去，不见了。

"你给我出来！"他的老婆立在磨台一边喊。原来她偷偷跟在杨开泰后面，看他是不是从后院跳墙过去。她一见丈夫在磨下面，要借土遁逃走，大吃一惊，跺着脚，"你给我出来。你这个贼兔子，你又想哄我。你出来不出来？我喊到街上去！"

"咳，咳，你嚷什么？"杨开泰赶紧从磨台下面钻出来，老婆赶紧擦着一根火柴，把灯点着，她恐怕丈夫趁黑影里逃跑。

杨开泰满身是土，他低声对老婆说：

"既然叫你看见了，我就告诉你。你以为我每天出去玩乐去了，却不知道每天夜里，我一个人在这里掘洞。整整掘了五夜，才成功了。我下去看了看，里面可以盛四五个人。以后，我们就不必提心吊胆，可以在这里面开会了。"

说完，他走回去，把一块木板放下来，又把堆起的土粪铺在上面，就没有了丝毫的痕迹。

灯芯吸足了植物油，爆炸着，女人的疑心去了。她看见丈夫那干枯的脸，充满血丝的眼睛，和那因为完成了一件大事，兴奋快活的神气，她也笑了。像八月十五的月，一片乌云从它身边飘过，月儿显得更俊秀了。花儿避免夜晚的冷露，合起它的花瓣，在朝阳照射下，它翻然开放……

"你个贼兔子！"她也低声地、害羞地说，"你还不信任我啊。"

……

从此以后,地洞、地道就流传开了。而且在不断地改进着。什么"七巧连环洞""观音莲台洞"……花样翻新,无奇不有。而这"第一个洞"的创造的故事,也就随着洞的传播而传播着。

一九四三年五月

杀　楼

一

五柳庄炮楼，修在一个宽广的高岗上面。这原是老年时候的一家宅院，后来不知道怎么拆毁了，就成了一个荒岗。敌人来了，看着这个地方地势高，可以控制村庄，看护汽车路，又可以免得滹沱河涨水时候冲刷，就决定在这里修炮楼。炮楼的样子，远远望去像一个圆塔，走近一看，它的墙壁却是突出缩进，错成棱角。炮楼高有五丈，圆周直径约有两丈五尺，全是卧板砖灌石灰垒起，分成三层。从下面铁板小门进去，有一个矮矮的扶梯。中间一层，就是小队长的卧室，日本兵的床铺。周围有四个方向的枪眼兼做窗户，机枪就支在上面；步枪挂在墙壁上，掷弹筒扔在脚头起。顶上层是瞭望哨，上有铅铁顶棚，周围有垛口。

紧靠炮楼外面，盖起几间平房，当中一间现在住着翻译官和他的太太，一间是伪军的营房，一间是厨房仓库。

在这平房外面才是沟墙、障碍、荆棘、铁丝。进入里面要经过一个吊桥。

秋收完毕，转眼就到了中秋节。虽说兵荒马乱，人们不能像平常那么心里干干净净地过节，可是因为近来围困炮楼，鬼子既不敢轻易下来，再加上庄稼也收割得差不多了，想一想这一年过得真不容易，格外愿意热热闹闹。差不多的人家全买了猪肉月饼，穷些的也置些鸭梨葡萄过节。炮楼上的鬼子伪军看得眼红，馋得流涎，不敢下来抢，城里又没接济，实在苦恼。就三番两次托人捎信给"维持村长"柳老新，说无论如何，八月十五这天，给送点东西上来。

十四这天夜里，有一队穿便衣的队伍开到五柳庄村里来了，轻轻叫开一家的大门，进去住了。

十五这天，吃了早饭，柳老新置备了二十斤梨、五只杀好的鸡、十斤月饼、十五斤葡萄，装好四个大篮子，两个小篮子，派了四个年轻人提着大篮子，他和十三岁的小星提了小篮子到炮楼上去送节礼。

街上有的人就念说：

"鬼子不敢下来就算了，又去招引他干什么？"

提大篮子的四个人，有两个像贫苦庄稼汉，粗手大脚，破衣烂裳，还带着满脑袋高粱花子；有两个像是财主家，手脚干净，穿着长袍大褂。街上的人说：

"前面那两个是咱村的，后面这两个怎么不认得呀？"

"敢是柳老新雇的短工吧！"

"瞎说，送礼还用雇短工？"接着就小声说，"听说昨天夜里来了队伍。"

"有多少？"

"一连。"

"我看有一团。"

一个老头子走过来说：

"唉，你们少说些闲话吧！"

柳老新和小星先走了一步，到炮楼跟前，打了个照面。炮楼上的鬼子伪军一见柳老新带着人来送礼，心里早就高兴得了不得。鬼子的脾气，见你顺服了他，又拿架子了，小队长金田在炮楼上嚷道：

"什么的干活？"

柳老新说：

"给皇军送过节礼的干活。"

鬼子把吊桥放下来，让柳老新和小星先过去，鬼子獭尾上来，气势汹汹地把他两个浑身上下搜了一遍，又把篮子翻上翻下地搜查一遍，看看没有暗藏武器，才抓了一把葡萄，一边往嘴里塞，一边说：

"为什么好久不来送东西！"

柳老新说：

"不是我不来送，是八路军活动得要紧，送也送不到啊！"

獭尾说：

"怎么今天送来了？"

柳老新说：

"别说了，今天是看了一个空子，八路走远了，才敢送来。快收下吧！"

金田在上面招呼柳老新快上去。柳老新回头一看，那四个人跟上来了，就指挥着说：

"这两篮子是给警备队先生们吃的。"说着把他和小星手里的两个小篮子，放在地下，平房里的伪军赶紧出来，拿回去吃，獭尾也跟进平房里去。柳老新这才带着四个人上楼。在楼顶上站岗的木田，看见小星送东西来了，一个劲招呼小星上去。小星在篮子里抓了一些葡萄和月饼捧着，一边说："木田，我给你送果子来了！"上楼顶去了。

柳老新领着四个青年人到了炮楼上，对金田说：

"小队长，你看看吧，今天送来的东西，都是好成色。你先看看这几只鸡肥不肥？"

那个提鸡篮子的青年赶紧把鸡提到金田面前，拿出一只来叫金田过目。金田一看，果然好肥鸡，杀洗得又干净，忍不住脸上的笑容。金田以外，楼上还有四个鬼子。柳老新指挥着，叫"皇军"们看梨子好吃不好吃，尝尝月饼，再看看葡萄甜不甜。鬼子们有的守着一个篮子往嘴里塞梨，有的守着一个篮子往嘴里塞月饼，有的守着一个篮子往嘴里填葡萄。提篮子的青年又不断拣好的往他们手里送，嘴里放，一边说道：

"皇军，吃这一个。"

鬼子们狼吞虎咽，嘴角上说话：

"好，好吃，甜，香！"

柳老新大声笑着说：

"今年这个中秋节，你们可过美了！"

一句话没了，只见提鸡的那个青年，不知道从什么地方抽出一把明亮亮、冷森森的宰猪刀来，左手揪住金田的衣领，右手一按一抹，金田的半个脖子已经下来。那青年一面轻轻把金田放倒，回头一看，只见他的三个伙伴也已经把四个鬼子杀倒在地，简直没出一点声音。大家赶紧把楼上的枪支武器收好，就见小星手里拿着一支三八枪从楼顶跑下来，木田嚼着月饼在后面紧追；进屋一看，并排放着四个鬼子的死尸，吓得回头就跑，一个青年上去把他一抓，杀猪刀在他脸上一晃，说：

"乖乖的，不要动！"

木田也实在动不了了，就立在那里。两个青年和小星在炮楼看守，两个青年搬着一挺轻机枪轻轻走下楼来，对准伪军的平房。这时候柳老新已经上到楼顶放哨的地方，呐喊一声，说道：

"伪军弟兄们，八路军已经把金田和上面的鬼子全杀了，你们快快反正，把獭尾捉住，我保你们安全。谁反抗谁就倒霉！"

伪军们正在房里抢东西，抢得天昏地暗，一听这话，往外就跑，格、格、格、格、格，一阵机枪扫射，把他们打回去。一齐嚷："我们反正，我们反正！"

忽然獭尾端着枪从平房里蹿出来，没命地往外跑，机枪一扫没扫住，他跑过吊桥，奔着城里跑去了。

柳老新在楼顶上对伪军喊道：

"你们怎么让鬼子跑了？那你们就出来站队吧！"

这些警备队一个一个走到院子里，站好队伍，一报数，正好十个人。

这时就听见炮楼南面的野地里响了一枪。柳老新望着那里拍手大笑说：

"我估计你这兔崽子就跑不脱！"

二

原来埋伏在村里的正规军，全开出来截击城里出来的敌人。队伍在街上这么一走，站在街上的人们才看出，领队的就是本村那个在十七团当连长、父亲叫鬼子杀死的柳英华。再往队伍里看看，很多是他们的子弟。众人一哄就围了上去，这个说：

"这不是俺家二小吗？"

那个说：

"那不是咱家三坏吗？"

"你们来到家里了，怎么不露面？"

"二小，咱家闲院里又盖起一座房！"

"三坏，你大姐出嫁了！"

"嘿呀，你可长得高多了，这衣裳是发的吗？"

"嘿呀！我那孩子！你打过几回仗？"

这些青年子弟，原是抗战开始就参加八路军的，已经几年不回家来了，现在爹娘、叔伯、妻子、姐妹一见，问长问短，拉住说话。柳英华笑着说：

"叔叔大伯，婶子大娘们，我们这是去打仗，回来再说吧。"

一个中年妇女笑着说：

"英华，别看你当了连长做了官了，就拿打仗来吓唬我们！你知道，我们也是见过大阵势的了。"

新月带领那十几个游击组也开出来，全是一色小打扮，乍一看这一队游击组的年纪、精神、服装、步法，简直和前面这一队子弟兵不相上下，只是武器差些。那些看热闹的人们就说了：

"新月，别看你箍的手巾那么漂亮，你们的武器可比不上人家呀，你看人家那机枪、掷弹筒！"

新月笑着说：

"他们也不是外人哪，咱还怕他们笑话？"

又有人说：

"根生，这回拿下炮楼，把你那支哑巴枪换换吧！"

根生红一红脸说：

"别闹玩笑，咱这枪一见鬼子就会说话了！"

人们正说笑着，只见工会主任青元赶着一辆单套大黑骡子车，从他东家的大梢门里跑出来。那骡子，就像惊了一样，在街上飞跑过来。青元右手掌鞭，左手提着盒子枪，紧跟几步，一欠身就坐在车辕条上去！人们说：

"青元，你这是干什么去？"

青元说：

"去把炮楼上的东西拉回来。"

队伍已经走出村去，人们就跟在后面，都说：

"走，去看咱们的子弟兵打鬼子去。"

队伍从道沟里向炮楼包围过去,村里的人就立在堤坡上观看。鬼子獭尾蹿出来,观阵的正在着急,埋伏在公路两旁的子弟兵,一枪把他打死,人们一齐拍手叫起好来。

三

到了晚上,大圆大亮的月亮升起来,五柳庄的人们和他们的子弟兵,就在那祠堂门前广场上开了一个庆祝会。在五年前,柳英华率领了全村二十个青年伙伴,参加了我们的队伍,冀中有名的十七团。这些青年成分好,进步快,几年部队生活,改变了他们幼小时的样子,站在爹娘面前,爹娘只有目不转睛地微笑着望着他们。祠堂门前这片广场,抢秋的时候,碾成了一个大场,四边堆着一大堆的秋秸、豆秸、棒子,子弟兵就靠在上面休息了。在三个月以前,炮楼上的鬼子屠杀了五柳庄的人,就在这个广场上刀砍柳英华年老的父亲,枪挑死他七岁的孩子,推进那广场旁边的死水坑里,只剩下孩子的母亲整天在家里哭泣。几个长辈劝英华家去看看,都说:

"英华,家去看看吧。你家里不知道你负着这么大责任,也不好意思来叫你。自从你爹和那孩子叫鬼子杀了,她够难受的了,差不多的还不想疯了吗?你家去劝解劝解她们也好。"

英华苦笑着说:

"虽说拿了炮楼,明天的情况还不能估计。外面又放着哨,不时要有事情,今天我不家去了,以后再说吧!"

老人们也只好叹气称赞。

夜深了,柳英华把队伍整理好,就命令靠在柴禾堆上休息。家里的人都恋恋不舍,可也不好再去麻烦他们;今天打了一天的仗,明天还要打仗呀,叫他们好好睡觉吧!大家也就散了。在回家的路上,那些母亲说:

"孩子就睡在露天里，不潮湿吗？我家去盖着被子也睡不着。"

那些父亲就劝她们说：

"算了吧，他们是这样惯了的，你今天给他送条被子来，明天你到哪里去送呀？孩子就像小鸟，长全了毛出了窝，你就叫他随便到处飞去吧！"

真的，他们的孩子们，背靠着那绵软的柴禾，怀抱着上好子弹的枪支，不久就舒舒服服地睡着了，睡得那么香甜。月亮转到西北角，落到村边大柳树的阴影里去了，银河斜斜地横在他们的头顶，把半夜以后的清凉的露水，慢慢滴下来，落在他们的脸上、衣服上、枪膛上，他们也没有觉得……

英华也靠在一边，但他没有睡，他睁大着眼睛，望着天空，忽然小星跑到他的身边小声说：

"英华哥，你家俺嫂子想和你说句话，就在那池子边上。"

英华走过去，女人说：

"你也不家去看看！"

英华看见自己的女人，又黄又瘦，心里一酸，忍着眼泪说：

"你看我能离开吗？"

女人的泪忍不住，唰唰流下来，呜咽着说：

"爹和小俊就是在这池子里死的呀！"

英华说：

"我知道。"

女人说：

"你知道！他们死的时候不能见你一面，你可是有说有笑的。"

英华没说话，过了一会儿，女人又说：

"我知道你给他们报了仇。"

英华说：

"我有任务在身上，哪能离开队伍到家里？全是女人的见识！"

女人说：

"我看你像忘了他们一样。"说罢就痛哭起来。

英华说：

"我心里难过，我把眼泪往肚子里吞，我好好执行上级的命令，去消灭鬼子！我为什么到人们面前去啼哭呢？"

正说着，侦察员回来报告情况，英华对女人说：

"家去吧！不要净啼哭，啼哭有什么用？自己的身子要紧。我不能多照顾你们，我已经托付了老新叔和新月，有什么困难就和他们说。"

女人赶紧抹着眼泪转身走了。

一九四五年四月于延安

荷 花 淀

——白洋淀纪事之一

月亮升起来，院子里凉爽得很，干净得很，白天破好的苇眉子潮润润的，正好编席。女人坐在小院当中，手指上缠绞着柔滑修长的苇眉子。苇眉子又薄又细，在她怀里跳跃着。

要问白洋淀有多少苇地？不知道。每年出多少苇子？不知道。只晓得，每年芦花飘飞苇叶黄的时候，全淀的芦苇收割，垛起垛来，在白洋淀周围的广场上，就成了一条苇子的长城。女人们，在场里院里编着席。编成了多少席？六月里，淀水涨满，有无数的船只，运输银白雪亮的席子出口，不久，各地的城市村庄，就全有了花纹又密、又精致的席子用了。大家争着买：

"好席子，白洋淀席！"

这女人编着席。不久在她的身子下面，就编成了一大片。她像坐在一片洁白的雪地上，也像坐在一片洁白的云彩上。她有时望望淀里，淀里也是一片银白世界。水面笼起一层薄薄透明的雾，风吹过来，带着新鲜的荷叶荷花香。

但是大门还没关，丈夫还没回来。

很晚丈夫才回来了。这年轻人不过二十五六岁，头戴一顶大草帽，上身穿一件洁白的小褂，黑单裤卷过了膝盖，光着脚。他叫水生，

小苇庄的游击组长,党的负责人。今天领着游击组到区上开会去来。女人抬头笑着问:

"今天怎么回来得这么晚?"站起来要去端饭。水生坐在台阶上说:

"吃过饭了,你不要去拿。"

女人就又坐在席子上。她望着丈夫的脸,她看出他的脸有些红涨,说话也有些气喘。她问:

"他们几个哩?"

水生说:

"还在区上。爹哩?"

女人说:

"睡了。"

"小华哩?"

"和他爷爷去收了半天虾篓,早就睡了。他们几个为什么还不回来?"

水生笑了一下。女人看出他笑得不像平常。

"怎么了,你?"

水生小声说:

"明天我就到大部队上去了。"

女人的手指震动了一下,想是叫苇眉子划破了手,她把一个手指放在嘴里吮了一下。水生说:

"今天县委召集我们开会。假若敌人再在同口安上据点,那和端村就成了一条线,淀里的斗争形势就变了。会上决定成立一个地区队。我第一个举手报了名的。"

女人低着头说:

"你总是很积极的。"

水生说:

"我是村里的游击组长,是干部,自然要站在头里,他们几个也报了名。他们不敢回来,怕家里的人拖尾巴。公推我代表,回家和家里人们说一说。他们全觉得你还开明一些。"

女人没有说话。过了一会儿,她才说:

"你走,我不拦你,家里怎么办?"

水生指着父亲的小房叫她小声一些。说:

"家里,自然有别人照顾。可是咱的庄子小,这一次参军的就有七个。庄上青年人少了,也不能全靠别人,家里的事,你就多做些,爹老了,小华还不顶事。"

女人鼻子里有些酸,但她并没有哭。只说:

"你明白家里的难处就好了。"

水生想安慰她。因为要考虑准备的事情还太多,他只说了两句:

"千斤的担子你先担吧,打走了鬼子,我回来谢你。"

说罢,他就到别人家里去了,他说回来再和父亲谈。

鸡叫的时候,水生才回来。女人还是呆呆地坐在院子里等他,她说:

"你有什么话嘱咐嘱咐我吧!"

"没有什么话了,我走了,你要不断进步,识字,生产。"

"嗯。"

"什么事也不要落在别人后面!"

"嗯,还有什么?"

"不要叫敌人汉奸捉活的。捉住了要和他拼命。"这才是那最重要的一句,女人流着眼泪答应了他。

第二天,女人给他打点好一个小小的包裹,里面包了一身新单衣,一条新毛巾,一双新鞋子。那几家也是这些东西,交水生带去。一家人送他出了门。父亲一手拉着小华,对他说:

"水生,你干的是光荣事情,我不拦你,你放心走吧。大人孩子我给你照顾，什么也不要惦记。"

全庄的男女老少也送他出来，水生对大家笑一笑，上船走了。

女人们到底有些藕断丝连。过了两天，四个青年妇女集在水生家里来，大家商量：

"听说他们还在这里没走。我不拖尾巴，可是忘下了一件衣裳。"

"我有句要紧的话得和他说说。"

水生的女人说：

"听他说鬼子要在同口安据点……"

"哪里就碰得那么巧，我们快去快回来。"

"我本来不想去，可是俺婆婆非叫我再去看看他，有什么看头啊！"

于是这几个女人偷偷坐在一只小船上，划到对面马庄去了。

到了马庄，她们不敢到街上去找，来到村头一个亲戚家里。亲戚说：你们来得不巧，昨天晚上他们还在这里，半夜里走了，谁也不知开到哪里去。你们不用惦记他们，听说水生一来就当了副排长，大家都是欢天喜地的……

几个女人羞红着脸告辞出来，摇开靠在岸边上的小船。现在已经快到响午了，万里无云，可是因为在水上，还有些凉风。这风从南面吹过来，从稻秧上苇尖上吹过来。水面没有一只船，水像无边的跳荡的水银。

几个女人有点失望，也有些伤心，各人在心里骂着自己的狠心贼。可是青年人，永远朝着愉快的事情想，女人们尤其容易忘记那些不痛快。不久，她们就又说笑起来了。

"你看说走就走了。"

"可慌（高兴的意思）哩，比什么也慌，比过新年，娶新——也没见他这么慌过！"

"拴马桩也不顶事了。"

"不行了，脱了缰了！"

"一到军队里，他一准得忘了家里的人。"

"那是真的，我们家里住过一些年轻的队伍，一天到晚仰着脖子出来唱，进去唱，我们一辈子也没那么乐过。等他们闲下来没有事了，我就傻想：该低下头了吧。你猜人家干什么？用白粉子在我家影壁上画上许多圆圈圈，一个一个蹲在院子里，托着枪瞄那个，又唱起来了！"

她们轻轻划着船，船两边的水哗，哗，哗。顺手从水里捞上一棵菱角来，菱角还很嫩很小，乳白色。顺手又丢到水里去。那棵菱角就又安安稳稳浮在水面上生长去了。

"现在你知道他们到了哪里？"

"管他哩，也许跑到天边上去了！"

她们都抬起头往远处看了看。

"唉呀！那边过来一只船。"

"唉呀！日本，你看那衣裳！"

"快摇！"

小船拼命往前摇。她们心里也许有些后悔，不该这么冒冒失失走来；也许有些怨恨那些走远了的人。但是立刻就想，什么也别想了，快摇，大船紧紧追过来了。

大船追得很紧。

幸亏是这些青年妇女，白洋淀长大的，她们摇得小船飞快。小船活像离开了水皮的一条打跳的梭鱼。她们从小跟这小船打交道，驶起来，就像织布穿梭，缝衣透针一般快。

假如敌人追上了，就跳到水里去死吧！

后面大船来得飞快。那明明白白是鬼子！这几个青年妇女咬紧牙制止住心跳，摇橹的手并没有慌，水在两旁大声的哗哗，哗哗，哗哗哗！

"往荷花淀里摇！那里水浅，大船过不去。"

她们奔着那不知道有几亩大小的荷花淀去，那一望无边际的密密层层的大荷叶，迎着阳光舒展开，就像铜墙铁壁一样。粉色荷花箭高高地挺出来，是监视白洋淀的哨兵吧！

她们向荷花淀里摇，最后，努力地一摇，小船窜进了荷花淀。几只野鸭扑棱棱飞起，尖声惊叫，掠着水面飞走了。就在她们的耳边响起一排枪！

整个荷花淀全震荡起来。她们想，陷在敌人的埋伏里了，一准要死了，一齐翻身跳到水里去。渐渐听清楚枪声只是向着外面，她们才又扒着船帮露出头来。她们看见不远的地方，那宽厚肥大的荷叶下面，有一个人的脸，下半截身子长在水里。荷花变成人了？那不是我们的水生吗？又往左右看去，不久各人就找到了各人丈夫的脸，啊！原来是他们！

但是那些隐蔽在大荷叶下面的战士们，正在聚精会神瞄着敌人射击，半眼也没有看她们。枪声清脆，三五排枪过后，他们投出了手榴弹，冲出了荷花淀。

手榴弹把敌人那只大船击沉，一切都沉下去了。水面上只剩下一团烟硝火药气味。战士们就在那里大声欢笑着，打捞战利品。他们又开始了沉到水底捞出大鱼来的拿手戏。他们争着捞出敌人的枪支、子弹带，然后是一袋子一袋子叫水浸透了的面粉和大米。水生拍打着水去追赶一个在水波上滚动的东西，是一包用精致纸盒装着的饼干。

妇女们带着浑身水，又坐到她们的小船上去了。

水生追回那个纸盒，一只手高高举起，一只手用力拍打着水，好使自己不沉下去。对着荷花淀吆喝：

"出来吧，你们！"

好像带着很大的气。

她们只好摇着船出来。忽然从她们的船底下冒出一个人来，只有水生的女人认的那是区小队的队长。这个人抹一把脸上的水问她们：

"你们干什么去来呀？"

水生的女人说：

"又给他们送了一些衣裳来！"

小队长回头对水生说：

"都是你村的？"

"不是她们是谁，一群落后分子！"说完把纸盒顺手丢在女人们船上，一泅，又沉到水底下去了，到很远的地方才钻出来。

小队长开了个玩笑，他说：

"你们也没有白来，不是你们，我们的伏击不会这么彻底。可是，任务已经完成，该回去晒晒衣裳了。情况还紧得很！"

战士们已经把打捞出来的战利品，全装在他们的小船上，准备转移。一人摘了一片大荷叶顶在头上，抵挡正午的太阳。几个青年妇女把掉在水里又捞出来的小包裹，丢给了他们，战士们的三只小船就奔着东南方向，箭一样飞去了。不久就消失在中午水面上的烟波里。

几个青年妇女划着她们的小船赶紧回家，一个个像落水鸡似的。一路走着，因过于刺激和兴奋，她们又说笑起来，坐在船头脸朝后的一个噘着嘴说：

"你看他们那个横样子，见了我们爱搭理不搭理的！"

"啊，好像我们给他们丢了什么人似的。"

她们自己也笑了，今天的事情不算光彩，可是：

"我们没枪，有枪就不往荷花淀里跑，在大淀里就和鬼子干起来！"

"我今天也算看见打仗了。打仗有什么出奇，只要你不着慌，谁还不会趴在那里放枪呀！"

"打沉了，我也会浮水捞东西，我管保比他们水式好，再深点我也不怕！"

"水生嫂，回去我们也成立队伍，不然以后还能出门吗！"

"刚当上兵就小看我们，过二年，更把我们看得一钱不值了，谁比谁落后多少呢！"

这一年秋季，她们学会了射击。冬天，打冰夹鱼的时候，她们一个个蹲在流星一样的冰床上，来回警戒。敌人围剿那百顷大苇塘的时候，她们配合子弟兵作战，出入在那芦苇的海里。

一九四五年五月于延安

村 落 战

是个阴天，刮着点西北风。天发亮，敌人两辆铁甲汽车，装着五十多个鬼子，配合着二十匹马队，路过阎家集，向五柳庄方面进攻。

汽车走得很慢，活像乡下的老牛破车，马队不得不紧紧提着缰绳，不然马就跑过汽车去了。一来是道儿不好走，坑坑凹凹，二来是怕地雷。走得虽然很慢，威风却尽量施展，汽车一路呜呜乱叫，离五柳庄还有二里地，汽车就停住，马匹散开，鬼子下车，伏在两旁沟里，向村里开炮。村里没有动静，堤坡上的柳树正在迎风摇摆。

鬼子重新上车上马，望着村里走，村里真是一点动静也没有，街口也没有一个人。这时鬼子的马队像飞一样，向村南村北包抄下去，汽车还是一步一步往街里开，鬼子们紧紧贴着车厢端着枪望着前面，这时已经走到大街里，街道窄了，两旁全是大户人家的高房，墙垛口，临街更楼。汽车一路走着，呜呜地叫，两边的高墙，就发出呜呜的回声。看看快到了十字街口，忽然从路北一家梢门里拐出一辆牛车，那匹老黄牛，拉着多半车烂砖头，一看见汽车过来，它就横在街上不动了。前头一辆汽车站住，三个鬼子往下跳，刚刚跨到车皮上，就看见一个小小的黑东西从天空飞下来，像燕子掠水一样，扑到车厢里——"轰！"

汽车跳了三尺来高，跨在车皮上的三个鬼子翻到外面去了，车厢里就全部开了花。这时从两边高房的更楼上，手榴弹接二连三甩下来，机关枪向后面那辆汽车射击，那辆汽车拼命往后退，退，退。鬼子们从车上跳下来往回跑，一到村外，就伏在堤坡后面去了。

鬼子重新布置着向村里开炮，马队配合着向村里开枪，可是村里又没有一点动静了。

连长柳英华就站在街当中路南高升店房上。身边有两个通讯员，一班战士，一挺轻机枪。一个头发黑黑的，穿一件干净利落的黑色短夹袄的孩子正趴在垛口上，往下看炸毁了的汽车和一地的死鬼子，那是小星。英华告诉通讯员，去通知村里的游击组，找空子往外撤，去打马队的屁股；他又对小星说：

"小星，你也和他们撤出去吧，过一会儿情况会紧急。"

小星回过头来说：

"我不去，我和你在一块吧，我道路熟。"

通讯员房跳房地告诉了游击组长新月，新月打一声呼哨，两边房上的游击组就跟他跳下房来，在下面院子里集合好，提着枪，冲到街上，新月提着盒子枪走在前面，贴着墙根往西走，路过那坏了汽车的地方，新月招呼着人们，捡起一些武器，往南一拐，从一条小胡同走了。

高升店是五柳庄街上最高的房子，在上面可以控制村子的东西两面。英华伏在一个垛口后面，不久就看见又有三辆汽车从阎家集那边开过来，埋伏在阎家集村边的我们的队伍，向汽车开了枪，汽车没命地冲过来，奔着五柳庄，在那破坏过的汽车路上，一颠一窜地跑。这三辆比刚才那两辆开得快多了，先头的给它们踏好了道，没有地雷，放心走吧。

可是一到村边，"轰"的一声，前头一辆像受惊的马一样，打了个立桩，车上的鬼子全飞了出来，跌到三丈开外才落地，后面两辆一时停不住，闯上去，这样一来三辆汽车就成了一个弓腰桥一样，车上的鬼子像掷骰子一样在车厢里乱碰乱撞起来。

英华看见汽车炸翻，倒吃了一惊，他纳闷：是谁这样手快去埋上雷？

小星说：

"一准是青元，别人手有这样快，也没有这个胆量。"

村外敌人的炮火很猛，好像已经发现这座高房是目标了。英华叫把机枪往西边转移一下，离开那小小的更楼，又叫小星监视着南北两个街口。

炮弹不断在高房周围落，炸塌了几间房，敌人几次想从东街口冲进来，我们的机枪就安在垛口缝里，敌人不冲不扫，再冲再扫，有五个敌人顺着墙根爬过来，英华用盒子枪瞄着打死了两个，剩下的三个又跑回去了。

英华对战士们说：

"敌人是来报复的，管他火力怎样猛，我们不能让他们进村。敌人一进来就要狠狠烧杀，我们昨天的胜利就完了！"

说话间，敌人一炮瞄准这座小小更楼，小更楼整个栽到街上去了。

天阴惨惨的，时间是快晌午了，小星不知什么时候到下面去拿上一些饼来，扔到机枪手和战士们的身边。英华说：

"快爬到那边去，不要动。"

枪炮一直响着。小星说：

"英华哥，刚才下去，洞里的婶子大娘们叫我告诉你，英华哥，怎么也不要让敌人冲进街里来，她们说，这些大人小孩的命全交给你了！"

一个通讯员爬过来，英华说：

"你想法冲出去，给二排长送命令，叫他解决了阎家集炮楼，就赶紧进攻县城北关。你从南街口出去，那里有一个小交通壕。"

小星赶紧说：

"不行了，敌人已经把南街口堵住。"他从地上站起来，"英华哥，我去送这个命令。我从这里下去，那西房后面有条小夹道，里面就是地道口，我可以钻到村外去，敌人看不见。"

一个炮弹飞过来，打翻两个垛口。英华说："好。还是叫通讯员跟你去，你下去就告诉洞里的人，说敌人进不来，叫她们安安生生待在洞里，不要慌张。"

小星答应了一声，像一只小猴子一样，从高房跳到低房，又从墙角上溜下去，通讯员跟在后面。下去就是一条窄口的夹道，两边黄泥土墙，地下全是烂柴败叶，小星侧着身进去，走到中间，看了看，就背过身子，轻轻在墙上一靠，就不见了。通讯员一看，那墙还是一色黄泥土墙，连一个纹丝也没有，吃了一惊，赶紧叫：

"小星同志！"

小星在墙里面说：

"不要嚷么！你也背过身子来在墙上靠一下，可要轻轻地。"通讯员靠了一下，只觉得身不由主地随着进去了，里面是伸手不见掌的黑屋子，通讯员站脚不稳就栽了一跤，小星赶快把他扶住说：

"不要冒冒失失的么！"

然后小星跳进一个洞里，不知道是和哪里的人说话，只听他说：

"三大娘！"

也不知道从哪里来了一个嗡嗡的声音：

"怎么咧，小星？敌人进村了吗？"这声音像是从地里来的，又像是从天空来的，像是神仙的指引，又像是电台上的无线电收音。只听小星又说：

"没有。鬼子一辈子也进不来，英华哥说等不到天黑就把他们打退了，叫你们不要怕。"

那个蚊子一样飞来的声音就念了一声：

"阿弥陀佛！"

这时，小星才对通讯员说：

"下来吧！弯腰往左拐！"

通讯员费了很大力气，才钻到洞里，摸了半天，才摸到左边那个道上，等他摸着小星的衣服了，他喘着气说：

"小星同志！走慢点，我跟不上，失了方向可就坏了。"

小星在前面猫腰走着，那孩子活像一条欢跳的小蛇一样，走得很快，通讯员使劲弯着身子，走了几步，已经满头大汗，只得叫道：

"小星同志！我跟不上，我带着枪不好走哩！"

小星说：

"这样吧，你把枪递过来，我拉着走吧，你走得这样慢，天黑也出不去。"

这样，小星像拉算卦的瞎子一样拉着通讯员。

小星心里有些埋怨英华，为什么非叫他跟来，不然，这个时候，他快把命令送到了。

小星硬拉着通讯员往前走，左拐右拐，后来道路宽敞些了，通讯员也走得快些了。忽然他们听见枪炮就在他们头顶上响，后来好像有几个人在他们头顶上跑过去了。小星小声说：

"同志，不要讲话了，已经到了村外。"

又走了一会儿，小星把枪放下，蹲下身子，咕咚咕咚的像拆房子一样，立刻就有一线光亮照到洞里来。小星说：

"好，可以出去了！你小心些，下面是井！"

小星先钻出去，两手抠着井框，两只脚叉开，蹬着砖缝上去了。通讯员也钻出来，把枪背在肩上，照样攀登上去。他往下一看，是浓绿清凉，不知有多么样深的一口水井，水平如镜，照见他和小星浑身泥土，这时，他才发觉自己已是满身大汗。

小星探头在井口四面一望，爬出去，通讯员也爬出来，已经是村南一里地的野外，这时庄稼全收割了，没有割的也因为风吹雨打扑倒在地上。天还是阴着，敌人的炮火像刮风一样往村里打，整个五柳庄上面的天空，叫烟、土、乌云罩住了。

在村里在房顶上也不觉怎样，现在回头一看，小星才觉得英华他们危险，忍不住向通讯员说：

"你看英华哥能抵挡得住吗？"

通讯员说：

"我们柳连长最重视政治影响，他既是那么说，就是剩下他一个人，守着那挺机关枪，鬼子也掉不了猴！"

他们就听见从街里，发出一阵机枪声，听来是那样急，那样狠，扫开云雾、烟尘，向正南方向射击。小星看见南街口的鬼子一阵乱，他判断一下方向，说：

"鬼子想从南街口进去，好，英华哥也转到高升店的正房上去了，那里正对南街口，他们怎样跳过去的呀？"

小星和通讯员在地里半爬半走往东南方向奔去。在一条小交通沟里，碰见他村里一个游击组员叫秋河的，敞着怀跑过来。小星一见就说：

"你还不去打仗，瞎跑什么？"

秋河说：

"你看见我瞎跑来？我去集合人来着，五毛营、赵家庄、阎家集的游击组全开来了。我们包围着敌人打。"

小星说：

"这就好了，我也是去送命令，叫二排长攻城，你告诉新月哥，叫他们好好打吧！"

小星把命令送到二排长那里的时候，二排已经把阎家集的炮楼解决，接到命令，跑步去奔袭城关。天已快黑了，五柳庄村外的敌人，无心恋战，就用那剩下的两辆汽车载着鬼子往城里退。一路上，我们的地雷枪炮一齐响,打得鬼子三步一停,两步一歇,桑木大队长着了急,从汽车上蹦下来,骑上一匹白色洋马,往野地里窜了。

工会主任青元这一天埋好很多地雷,正伏在汽车旁边一条横沟里休息。桑木的马,跑到沟边,马原是惊了的,桑木一看前面是沟,用皮鞋下死劲一踢马肚子,那马把头一抬,前腿一曲就跳过去,青元顺手一枪,正打中马肚子,那马痛得难忍,浑身一抖,就直直地立了起来,桑木骑不住,闪了下来。完全掉下来也好,但却是一只脚挂在镫里,那洋马没命地奔向城里跑去,桑木头朝下,两只手在地上乱抓,一路上尽是豆楂楂高粱地,擦得他头破血流……

一九四五年六月于延安

麦　收

一九三九年，冀中解放区小麦黄梢的时候。

东房凉还有一尺来宽，天气就热上来了，毒辣辣的热，可是人们并不嫌，知道这是收割麦子的好天气。

秃大娘做好饭，端到大门过道里，放在一张小白木桌上，小桌旁边，放上两个麦秸编的蒲墩，自己却坐在那块捶布用的青石板上，等候二梅和她爷回来。

二梅还没有进门就尖着声喊：

"奶奶，饭熟了没有？"

奶奶站起来笑着说：

"熟了！有功的回来了。"

二梅和爷爷把背回来的麦个放在院里，一边擦着汗，坐在蒲墩上。她望一望饭碗，把小嘴一噘说：

"又是秾面饼！"

奶奶说：

"折死你！秾面饼还不好，你要吃什么？忘记那二年吃糠咽菜的日子了？"

"我想吃白饼。"二梅撒娇说。

爷爷指着院里的麦个说：

"后半天就叫你奶奶去打，先在碾子上推一点，吃一顿。"

二梅红着脸说：

"不，奶奶，我是说着玩哩。"

奶奶也看着自己的孙女儿笑了。是个好孩子，才多么大了呀，已经是村里的青妇部长。风吹过来，乌黑的头发往后面飘，孩子的脸多么丰满好看呀，这是奶奶从小一口水一口饭喂养大的啊！

急急忙忙吃了两个饼，二梅就站起来，跑到院里拿了一把铁铲，就往外走。

奶奶问：

"又干什么去？"

二梅说：

"集合人去破路么，保护麦收。"

奶奶说：

"这么热天，歇了晌再去！"

二梅说：

"歇了晌，鬼子要不歇晌就来了呢？"

说着就往外跑，奶奶死命往回叫她：

"二梅！你回来给我好好地再吃一个饼！"

爷爷说：

"你让她去吧！"

爷爷又向着外面喊：

"二梅，你要破不好路，叫鬼子抢走了我的麦子，你就别想吃白饼了！"

"好呀！"

二梅拉着长声答应。

二梅把铁铲扛在肩上，手里拿着一根高粱秆，一到街上，就掏出笛子吹起来：

"嘟，嘟，嘟嘟嘟！"

转过孙玉琴家的黑大门，孙玉琴的婆婆正歪在过道里看着孩子打盹，孩子光着屁股在她身边滚爬，二梅用力吹了一声笛子，老婆子睁开眼说：

"哟，部长，集合了吗，太热吧？"说着就抓起孩子往家里走，一边说，"快回家去吃奶奶，你娘就要去破路了，要等老半天哩！"

二梅在街上来回地吹着笛子。青年妇女们一个一个从自家大门里走出来。这不知道是什么风俗，冀中的妇女们，只要一出大门，只要是成群结队，也不管是去开会，去上学，去破路或是割电线，一个个打扮得全像走礼串亲一样。

一个个全换上新衣服，脸洗得干净，头发梳得平整，头上蒙了一块新毛巾，又可以遮太阳，又可以挡风。

她们站在那新刷写上晋察冀边区《双十纲领》的高房下面的大槐树阴凉里。她们简直是挤在一块，手里的铲镐，碰得叮当乱响，还夹着那清脆的说笑。

"俺刚说歇歇，就吹笛！"一个穿漂白小褂的说，她叫张秀玲。

"歇歇，鬼子来了烧了你的兔子窝，你歇个屁！啊，你还穿着袜子，多封建！"

"该死！"她骂着，却转过头来开别人的玩笑，"欢迎啊，欢迎孙玉琴来得晚啦！"

晚来的有些脸红，三步两步跑到群里来：

"她奶奶刚把孩子拖到家，吃了两嘴就来了。为什么人家……谁像你那么利落干净！"说着把扛着的铁铲往地上狠命一顿，站住。

二梅站在太阳地里，催着人们站队，脸上已经流着汗。这是她新从学校的先生那里学来的规矩。先生说：站队的时候，叫队伍站在阴凉里，你站在太阳地里。

队伍站得整整齐齐,风吹动树枝筛下阳光来,在她们的头上衣服上游动,染成各色各样的花。

二梅站在队前讲话的时候,说笑也停下来了。就是有几个想笑的,一看见她那绷得紧紧的脸,也就赶紧用牙齿咬住了嘴唇。这小姑娘可以在家里撒娇,担负起工作的时候,却非常严厉,她问:

"你们拿着家伙干什么去呀?"

"挖沟!"一齐大声地回答。

"对了。驻在咱村的队伍和青抗先,今天下午去打击敌人,这是为的保护咱的麦子。我们也不能落后,我们把接村路挖通!"

接着是小组和小组竞赛。队伍出发了,二梅走在前面。一出村堤口,就是无边的小麦地,一片金黄,中间也掺杂着几片浅绿;风吹过来,小麦一齐低下头。风吹过去,那长大的穗子,又一齐挺起来在太阳里闪着光。

太阳是专为麦子来的,现在更加热了。

来到接村路上,二梅用高粱秆分好段,用铁铲划上印,说:

"来吧,两个人挖一杆,一把铁铲一把镐。"

大道是经过河水冲刷的,现在晒干了,有两寸多厚的硬皮,挖起来很费力气。几镐下去,那些新衣服就全叫汗湿透了,汗流得满脸满腮,粘住了头发。她们却谁也不肯直起腰来休息一下,你一镐我一铲地工作。二梅领着头唱:

是谁说
妇女不如男子汉?

人们就合起来:

挖沟破路

男人女人是一般。

二梅的奶奶秃大娘提着一把大锡壶来给她们送水,人们抢着喝,一边说:

"还是这老太太知心,这么热天来给我们送水。"

张秀玲说:

"她知心,她老废物啦,不送点水,还干什么抗日呢!"

人们全笑了,秃大娘却正正经经地看着大家,她说:

"我老啦,老废物啦,依我看,你们谁也不跟我有用。张秀玲更不行。"说到这里,她把话顿住,好集中大家的注意,为她那下文助威。真的大家停止了说笑,水也不喝了,听她说:

"我养活(生)了两个小子,都参加了八路军,大的在十六团,二的在二十二团,这不是我的力量吗?这比你们谁抗日的劲头不大!你们谁比得上我,谁敢和我竞赛?张秀玲你多么没出息,娶到我们村里三年了,一点贡献也没有,还说我哩!"

大家哄的一声笑了,张秀玲臊得低头跑了。有的就嚷:

"谁敢和这老太太比赛?"

"穿漂白小褂的敢!"

"你敢!你行了!"

二梅一直还在那里挖,这时才抬起头来说:

"奶奶,就是你,净耽误我们的时间!"

奶奶赶紧提起壶来说:

"你看,俺家二梅又批评她奶奶了。你们还喝不喝?不喝了,我就回去啦,你们快挖吧!"

说着,提起壶来,又拐搭拐搭地走了。

这里的说笑伴着铁铲和镐的声音,从汗气热气里升起来。等到人影儿和身子一般长的时候,她们的工作就快完成了。

队伍上的指导员从一块麦地里走出来,后面跟着一个背大枪的矮个子通讯员。在村里住长了,他认识二梅;他说:

"部长领导得好,真积极!"

二梅也直起身子笑着说:

"指导员,我们破好了路,你要挡不住鬼子,叫他们冲过来,我们可批评你!"

指导员说:

"好,好,好。你听枪响吧!"

指导员穿进另一块麦地,他的衣服和麦子一个颜色,麦穗打到他腰里。那个通讯员却淹没在麦子里了,只有那黑黝黝的枪口露在外头。不久,这枪口也消失不见了。

一只布谷鸟像是受了惊,慌慌张张地从东边飞过来,一声连一声叫着:

莫黄莫割——莫黄莫割!

"嘎勾——"东边响了一声枪。妇女们拖着铁镐和铲从道沟里跳上来,向东边张望。枪声响得越来越密,越来越急,也越来越近了。二梅的脸有些青白。

东边卷起了一团烟,罩住了金黄的麦子。机枪声、炮声,好像压低了那里的麦子。炮弹炸碎我们的土地,土块飞到半天空,那里面有多少炸碎了的金黄的麦穗!二梅知道这是敌人的炮。在那里作战的同志们,是不是受了伤呢?

她喊叫:

"我们不要在这里傻站着了,快回去抬担架,预备鸡蛋和开水!"

当她们抬了几副担架回来,炮声停了,那一团烟也远了。但是枪声很响很急,二梅知道这是我们的军队追赶敌人了。她们很快地向那里跑去。

我们的军队把敌人赶回窠里,才停下来。二梅她们抬回受伤的指导员和他那矮矮的通讯员。这两个同志去夺敌人的重机枪,受了伤。她们把夺来的重机枪也放在一副担架上。

还空着一副担架。她们回来,路过二梅家的地边,爷爷正靠在一个捆了的牛腰粗的大麦个上等候,他担心他的孩子,眼望着东边的路。二梅说笑着回来了,看见爷爷,她说:

"把麦个放在担架上,我们给你抬回去!"

老头子听了孙女儿的话,真的把麦个放到担架上来,看着孙女儿和她的伙伴们抬起来,飞快地往村里去了。

第一副担架上是指导员,第二副是通讯员,第三副是重机枪,第四副是麦子。

老头子跟在后面,打着火抽着烟。太阳已经有一半落到远远的西山里去了,在它上面是一团团千变万化的云彩——那在老人的眼里,是一只虎,一只豹,一匹飞马,一只老鹰。

晚上,奶奶又把饭放在那里,小桌上却有了白面饼。爷爷回来,二梅回来,奶奶说:

"你今儿个更有功了,奶奶给你烙了白面饼,快点吃!"

二梅说:

"有功的是人家队伍上,有功的是指导员和他那通讯员,人家夺了敌人一挺重机枪,受了伤,先慰劳他们吧!"

二梅带了自家的饼还有别人家的鸡蛋到指导员那里去,指导员和通讯员的伤口全包扎好了,躺在院当中月亮地里的软床上。

田野里是收割麦子和打场的声音,风吹来薄薄的小麦的香味。二梅和她的两个小组长站在受伤人的床前,念着妇救会的慰问信。

二梅又念了她自己的慰问信。

她念着,她述说她自己原是这样一个孩子,从小死了娘,在野地里,春天挑野菜,秋天拾庄稼,冬天割柴草,风吹着,雨打着,长到十五岁。八路军来了,是正好的年岁,赶上了正好的年月。这样她就不再走奶奶的路，娘的路；一条完全新的道路，在她眼前打开了。

她的声音是那么庄严、热情和诚恳，感动得受伤的人硬支起身子来，严肃地听着。

一九四五年七月于延安

（孙犁、赵侠、铁彦集体创作）

芦 花 荡

——白洋淀纪事之二

夜晚，敌人从炮楼的小窗子里，呆望着这阴森黑暗的大苇塘，天空的星星也像浸在水里，而且要滴落下来的样子。到这样的深夜，苇塘里才有水鸟飞动和唱歌的声音，白天它们是紧紧藏到窠里躲避炮火去了。苇子还是那么狠狠地往上钻，目标好像就是天上。

敌人监视着苇塘。他们提防有人给苇塘里的人送来柴米，也提防里面的队伍会跑了出去。我们的队伍还没有退却的意思。可是假如是月明风清的夜晚，人们的眼再尖利一些，就可以看见有一只小船从苇塘里撑出来，在淀里，像一片苇叶，奔着东南去了。半夜以后，小船又飘回来，船舱里装满了柴米油盐，有时还带来一两个从远方赶来的干部。

撑船的是一个将近六十岁的老头子，船是一只尖尖的小船。老头子只穿一条蓝色的破旧短裤，站在船尾巴上，手里拿着一根竹篙。

老头子浑身没有多少肉，干瘦得像老了的鱼鹰。可是那晒得干黑的脸，短短的花白胡子却特别精神，那一对深陷的眼睛却特别明亮。很少见到这样尖利明亮的眼睛，除非是在白洋淀上。

老头子每天夜里在水淀出入，他的工作范围广得很：里外交通，运输粮草，护送干部；而且不带一支枪。他对苇塘里的负责同志说：

你什么也靠给我,我什么也靠给水上的能耐,一切保险。

老头子过于自信和自尊。每天夜里,在敌人紧紧封锁的水面上,就像一个没事人,他按照早出晚归捕鱼撒网那股悠闲的心情撑着船,编算着使自己高兴也使别人高兴的事情。

因为他,敌人的愿望就没有达到。

每到傍晚,苇塘里的歌声还是那么响,不像是饿肚子的人们唱的;稻米和肥鱼的香味,还是从苇塘里飘出来。敌人发了愁。

一天夜里,老头子从东边很远的地方回来。弯弯下垂的月亮,浮在水一样的天上。老头子载了两个女孩子回来。孩子们在炮火里滚了一个多月,都发着疟子,昨天跑到这里来找队伍,想在苇塘里休息休息,打打针。

老头子很喜欢这两个孩子:大的叫大菱,小的叫二菱。把她们接上船,老头子就叫她们睡一觉,他说:什么事也没有了,安心睡一觉吧,到苇塘里,咱们还有大米和鱼吃。

孩子们在炮火里一直没安静过,神经紧张得很。一点轻微的声音,闭上的眼就又睁开了。现在又是到了这么一个新鲜的地方,有水有船,荡悠悠的,夜晚的风吹得长期发烧的脸也清爽多了,就更睡不着。

眼前的环境好像是一个梦。在敌人的炮火里打滚,在高粱地里淋着雨过夜,一晚上不知道要过几条汽车路,爬几道沟。发高烧和打寒噤的时候,孩子们也没停下来。一心想:找队伍去呀,找到队伍就好了!

这是冀中区的女孩子,大的不过十五,小的才十三。她们在家乡的道路上行军,眼望着天边的北斗。她们看着初夏的小麦黄梢,看着中秋的高粱晒米。雁在她们的头顶往南飞去,不久又向北飞来。她们长大成人了。

小女孩子趴在船边,用两只小手淘着水玩。发烧的手浸在清凉的水里很舒服,她随手就舀了一把泼在脸上,那脸涂着厚厚的泥和汗。

她痛痛快快地洗起来,连那短短的头发。大些的轻声吆喝她:

"看你,这时洗脸干什么?什么时候啊,还这么爱干净!"

小女孩子抬起头来,望一望老头子,笑着说:

"洗一洗就精神了!"

老头子说:

"不怕,洗一洗吧,多么俊的一个孩子呀!"

远远有一片阴惨的黄色的光,突然一转就转到她们的船上来。女孩子正在拧着水淋淋的头发,叫了一声。老头子说:

"不怕,小火轮上的探照灯,它照不见我们。"

他蹲下去,撑着船往北绕了一绕。黄色的光仍然向四下里探照,一下照在水面上,一下又照到远处的树林里去了。

老头子小声说:

"不要说话,要过封锁线了!"

小船无声地,但是飞快地前进。当小船和那黑乎乎的小火轮站到一条横线上的时候,探照灯突然照向她们,不动了。两个女孩子的脸照得雪白,紧接着就扫射过一梭机枪。

老头子叫了一声"趴下",一抽身就跳进水里去,踏着水用两手推着小船前进。大女孩子把小女孩子抱在怀里,倒在船底上,用身子遮盖了她。

子弹吱吱地在她们的船边钻到水里去,有的一见水就爆炸了。

大女孩子负了伤,虽说她没有叫一声也没有哼一声,可是胳膊没有了力量,再也搂不住那个小的,她翻了下去。那小的觉得有一股热热的东西流到自己脸上来,连忙爬起来,把大的抱在自己怀里,带着哭声向老头子喊:

"她挂花了!"

老头子没听见,拼命地往前推着船,还是柔和地说:

"不怕。他打不着我们!"

"她挂了花!"

"谁?"老头子的身体往上蹿了一蹿,随着,那小船很厉害地仄歪了一下。老头子觉得自己的手脚顿时失去了力量,他用手扒着船尾,跟着浮了几步,才又拼命地往前推了一把。

他们已经离苇塘很近。老头子爬到船上去,他觉得两只老眼有些昏花。可是他到底用篙拨开外面一层芦苇,找到了那窄窄的入口。

一钻进苇塘,他就放下篙,扶起那大女孩子的头。

大女孩子微微睁了一下眼,吃力地说:

"我不要紧。快把我们送进苇塘里去吧!"

老头子无力地坐下来,船停在那里。月亮落了,半夜以后的苇塘,有些飒飒的风响。老头子叹了一口气,停了半天才说:

"我不能送你们进去了。"

小女孩子睁大眼睛问:

"为什么呀?"

老头子直直地望着前面说:

"我没脸见人。"

小女孩子有些发急。在路上也遇见过这样的带路人,带到半路上就不愿带了,叫人为难。她像央告那老头子:

"老同志,你快把我们送进去吧,你看她流了这么多血,我们要找医生给她裹伤呀!"

老头子站起来,拾起篙,撑了一下。那小船转弯抹角钻入了苇塘的深处。

这时,那受伤的才痛苦地哼哼起来。小女孩子安慰她,又好像是抱怨,一路上多么紧张,也没怎么样。谁知到了这里,反倒……一声一声像连珠箭,射穿老头子的心。他没法解释:大江大海过了多少,为什么这一次的任务,偏偏没有完成?自己没儿没女,这两个孩子多么叫人喜爱!自己平日夸下口,这一次带着挂花的人进去,怎么张嘴说话？这老脸呀！他叫着大菱说：

"他们打伤了你，流了这么多血，等明天我叫他们十个人流血！"

两个孩子全没有答言，老头子觉得受了轻视。他说：

"你们不信我的话，我也不和你们说。谁叫我丢人现眼，打牙跌嘴呢！可是，等到天明，你们看吧！"

小女孩子说：

"你这么大年纪了，还能打仗？"

老头子狠狠地说：

"为什么不能？我打他们不用枪，那不是我的本事。愿意看，明天来看吧！二菱，明天你跟我来看吧，有热闹哩！"

第二天，中午的时候，非常闷热。一轮红日当天，水面上浮着一层烟气。小火轮开的离苇塘远一些，鬼子们又偷偷地爬下来洗澡了。十几个鬼子在水里泅着，日本人的水式真不错。水淀里没有一个人影，有只一团白绸子样的水鸟，也躲开鬼子往北飞去，落到大荷叶下面歇凉去了。从荷花淀里却撑出一只小船来。一个干瘦的老头子，只穿一条破短裤，站在船尾巴上，有一篙没一篙地撑着，两只手却忙着剥那又肥又大的莲蓬，一个一个投进嘴里去。

他的船头上放着那样大的一捆莲蓬，是刚从荷花淀里摘下来的。不到白洋淀，哪里去吃这样新鲜的东西？来到白洋淀上几天了，鬼子们也还是望着荷花淀瞪眼。他们冲着那小船吆喝，叫他过来。

老头子向他们看了一眼，就又低下头去。还是有一篙没一篙地撑着船，剥着莲蓬。船却慢慢地冲着这里来了。

小船离鬼子还有一箭之地，好像老头子才看出洗澡的是鬼子，只一篙，小船溜溜转了一个圆圈，又回去了。鬼子们拍打着水追过去，老头子张皇失措，船却走不动，鬼子紧紧追上了他。

眼前是几根埋在水里的枯木桩子，日久天长，也许人们忘记这是为什么埋的了。这里的水却是镜子一样平，蓝天一般清，拉长的水草在水底轻轻地浮动。鬼子们追上来，看看就扒上了船。老头子又是一篙，小船旋风一样绕着鬼子们转，莲蓬的清香，在他们的鼻子尖上扫过。鬼子们像是玩着捉迷藏，乱转着身子，抓上抓下。

一个鬼子尖叫了一声，就蹲到水里去。他被什么东西狠狠咬了一口，是一只锋利的钩子穿透了他的大腿。别的鬼子吃惊地往四下里一散，每个人的腿肚子也就挂上了钩。他们挣扎着，想摆脱那毒蛇一样的钩子。那替女孩子报仇的钩子却全找到腿上来，有的两个，有的三个。鬼子们痛得鬼叫，可是再也不敢动弹了。

老头子把船一撑来到他们的身边，举起篙来砸着鬼子们的脑袋，像敲打顽固的老玉米一样。

他狠狠地敲打，向着苇塘望了一眼。在那里，鲜嫩的芦花，一片展开的紫色的丝绒，正在迎风飘撒。

在那苇塘的边缘，芦花下面，有一个女孩子，她用密密的苇叶遮掩着身子，看着这场英雄的行为。

一九四五年八月 于延安

嘱　　咐

　　水生斜背着一件日本皮大衣，偷过了平汉路，天刚大亮。家乡的平原景色，八年不见，并不生疏。这正是腊月天气，从平地上望过去，一直望到放射红光的太阳那里，他深深地吸了一口气。把身子一挺，十几天行军的疲劳完全跑净，脚下轻飘飘的，眼有些晕，身子要飘起来。这八年，他走的多半是山路，他走过各式各样的山路：五台附近的高山，黄河两岸的陡山，延安和塞北的大土圪塔山。哪里有敌人就到哪里去，枪背在肩上、拿在手里八年了。

　　水生是一个好战士，现在已经是一个副教导员。可是不瞒人说，八年里他也常常想到家，特别是在休息时间，这种想念，很使一个战士苦恼。这样的时候，他就拿起书来或是到操场去，或是到菜园子里去，借游戏、劳动和学习，好把这些事情忘掉。

　　他也曾有过一种热望，能有个机会再打到平原上去，到家看看就好了。

　　现在机会来了。他请了假，绕道家里看一下。因为地理熟，一过铁路他就不再把敌人放在心上。他悠闲地走着，四面八方观看着，为的是饱看一下八年不见的平原风景。铁路旁边并排的炮楼，有的已经拆毁，破墙上洒落了一片鸟粪。铁路两旁的柳树黄了叶子，随着铁轨伸展到远远的北方。一列火车正从那里慢慢地滚过来，惨叫，吐着白雾。

　　一时，强烈的战斗要求和八年的战斗景象涌到心里来。他笑了一笑，想，现在应该把这些事情暂时地忘记，集中精神看一看家乡的风土人情吧。他信步走着，想享受享受一个人在特别兴奋时候的愉快心情。他看看麦地，又看看天，看看周围那像深蓝淡墨涂成的村庄图画。这里离他的家不过九十里路，一天的路程。今天晚上，就可以到家了。

　　不久，他觉得这种感情有些做作，心里面并不那么激动。幼小的时候，离开家半月十天，当黄昏的时候走近了自己的村庄，望见自己家里烟囱上冒起的袅袅的轻烟，心里就醉了。现在虽然对自己的家乡还是这样爱好、崇拜，但是那样的一种感情没有了。

　　经过的村庄街道都很熟悉。这些村庄经过八年战争，满身创伤，许多被敌人烧毁的房子，还没有重新盖起来。村边的炮楼全拆了，砖瓦还堆在那里，有的就近利用起来，垒了个厕所。在形式上，村庄没有发展，没有添新的庄院和房屋。许多高房，大的祠堂，全拆毁修了炮楼，幼时记忆里的几块大坟地，高大的杨树和柏树，也砍伐光了，坟墓曝露出来，显得特别荒凉。但是村庄的血液，人民的心却壮大发展了。一种平原上特有的勃勃生气，更是强烈扑人。

　　水生的家在白洋淀边上。太阳平西的时候，他走上了通到他家去的那条大堤，这里离他的村庄十五里路。

　　堤坡已经破坏，两岸成荫的柳树砍伐了，堤里面现在还满是水。水生从一条小道上穿过，地势一变化，使他不能正确地估计村庄的方向。

　　太阳落到西边远远的树林里去了，远处的村庄迅速地变化着颜色。水生望着树林的疏密，辨别自己的村庄，家近了，就要进家了，家对他不是吸引，却是一阵心烦意乱。他想起许多事。父亲确实的年岁忘记了,是不是还活着?父亲很早就是有痰喘的病。还有自己女人,正在青春,一别八年,分离时她肚子里正有一个小孩子。房子烧了吗?

不是什么悲喜交加的情绪,这是一种沉重的压迫,对战士的心的很大的消耗。他在心里驱逐这种思想感情,他走得很慢,他决定坐在这里,抽袋烟休息休息。

他坐下来打火抽烟,田野里没有一个人,风有些冷了,他打开大衣披在身上。他从积满泥水和腐草的水洼望过去,微微地可以看见白洋淀的边缘。

黄昏时候,他走到了自己的村边,他家就住在村边上。他看见房屋并没烧,街里很安静,这正是人们吃完晚饭,准备上门的时候了。

他在门口遇见了自己的女人。她正在那里悄悄地关闭那外面的梢门。水生亲热地叫了一声:

"你!"

女人一怔,睁开大眼睛,咧开嘴笑了笑,就转过身子去抽抽搭搭地哭了。水生看见她脚上那白布封鞋,就知道父亲准是不在了。两个人在那里站了一会儿。还是水生把门掩好说:"不要哭了,家去吧!"他在前面走,女人在后面跟,走到院里,女人紧走两步赶到前面,到屋里去点灯。水生在院里停了停。他听着女人忙乱地打火,灯光闪到窗户上了,女人喊:"进来吧!还做客吗?"

女人正在叫唤着一个孩子,他走进屋里,女人从炕上拖起一个孩子来,含着两眼泪水笑着说:

"来,这就是你爹,一天价看见人家有爹,自己没爹,这不现在回来了。"说着已经不成声音。水生说:

"来!我抱抱。"

老婆把孩子送到他怀里,他接过来,八九岁的女孩子竟有这么重。那孩子从睡梦里醒来,好奇地看着这个生人,这个"八路"。女人转身拾掇着炕上的纺车线子等等东西。

水生抱了孩子一会儿，说：

"还睡去吧。"

女人安排着孩子睡下，盖上被子，孩子却圆睁着两眼，再也睡不着。水生在屋里转着，在那扑满灰尘的迎门橱上的大镜子里照看自己。

女人要端着灯到外间屋里去烧水做饭，望着水生说：

"从哪里回来？"

"远了，你不知道的地方。"

"今天走了多少里？"

"九十。"

"不累吗？还在地下溜达？"

水生靠在炕头上。外面起了风，风吹着院里那棵小槐树，月光射到窗纸上来。水生觉着这屋里是很暖和的，在黑影里问那孩子：

"你叫什么？"

"小平。"

"几岁了？"

女人在外边拉着风箱说：

"别告诉他，他不记得吗？"

孩子回答说：

"八岁。"

"想我吗？"

"想你。想你，你不来。"孩子笑着说。

女人在外边也笑了。说：

"真的！你也想过家吗？"

水生说：

"想过。"

"在什么时候？"

"闲着的时候。"

"什么时候闲着？"

"打过仗以后，行军歇下来，开荒休息的时候。"

"你这几年不容易呀？"

"嗯，自然你们也不容易。"水生说。

"嗯？我容易，"她有些气愤地说着，把饭端上来，放在炕上。"爹是顶不容易的一个人，他不能看见你回来……"她坐在一边看着水生吃饭，看不见他吃饭的样子八年了。水生想起父亲，胡乱吃了一点，就放下了。

"怎么？"她笑着问，"不如你们那小米饭好吃？"

水生没答话。她拾掇了出去。

回来，插好了隔山门。院子里那挤在窝里的鸡们，有时转动扑腾。孩子睡着了，睡得是那么安静，那呼吸就像泉水在春天的阳光里冒起的小水泡，愉快地升起，又幸福地降落。女人爬到孩子身边去，她一直呆望着孩子的脸。她好像从来没有见过这个孩子，孩子好像是从别人家借来，好像不是她生出，不是她在那潮湿闷热的高粱地，在那残酷的"扫荡"里奔跑喘息，丢鞋甩袜抱养大的，她好像不曾在这孩子身上寄托了一切，并且在孩子的身上祝福了孩子的爹："那走得远远的人，早一天胜利回来吧！一家团聚。"好像她并没有常常在深深的夜晚醒来，向着那不懂事的孩子，诉说着翻来覆去的题目：

"你爹哩，他到哪里去了？打鬼子去了……他拿着大枪骑着大马……就要回来了，把宝贝放在马上……多好啊！"

现在，丈夫像从天上掉下来一样。她好像是想起了过去的一切，还编排那准备了好几年的话，要向现在已经坐到她身边的丈夫诉说了。

水生看着她。离别了八年，她好像并没有老多少。她今年二十九岁了，头发虽然乱些，可还是那么黑。脸孔苍白了一些，可是那两只眼睛里的光，还是那么强烈。

他望着她身上那自纺自织的棉衣和屋里的陈设。不论是人的身上，人的心里，都表现出是叫一种深藏的志气支撑，闯过了无数艰难的关口。

"还不睡吗？"过了一会儿，水生问。

"你困你睡吧，我睡不着。"女人慢慢地说。

"我也不困。"水生把大衣盖在身上，"我是有点冷。"

女人看着他那日本皮大衣，笑着问：

"说真的，这八九年，你想起过我吗？"

"不是说过了吗？想过。"

"怎么想法？"她逼着问。

"临过平汉路的那天夜里，我宿在一家小店，小店里有个鱼贩子是咱们乡亲。我买了一包小鱼下饭，吃着那鱼，就想起了你。"

"胡说。还有吗？"

"没有了。你知道我是出门打仗去了，不是专门想你去了。"

"我们可常常想你，黑夜白日。"她支着身子坐起来，"你能猜一猜我们想你的那段苦情吗？"

"猜不出来。"水生笑了笑。

"我们想你，我们可没有想叫你回来。那时候，日本人就在咱村边。可是在黑夜，一觉醒了，我就想：你如果能像天上的星星，在我眼前是一晃就好了。可是能够吗？"

从窗户上那块小小的玻璃上结起来冰花，夜深了，大街的高房上有人高声广播：

"民兵自卫队注意！明天，鸡叫三遍集合。带好武器，和一天的干粮！"

那声音转动着，向四面八方有力地传送。在这样降落霜雪严寒的夜里，一只粗大的喇叭在热情地呼喊。

"他们要到哪里去？"水生照战争习惯，机警地直起身子来问。

"准是到胜芳。这两天，那里很紧！"女人一边细心听，一边小声地说。

"他们知道我们来了。"

"你们来了？你要上哪里去？"

"我们是调来保卫冀中平原，打退进攻的敌人的！"

"你能在家住几天？"

"就是这一晚上。我是请假绕道来看望你。"

"为什么不早些说？"

"还没顾着啊！"

女人呆了。她低下头去，又无力地仄在炕上。过了好半天，她说：

"那么就赶快休息休息吧，明天我撑着冰床子去送你。"

鸡叫三遍，女人就先起来给水生做了饭吃。这是一个大雾天，地上堆满了霜雪。女人把孩子叫醒，穿得暖暖的，背上冰床，锁了梢门，送丈夫上路。出了村，她要丈夫到爹的坟上去看看。水生说等以后回来再说，女人不肯。她说：

"你去看看，爹一辈子为了我们。八年，你只在家里待了一个晚上。爹叫你出去打仗了，是他一个老年人照顾了咱们全家。这是什么太平日子呀？整天价东逃西窜。因为你不在家，爹对我们娘俩，照顾得惟恐不到。只怕一差二错，对不起在外抗日的儿子。每逢夜里一有风声，他老人家就先在院里把我叫醒，说：水生家起来吧，给孩子穿上衣裳。不管是风里雨里，多么冷，多么热，他老人家背着孩子逃跑，累得痰喘咳嗽。是这个苦日子，遭难的日子，担惊受怕的日子，把他老人家累死。还有那年大饥荒……"

在河边，他们上了冰床。水生坐上去，抱着孩子，用大衣给她包好脚。女人站在床子后面，撑起了竿。女人是撑冰床的好手，她逗着孩子说：

"看你爹没出息，当了八年八路军，还得叫我撑冰床子送他！"

她轻轻地跳上冰床子后尾，像一只雨后的蜻蜓爬上草叶。轻轻用竿子向后一点，冰床子前进了。大雾笼罩着水淀，只有眼前几丈远的冰道可以望见。河两岸残留的芦苇上的霜花飒飒飘落，人的衣服上立时变成银白色。她用一块长的黑布紧紧把头发包住，冰床像飞一样前进，好像离开了冰面行走。她的围巾的两头飘到后面去，风正从她的前面吹来。她连撑几竿，然后直起身子来向水生一笑。她的脸冻得通红，嘴里却冒着热气。小小的冰床像离开了强弩的箭，摧起的冰屑，在它前面打起团团的旋花。前面有一条窄窄的水沟，水在冰缝里汩汩地流，她只说了一声"小心"，两脚轻轻地一用劲，冰床就像受了惊的小蛇一样，抬起头来，蹿过去了。

水生警告她说：

"你慢一些，疯了？"

女人擦一擦脸上的冰雪和汗，笑着说：

"同志！我们送你到战场上去呀，你倒说慢一些！"

"擦破了鼻子就不闹了。"

"不会。这是从小玩熟了的东西。今天更不会。在这八年里面，你知道我用这床子，送过多少次八路军？"

冰床在霜雾里，在冰上飞行。

"你把我送到丁家坞，"水生说，"到那里，我就可以找到队伍了。"

女人没有言语。她呆望着丈夫。停了一会儿，才说：

"你给孩子再盖一盖，你看她的手露着。"

她轻轻地喘了两口气。又说：

"你知道，我现在心里很乱。八年我才见到你，你只在家里待了不到多半夜的工夫。我为什么撑得这么快？为什么着急把你送到战场上去？我是想，你快快去，快快打走了进攻我们的敌人，你才能快快地回来，和我见面。

"你知道，我们，我们这些留在家里当媳妇的，最盼望胜利。我们在地洞里，在高粱地里等着这一天。这一天来了，我们那高兴，是不能和别人说的。

"进攻胜芳的敌人，是坐飞机来的；他们躺在后方，和妻子团聚了八九年。他们来了，可把我们的幸福打破了，他们打破了我们的心。他们造的罪孽是多么重！一定要把他们完全消灭！"

冰床跑进水淀中央，这里是没有边际的冰场。太阳从冰面上升出来，冲开了雾，形成一条红色的胡同，扑到这里来，照在冰床上。女人说：

"爹活着的时候常说，水生出去是打开一条活路，打开了这条活路，我们就得活，不然我们就活不了。八年，他老人家焦愁死了。国民党反动派又要和日本一样，想来把我们活着的人完全逼死！

"你应该记着爹的话，向上长进，不要为别的事情分心，好好打仗。八年过去了，时间不算不长。只要你还在前方，我等你到死！"

在被大雾笼罩、杨柳树环绕的丁家坞村边，水生下了冰床。他望着呆呆站在冰上的女人说：

"你们也到村里去暖和暖和吧。"

女人忍着眼泪，笑着说：

"快去你的吧！我们不冷。记着，好好打仗，快回来，我们等着你的胜利消息。"

一九四六年河间

新 安 游 记

在端村，人们对新安的印象是：那里的人好吃懒做，闹排场，男人们坐茶馆，女人们梳妆打扮。在端村的旧货摊上，我见过华贵的屋内陈设的木器和华丽的妇女们穿过的衣服，据说也是从新安清算出来的。有些人过着这样的生活，就该有一些人过着另外一样生活。

我到了新安。它四面被水包围，人们串亲也坐着拖床。街道很长，但已经看不见这里繁华的痕迹。街上没有什么茶馆，也看不见穿绸挂缎的妇女。新安只剩下了一条大街，此外的房舍，全部被敌人烧毁成为瓦砾。

我顺着拆毁的城墙走到东北角上，城外水很深，并且有船只停泊，想是一个渡口。城墙里面一道深沟，过去是一处高大的宅院，这宅院选择的地势十分险要。河边，一个十五六的女孩子正在擦抹着她家的船只。经她指点，我才知道这就是大汉奸恶霸熊万东的住宅。那时候，新安的锄奸团很厉害，可是除不了熊万东。他深宅大院，房后就是城墙，前院驻扎着日本宪兵队。

老汉奸以为是保了险的，整天不出大门一步。

八月十五晚上，老汉奸酒足饭饱，坐在客厅里赏月，一把盒子枪放在他手边的乌漆八仙桌上。后院里，他的儿媳妇正陪着日本宪兵队长打牌取乐，嘻嘻哈哈的声音，不时传过来。老汉奸以为他的江山，简直是万世的基业了。

忽然帘子一动，闪进一个人来。

老汉奸一抓盒子问："谁？"

"是我，大伯。"进来的人安静地低声说。

老汉奸并没放松，他把身子一闪，就要射击。但在月亮底下，他看得清清楚楚，他的侄儿手里什么东西也没有，并且低着头，非常温顺。老汉奸又喝道："你来找死？"

"愿意把我打死也可以。"他侄儿显得十分可怜地说，"全凭大伯。我在外面也实在混不了！"

"为什么混不了？你不是参加了锄奸团，很红吗？"

"我怎么也斗不过大伯。日本人到处抓我，逼得我走投无路，我还是得回来求大伯你。"

"求我干吗？去求你的上级呀！"

"我决心不干了。新安这地方，我不能站脚，我想到天津去，求大伯给我一点盘费。"

"我一个大子儿也没有！"老汉奸退回来，坐在椅子上，忽然大声喊，"你掏什么？"

侄儿从腰里抽出一把盒子，笑着说："我带来了一支盒子，这是一支顶好的枪，送给大伯。大伯有钱，也难淘换这么一件家伙！"

他倒拿着枪，交给他的大伯：

"我求大伯看在这支枪面子上，借给我五十块钱。"

老汉奸把侄子的枪拿过来，走到钱柜那里去，他想把枪支藏起，叫他滚蛋。

他一猫腰，他的脑袋掉下来，砸在钱柜上。一把明亮的刀在黑影里一闪。那个侄儿把两支枪带好，就到了上房。

在上房，他一刀砍死日本宪兵队长，又用枪逼着他的堂弟和堂弟妹来到客厅，他命令：

"张包！"

他堂弟扯起大衣襟，他在钱柜上抓起一件东西放进去：

"走！"

"大哥，我爹哩？"

"不要找他！走！上房！你哭，我砍了你！"他对他堂弟妹说。

他带着两个汉奸男女上房，下房，过壕沟上城墙。

城墙外边有一只小船等在那里，他们来到船上。

"大哥，我爹哩？"

"你看包里是什么？"汉奸兄弟解开包一看，皓月当空照见他爹的人头，他唉呀一声。小船箭一样开走了。

这就是有名的熊氏三杰的英雄故事中间的一个。

"他为什么杀了他的大伯？"在解放区，是没人发这样糊涂的问题的。这位英雄不久牺牲在新安城下。他吃醉了酒，受了奸人的骗："要拿新安了！"他跳下炕来就奔着县城跑去，他爬上城墙，敌人打中了他，翻身跌了下来。伙伴说："你挂了彩，我背你回去！"

他一摆手说："不用！我是没用的人了。这样也就够本了！"他举枪打死了自己。

其实，敌人只打折了他的左腿。

关于他的两条腿，有很多传说，新安一带，都说他是飞毛腿。有人说，飞毛不飞毛不知道，反正他走路特别溜撒，孩童的时候，常见他沿着城墙垛口飞跑。

也许有人要问：为什么只坏了一条腿就打死自己？这问题就很难答复。为什么不残废地活着？我好像听说，有一只鹰，非常勇猛，损坏了一根羽翎，它就自己碰死在岩石上。为什么它要碰死？

冰连地结的新安，有一种强烈的英雄悲壮的风云，使人向往不止。

一九四七年三月

钟

一

　　林村村西有个南海大土庙。庙很久远了，许多关于庙的事，在冀中平原，除去想到那些砖瓦可以利用，庙里的田产可以分种，全都忘记了。眼前的新事情很多，新话柄很多，谁肯再去谈过去的事？这个庙，人们一时却忘不下。早年间，这个庙的特点，第一是因为它里面住的不是和尚，而是尼姑。周围几十里，尼姑庵只有这一个。庵里的尼姑又多长得俊，春秋两季过后，她们到各村里敛化，人们对这个庙更熟悉了。

　　人们能记得起的庙里的尼姑，也只有两三代，一般年轻人，就只记得慧秀了。至于十岁以下的孩子们，在我们冀中区，就不知道什么叫尼姑。因为尼姑的特点是女人落发，现在还活着的慧秀，却是满脑袋黑油油的头发。

　　慧秀的师父叫什么，已经很少有人提起。这是个很泼辣狠毒的人。她活着的时候，孩子们不能到庙里去玩，偷偷进去了，她会拿拐杖把你赶出去，还骂到街上来。人们不明白，为什么她在大士面前那么修福行善，嘴里却有这么一大堆尖酸刻薄的语言。就是这些，人们也忘记了。人们所以还提念一下，也不过是因为她的敛化，庙里才有了一个小铁钟。

这钟挂在庙的西墙里面。西墙外面是一个芦苇坑，村里的水都流在这里，苇子长得很好。到了春天，苇锥锥像小牛犊头上钻出来的紫红小犄角，水灵灵地充满生气。到夏天，雨水涨满，是一片摇动的绿色的大棚帐。到冬天，它点缀着平原单调肃杀的气象，黄白的芦花从这里吹起来。

钟紧挨着尼姑们睡觉的房，两间小小的土坯平房。从房子的样子看，从屋里的锅碗盆灶和一切的陈设看，这和平民的住家实在没有丝毫的分别。凡是女人们用的东西，爱好的东西，她们都有也都爱好。

那时候，师父老了，瞎了一只眼睛，抽着一口大烟。慧秀才十八岁。她不久交结了村里一个年轻人。

既是爱上了，就真心爱，慧秀第一次对那年轻人的誓言，是我要为你死。在那些时候，每逢夜深人静，村里的人们看见，在那两间小屋的南间，还点着一盏明亮的灯。好心肠的人们说，那是尼姑念经卷呢。慧秀却在把针线凑在灯头上，给她那相好的缝衣服。她敛化了钱换成漂白的布，给那个年轻人缝小褂。夜很深，灯灭了，人才睡了。

这个年轻人叫大秋。是村里麻绳铺的一个工人，才二十八岁。因为一个穷人既是仗着手艺吃饭，他就学会了各种在农村里有用的手艺，并且样样精通。这个年轻人成了村里顶有用的人，也是顶漂亮的人。人缘好，好交朋友，可是一直娶不上个媳妇。

媳妇都给有地的人娶去了。地多的娶个俊的年轻的；地少的娶个丑的年岁大的。在农村，女人和土地结合，没有一垄园子地，就好像也没有犁耙绳套一样，打光棍没女人。

可是对于慧秀，她需要的只是一个真心的人，一个漂亮的人。她和他好了。并且立时就怀上了身孕。

这一年，是抗战的第一年。滹沱河涨了一次水，水撤了，麦苗满地的时候，出现了一支小小的队伍。这队伍是很小，直到现在人们还说："那时候你们才有几个人呀！"可是这支小队伍在这个时候出现在平原上，就像投了一星什么奇怪的东西在一缸水里，立时一缸水就变了颜色，并且沸腾起来了。

林村成立了人民自卫团的大队部。在集合人的时候，敲庙里的铁钟。不错，那个时候，林村的年轻人还没有对自己力量的自信，就像那只小铁钟长年挂在那里，不自觉自己的声音的号召力量一样。可是钟响了，人来了，八年战争而且胜利了。那个敲钟的人还活着吗？如果在这几年残酷的战斗里他没有死，人们要记住：是他抡起了那个榆木棍，敲得铁钟像海啸一样响啊！

村里的农会成立了，集合的时候敲着铁钟。工会成立了，大秋当选了主任，当他被一村的长工们选举出来，站在那高高的台上宣誓的时候，钟又洪亮地响了。

这是振奋，是鼓励，是铁的誓言。同是这个钟，第二次响的时候，却把大秋的心敲碎了。

二

那个老尼姑，慧秀的师父，想当年也是风流过的。她交结过不少朋友，施主或者叫善人。有些人三天好，两天又不好了；一直取着联系的，却只有麻绳铺的东家林德贵，林村有名的地主和大乡绅。林德贵用自己在村里的特殊地位，和手中比别人富足的钱，排挤了竞争者，差不多是霸占了这个女人。

在那些年间，女人，就是一个尼姑，看重的也是势力和财帛。林德贵给她撑腰，就没人敢来招惹她的庙产。尼姑在社会上并没有特殊地位，可是因为她既是林德贵的知己，她竟能调词架讼，成了村里政治舞台上的要人。

可是她渐渐地老了,并且瞎了一只眼睛,她和林德贵的关系,就只剩下了那一小包大烟土的情分了。抗战前,林德贵常到庵里抽大烟,老尼姑陪着;慧秀是一个奴仆,一个丫鬟,一个还没有长成的窑姐儿。

林德贵眼看着炕沿下边这一朵小花渐渐开放,就又想伸手抓一把。可是一个尼姑,就是穷人家最苦的孩子,送到庙里,只不过比扔在野地,稍微好一点。在苦难里长大的孩子,知道忍受自己的苦难,也坚定着自己的心。林德贵在她眼里是仇恨不是爱情。在慧秀,一个十几岁的孩子,她从没有想过把自己拴在那个狭小的桩子上。她心里的天地很宽阔,她的希望很高;既没有母亲的抚爱,她就默默地修理着嫩小的羽毛。她觉得一旦自己的羽毛长成,谁能猜想她会飞到多么高的地方,多么远的地方呢?

按说林德贵的力量可以把这个孩子制服。但是,假如我们来不及为上一代人们庆幸,就为眼下这一代庆幸吧。平原的人民一举起了武器,并且组织起来,天地就改变了那长久灰暗肃杀的颜色。大地上起了风,尼姑庵里的铁钟响了。

人民起义的第二年春天,苇塘的冰解了,苇笋撒开了第一个叶子;慧秀十九岁。

这些日子人们不常见到这个年轻的尼姑了,她不常出门,人们传说她病了。村里的人正在忙着战争动员的事,也不大注意这些,只有一些年轻的姑娘们常常想起她来:

"怎么这些日子看不见慧秀?抗战了,妇女们要解放,她不能解放出来呀?那么一个聪明伶俐的人,当尼姑不像埋在坟里一样,唉!"

可是按照习惯,姑娘们不爱到尼姑庵里去。人们又讨厌她那个坏烂舌头的师父,也就忘记她了。

没有忘记她的人只有两个吧,一个是大秋,一个是林德贵那老东西。

一天晚上，一弯月亮在天边出现了，天空很昏迷，月亮周围浮动着一圈云雾，预告半夜以后就要起风了。这是平原上春天的风，刮起来整天整夜的风，一种遮盖天地，屋子里都要昏暗起来的黄风。

老尼姑拄着拐杖从村里走回来，探手到怀里摸一摸，又喃喃地骂了一句。远处已经有了风声，她紧了紧脖子里那条缎子围巾。

到了庙门口，她推开那沉重的油漆剥落的山门进去了，随手又关上。她看一看南间的窗子，灯光在闪动。

她进到屋里，把怀里的一包东西掏出来，往炕上一丢，狠狠地说："去熬熬，吃了！"

慧秀正侧在炕上面对着窗户，看着那个空花露水瓶子做成的煤油灯。灯光很小，却很亮，像一个刚刚解剖出来的小青蛙的心脏，活泼地跳动着。

她转过身子来。她的脸有些苍白，衬托的那两只眼睛更黑更大了。眼里有些湿润，微微眨动眨动那薄薄的眼皮，两颗眼泪滴落在她那浅色月白缎子道袍领的棉袄上。她的棉袄虽然特意做得肥了一些，现在的胸部和腹部也还是按压不住地突露出来。她一低头，心里就搅痛。

那些幸福的人，那些红媒正娶有钱有主的人，那些新婚不久就怀上了孩子的人，身体的膨胀和突出对于她们是一种多么新鲜，多么幸福的感觉。就是在母亲的身边，她们也会微闭着眼睛，用手抚摸着肚子，心里微笑着，去感觉那里面小小的生命的跳动。她们默默祝告着这个小小的生命快快地平安地出世吧！那是她的一场天才的创造，光荣和名誉的源泉。她们比任何人都着急着看一看自己身上分裂下来的这一块骨肉的可亲的面貌。他是个什么长相呢？他的眼睛还是像爹还是像娘呢？一个年轻美貌的小媳妇，怀里再抱一个肥胖的大娃娃，该是多么冠冕呀！

可是对于眼前这个女人，这个时时刻刻要在人面前掩饰着自己的肚子的女人,这个戴着黑色比丘帽的,还不到二十岁的女人,却为这肚里的小小生命折磨得快死了。她自怀上了这个东西,整天整夜地焦心慌乱。她忘记了一切,她曾经想到过,把他打下来吧!她想,既然为幸福冒了险,为不幸也可以冒险,她什么痛苦不能忍受呢?她可以用一只很长的铁针把这块东西扎下来!

她几次想这样做,几次拿起那只纺线的铁锭子,放下了,她没有这么忍心。她觉得自己虽说命苦,孩子有什么罪呢?害死这不能说甚至不会想的孩子,她不应该。有什么罪,我一个人担当起来吧,就是死,我也要叫肚里的孩子生下来见见天日,看看受难的母亲吧。她甚至没有埋怨过留下这个冤孽种子的人,她觉得都是命苦的人,不这样作孽,不这样犯罪,不这样胡作非为,不也是活不了吗?

七个月,八个月,孩子越在肚里生长,越成了形状,在睡里梦里,她觉得这个孩子有了五脏,有了眉眼,有了四肢胳膊腿,她就越不忍心这样做了。

这以前,她是用腰带把肚子抽紧,后来又用宽长的布把肚子扎起的。后来她不愿这样残害这孩子了,她坦然地把肚子呈现在太阳的光里。

师父痛骂了她一顿。根据她自己的经验,到村里药铺先生那里取来一服药,逼着她吃。

慧秀用那大眼睛呆呆望着师父说:

"我不吃!"

那声音很低,但是很坚定地传到师父的耳朵里。这声音像是要全世界都听到,不是羞臊,是决心。

"你不吃,就得给我死!"

满脸横肉的师父,举起拐杖,就敲在那肚子上去。

慧秀一手护着肚子,转过身去,趴在炕上哭了。

师父还压低声音骂:

"你不吃药，我就用乱棒给你砸下来。你知道吗？这是佛门清静的地方，能叫你在这里仰着生孩子？你说是哪个杂种给留下的这个坏种子？"

慧秀啼哭着，却刚强地说："你管不着。"

"我管定了。你有了这个浪孩子，你腆着这个大肚子，你在屋里修行着，你不去敛化。我们吃什么？花什么？叫我去叼食来喂你这蠢东西吗？说，是谁这么坏？"

慧秀流着眼泪，没说话。一时，她连哭都不想哭了。有了死的决心，就什么也可以不表示。她沉默起来。她听见外面起了风，佛殿上的铁马，叮当乱响。

师父一把抓起那个小包来说：

"好，我从小养大你，你是祖奶奶。我给你熬去，你不吃我灌死你。"

师父到灶间去了。

她有些难过，为什么他竟不来一趟看看她！她没有希望世界上有任何人心疼她，惦记她，可是如果他也把她忘记，负了心，她还有什么活头呢？快来救救我吧！她用两只手紧按着肚子。

这一晚大秋没来，林德贵却来了。他摸到师父屋里去，师父一见就骂：

"阿弥陀佛，你这兔崽子，这些日子哪里去来？"

"别骂！我给你带来了一包烟灰，叫你过过瘾。"

林德贵那连笑带说的声音，就像一个夜猫子，他问：

"慧秀哩？"

"快别提她，人家有了，快添了！"

"有了什么？"

"你别装蒜，是你这老东西施的坏不？"

"别冤枉人。"

林德贵只冷冷地说了一句，就没有下文了。

三

　　林德贵是憋着满肚子气，到这里散心的。从村里成立了工会，接二连三的事情，使他看着不顺眼，更不随心。他看出在这个村里，他要下台，而那些穷光蛋们要站上去。一个人感觉到别人动摇他的根基、他的统治的时候，他最怀恨也最恐怖。他曾经想到抵抗，想用过去村里的声威，压服他们，可是看来这些穷小子们并不怕。他也曾想到用自己走动官场的能耐，到区里县里去，可是那些县长区长也只是以这些穷光蛋们的一面之词为准，不给他丝毫的面子和主张。他也想过逃到南边去吧！可是他舍不下自己那三顷五十亩祖业地。

　　而且他手下的人，像大秋也反对起他来。渐渐没有过去对他的尊敬，他领导组织工会，还要求增加工资，半实物制，还要年节送礼，一年三个节气送三个盒子。在林德贵看来，送闺女送女婿也不过如此。而且这些人吃了你的东西并不说你好，挑碴拣刺，你有一点毛病，他还向上级反映，给你难看。

　　现在一听慧秀又有了孩子，更给他添了烦恼。原先，他以为一个女孩子，一时不答应，早晚还是他的；他的条件有利的多，林村还没有一个可以和他相比，慢慢磨吧，就是自己磨不上吧，反正也没叫别人沾上，那怨女孩子贞节。现在一听，这场梦也空了，他抢着抽了两口烟，着急地问：

　　"到底是谁的呀？"

　　"算我瞎了眼，一点风声也没听到，前日个才看见她的肚子那么大了。"

　　"快添了吗？"

"我看快了。"

老尼姑抽了两口烟,有点心平气和的样子。那盏快死灭的烟灯,照着这陈腐阴暗的屋子。外面的风声更大了,窗外的铁钟发出丝丝的声响。

"你真是个老混蛋,你平日就没看见过谁和她来往,来往的不相当,过于亲密……"

"你叫我想一想,"老尼姑有点困了,"啊!有那么一回,是谁来?你看我这个记性。看见我一进来,他两个人的神气全不对。啊!想起来了,是你铺子里那个大秋。"

"啊!"林德贵的心里,沉重地跳动了一下。他想,这年头,什么也是他们占先了,这一点便宜也叫他们占了去。他酸酸地说:

"你该去告他,告到县衙门里去。"

"我可不是得去告他!可是,听说他当了什么主任,常在衙门里跑动,这招惹的了吗?"

"别看他们那一套,"林德贵愤愤地说,"日头爷只能从东边出来,不能从西边出来,凤凰窝多早晚也是垒在梧桐树上,老鸹窝多早晚也得垒在那歪杈子的榆树上。叫他们闹吧!叫他们花红一时,兔子的尾巴长不了!"他说着就站起来,奔着南间去。南间的灯快灭了,屋里很暗,慧秀一阵肚痛过去,又一阵肚痛,正趴在炕上低声呻吟。林德贵一进来就说:

"你病了?"

慧秀没答声。林德贵又奸笑着说:

"我问你病了吗?我会治这个病。"

慧秀支了支身子,想坐起来,张了张嘴想骂一声"杂种"。可是她又伏下身子去了。她觉得决定她的命运的时候,就要来了,叫这老王八蛋快离开这里吧!她忍耐下去了。

紧接着又是一阵痛,这一阵痛得这样厉害,慧秀把头死顶在枕头上，叫了声娘。一个生命就要诞生了，在这平原的春天的夜晚，在这阴暗的小房子里，一个女人生产她的第一胎。偷偷地生产，母亲在痛苦里，没有希望，婴儿也没有诞生的喜悦的生产。母亲要流一样多的血，或者要流更多的血，因为代替那丈夫的关切，母亲的安慰，她那肚子上刚刚挨过了致命的一棒。而在这最不方便的时候，眼前还站着一个把她的痛苦当稀罕热闹看的仇人！慧秀强挺起身子，瞪起那充满血丝的眼，狠狠地说了一声：

"你出去！"

本来林德贵也想走了，他想起了一件事，他觉得他得到了一个把柄。他觉得今天这一趟没有白来，他甚至立时觉得他的财产和他的地位，也有了小小的保障。

可是，从慧秀的眼里，林德贵看到了他在这女人的心里的地位。他冷笑了一声走出来。他在外间屋里转了两转，走到院里又转了两转，他的心里突然出现了一个念头。他从台阶上掀起了一个砖，在那钟上连击了三下。钟发出了嗡嗡的要碎裂一样的吼叫，大地震动起来，风声却被淹没了。

正在生产的女人的心被震碎了，栽倒在地下，血不住地从她的下体流出来，婴儿降生在那冰冷的地上，只微弱地啼哭了两声。

四

在这天夜里，大秋正和他的工人同志们挤在一间牲口棚里听一个上级同志的报告，他们都红着脸，流着汗兴奋地听着。我们工人这样重要吗？我们工人的力量这样大吗？只要我们动员起来，组织起来，就能打败日本帝国主义和村里的封建势力吗？

他们从没经过别人这样看重自己，这样的知心和爱护。这样一来，大秋更自重起来了。他想，自己要一切都积极，一切都勇敢，一切都正确,不要有一点对不起上级。他无比激动地向上级说明了他的志愿。

当散会回来,他听到了那震耳的钟声。从这钟声他想起一个女人,一件事情,和一个日子。他想去看一看,她快要生产了。但是走了几步以后,他又想:这不正确的,不要再做这些混账事;就转到他的下处睡觉去了。

任何女人在生产的时候,受到这样的震惊,也要死去的。可是慧秀在半夜以后,又苏醒过来了。时代还需要她做一个助手,做一个见证,看看将来的事变。她挣扎着爬到炕上去,就又昏迷不醒地睡去了。师父狠狠地骂着,从地上捡起孩子来,不管死活,隔着墙就丢到苇坑里去了。

这以后的几年,是冀中的黄金时代。人民狂热的战争扫荡了人民心里的悲哀的回忆,和大地上那些冤屈的血迹。老尼姑死了,慧秀大病一场,但不久就恢复了健康,分种了几亩田产,算是还了俗。她还是那么安静聪明,一头新生的油黑的头发把她的比以前苍白一些的面孔,衬托得更美丽了。她还住在她那间小屋里,没有去跟大秋,大秋也没娶她。大秋从工会主任当了村长,现在也种着五六亩地。慧秀没有嫁人,有人去说媒,她全笑着拒绝了;她说离开那个坟坑,她就满足了,不想再嫁人。

慧秀参加了村里的抗日工作,每逢遇见大秋,她总是那么不动声色地望一望,眼睛里充满一种在别人看来莫名其妙,在大秋却深深感伤的热情。这是对过去的珍惜,不是引诱,是一种鼓励,不是责备。大秋却常常低头走过去了。他不是薄情,他也打算把慧秀娶过来的,他又觉得这样做影响不好,不正确。在这个事情上,他觉得对不起慧秀,总觉得对她负着一笔债似的。他害怕当面遇着她,却好在背地里问她的生活,到地里去,首先注意慧秀那块地耕种了没有?锄了没有?粮食能打多少?能拉多少柴禾?

至于慧秀,却一向没到他家里去过一次,也没求过他的帮助。

她在村里工作很好，人缘很好，人们全愿意给她帮忙。

林德贵的麻绳铺却关了门，他自己不愿意干了；几个工人离开了他，在村里另组织了一个麻绳合作社。林德贵的地也减少了一些，是他很快地给孩子们分了家，自动"分散"了土地，还实行了女子继承，女儿外甥全有份儿。

只有一次，慧秀到大秋的家里去了。那是"五一扫荡"以后，林村的南头安上了岗楼。"五一"在冀中来说，比"七七"的印象还深，老百姓常说的"事变"那一年，就是指的"五一"这一年。经过敌人这一场残酷的大扫荡，在平原上安上了点线，冀中的环境大变了。人们在习惯上甚至说冀中变了质，其实想起来，只要人心不变，就是质没变。事实上，人们对冀中"五一"以后的环境，不是害怕而是重视。是"五一"以后这几年，冀中区的人民才真正锻炼了出来，任凭它再来什么事变吧！

从夏天到秋天，林村的人民，是在风里雨里、毒气和枪弹里过的。慧秀整天东奔西跑，当尼姑没给了她别的好处，只留给她一双天然的脚。常常在半夜里，突然被枪声惊醒，爬起来就往野外里跑，在那伸手不见掌的黑夜，在那四面都有枪声的黑夜，她跑到远远的野地里，坐下来，才望着低垂的星星喘口气。有时候也觉得心里一酸，滴两滴眼泪。人家那有丈夫的人们，就是扶一把拉一把，在这个危险时候做做伴吧，抱抱孩子吧，就是受苦受难吧，也觉得甘心啊！

五

一天夜里，她忽然想起那口钟来。敌人这几天正在征集破铜烂铁，她想把它坚壁起来。她蹬在一条板凳上，试着摘了摘，钟虽不很大，她却摘不动。她想去叫一个人，不知怎么想起大秋来，她走到大秋的家里，说明这个事情，大秋跟她来了。两个人努着力把钟摘下来了，想了想还是坚壁到庙外面那个苇坑里去。他两个抬上,拿了一把铁铲,天很黑,那一片苇子更是黑得怕人。现在苇坑里灌满了水,依着大秋,埋在坑边就算了,慧秀说:

"埋在坑当间水深的地方去。就让它埋着去吧,什么时候敌人走了,什么时候再叫它出世,反正水是泡不坏铁的。"

她先脱下了袜子,卷起了裤子。大秋和她把钟抬到苇子密水又深的地方,埋到污泥里去。

几只藏在苇坑里过夜的水鸟,叫他们惊动起来飞走了。

慧秀忽然觉得一阵心酸,回到屋里,她再也忍不住,伏在炕上哭了。

大秋也跟进来了。这个年轻人,头上箍一块白毛巾,穿一身白单衣,披了一件黑棉袍。在脸上,长期不得休息的工作和焦心,显得有些阴沉。

见他进来,慧秀赶紧坐起来,把眼泪擦了。

"为什么哭?"大秋靠在迎门橱上,望着门帘说。

"我看见那口钟,我就难过起来了。你记得我那场病吗?"

"记的。"

"那个孩子呢?"

大秋凄惨地不自然地笑了笑。

"这你该忘了吧?我把他生下来,又把他埋了。我一醒过来,就挣扎着到野地里去找他,他躺在那苇坑里,我用两只手刨开土,把他埋了。我一看见那钟就难过起来。"慧秀说着,还是那么看着大秋,"我净想,一个女人要只是依靠着男人,像我,那就算是白费了心。"

"你说我是个忘恩负义的人?"大秋的脸惨白了。

"谁说你来呀?丢人现眼是我的事,你不会为我去得罪人。"

"你说什么?"大秋转过脸来盯着慧秀的眼睛。一种光在他眼里跳动着。是受了刺心的侮辱以后,混合着仇恨和毒意的光。这种光燃烧的是那么强烈，慧秀有些害怕起来。她赶紧笑着说：

"你看，我知道你没忘了我的冤仇，你记着哩！我全知道。在这个时候，就是你要报仇，我也不让你去。工作重要，工作比你重要，你又比我重要。我不能叫你去瞎闹……"

大秋强笑着说：

"咱不去报仇，人家可记恨哩。敌人在村里一安炮楼，这些王八蛋又活跃起来了。这场雨是给他们下了，人家漂到水皮上来，我们却要钻到泥底下去。"

"你要时刻小心，不要露面。"慧秀小声叮咛着。

"你不用惦记，我不会落在他们手里。我不胆小，有人向敌区跑了，我哪里也不去。我要坚持工作，流尽最后一滴血。"

他告辞要走，慧秀送他到院里来。八月的半圆的月亮照得庙顶上的琉璃瓦放光。大秋站住脚小声说：

"闹情况的时候，你净往哪里跑？我总是找不着你。"

慧秀笑着说：

"你不用管我，好好小心着你自己吧！"

大秋出去，她无力地关上了山门。

外面静得怕人，人们逃了一天难，摸回村来，望一望炮楼枪眼里射出的蓝色的灯光，轻轻推开门走进家里，胡乱吃点东西，躺到炕上休息了。只听墙角里的蟋蟀断断续续地叫两声，苇坑里那个老青蛙，像人在梦里突然惊醒一样，叫了一声又停止了。

六

慧秀睡着了没有，自己也不知道。天一扑明的时候，她起来，开开房门，院里还是那么静，夜里下了一些露水，天空还残留着几粒星星。她去开山门，山门一开，门外站着一个汉奸两个鬼子，用刺刀又把她逼进来。村庄和她一时大意就陷在敌人的网里了。敌人在半夜的时候封锁了各家的大门。敌人逼她到屋里去，各处搜查了一下，就逼到街上来了。在路上那个汉奸问：

"你们庙里那个铁钟呢？"

慧秀说：

"我不知道，我不是庙里的人。"

"你不是庙里的人，为什么住在庙里面？"

"我借房子住。"

"你没有家？"

"没有。"

"拿着你这样的模样、人才。"汉奸斜着眼睛笑了笑，"我认识你。我在你们庙里上过布施。"

慧秀没有说话，汉奸又说：

"钟哩？坚壁起来了？"

"我不知道。"

"那钟可灵验哩！听说那年庙里有个小姑子坐月子，那钟自己就响起来了。"汉奸贱声贱气地拉着声音，"是真的吗？"

"我不知道。"

"你不知道，你的头发长得不短了啊，嘿嘿！"

当他们走到大街中间那个广场的时候，已经有一群男女老少站在那里，敌人在周围密密地布着哨，慧秀抽空钻到那些妇女群里去了。

天越发亮起来。慧秀向那青年人群里一看，她的心里发了一阵冷。天爷，怎么他也叫敌人围住了？那里面有大秋。她又偷偷望了他一眼，他却没有注意，他不动声色地在那里站着，嘴闭得很紧。慧秀赶紧低下了头。她身上有些冷，不住地抖颤。

敌人的三个头目，在她们身边走动，里面有一个汉奸。走到中间，站住了，汉奸向俘掳住的老乡们扫了一眼，说了话。

他说"皇军"到了附近的村庄全多少有些支应，为什么林村不支应？诚心不要脸，看你们跑到哪里去！他大声问道：

"哪个是抗日村长？"

人们的心全抖动了一下，但全没有答声，广场里什么声音也没有，只能听见妇女和孩子们短促的呼吸。天大亮了，但很阴沉。风凭空吹起来，慧秀觉得身上冷得不能忍耐。

敌人和汉奸商议着，叫他们那些青年人坐到场中间去，叫老年人和妇女孩子们在外面围成一个圈子坐下来。然后，汉奸改成了一个笑脸，像做游戏一样绕着人们转。人们心惊肉跳地听着他的脚步声，当他一走到自己背后，就闭着气等着，谁知道他耍弄什么花样呢！

他走着，看看这个又看看那个。他笑着，走着，说着：

"谁是抗日村长，我们知道。我们不指出来，叫你们自己指出来。这么看你们的忠心如何？抗日村长有什么关系？我们不杀他，不打他，我们还叫他做官哩。你们不说我们也知道。"他说着走着，走到慧秀的背后，突然向里面一指说：

"他就是抗日村长，他叫大秋，是不是？"

慧秀的心立刻停止了跳动，她知道她会这么一闭塞就死去了。可是她又立时清醒了。她的头不知道是一种什么力量推着，越想不往大秋那边看，它却越想往那边扭。她明白了，这是计，这是敌人和汉奸的诡计。他们不认识大秋的，她放心了。她安静地低着头。

全场的老百姓全低着头，全都用眼睛看着自己的心。他们暗暗问自己："你坚定么？你想出卖大秋吗？你想当汉奸吗？"这样一问，他们全坦然了。因为他们全在心里生起这样一个根，长起这样一棵树，就是死吧，也光明正大地死。

这是在民族的心灵里交流着，生长和壮大的一种正气，一种节烈感，一种对灵魂的约束力量。这么一种力量，使得哪一个坏蛋也不敢在群众面前，伸手指一指大秋。

这激恼了汉奸，他一抓慧秀的肩，一把就提起来，吓唬着说：

"你说，哪是大秋？"

慧秀身子哆嗦着，却清楚地说："我不知道！"汉奸提着她走到场子里，一脚踏倒在地下。

一个鬼子端着刺刀跑到她的跟前，一阵难当的寒冷，划过全场的人的心。

汉奸说：

"她是庙里的姑子，她和大秋把钟坚壁起来，还说不知道。早有人报告了，她不说，别人指出大秋来，叫她看看！"

慧秀听说，用一只手支起身子来，望了林德贵一眼。林德贵坐在人群前面，刚刚抬了抬头，看见了慧秀射过来的冷冷的子弹一样的眼光，赶紧又把头垂下。

慧秀的脸焦黄，她咬着牙一个字一个字地说：

"我看着，大伙也看着，看着谁敢当汉奸！"

鬼子一刺刀穿到她的胳膊上，她倒下去，血在地上流着。

七

难道这个女人就这样死去？带着林德贵给她的伤害、侮辱，带着汉奸敌人的打骂和刀痕，就这样死去？

她不会死的。当她的血流在地上，这就是一声号令，一道檄文。全场的老百姓都不能忍耐，大秋第一个站起来，从背后掏出了火热的枪。在他后面紧跟着站起来的，是一队青年游击组。

一场混乱的、激烈的战争，敌人狼狈退走了。人们救起了慧秀，抬到大秋的家去。

不久，慧秀伤好了，身体还很弱，但是大秋提出来和她结婚。组织上同意，全村老百姓同意，就在一天夜晚，吹打着举行了婚礼。

那时情况还很紧张,敌人经常到这村来"扫荡",人们还要经常到地里去过夜。结婚以后,慧秀身子软弱,变得很娇惯,她一步也离不开大秋。现在她活像一个孩子了,又贪睡,每逢半夜以后,大秋警觉地醒来,叫她推她,她还是撒迷怔,及至走到道沟里了,走到野地里来了,大秋走在前头,她走在后头,她还是眯着眼小声嚷脚痛、腿痛,大秋就拉着她走。

他们在远远的密密的高粱地里,自己有一个洞。洞是大秋一手建造的,又秘密又宽敞,里面放了水壶干粮,铺着厚厚的草。洞口边还栽上几棵西瓜,是预备一旦水短,摘下一个来就吃。一到洞里,她才醒了,也精神了,她强要大秋睡一下:

"不!你得睡一觉,我给你站岗。"

这样安置着大秋睡了,盖好了,她就坐在洞口侧耳细听着。是那么负责任,风来她背着身子给大秋遮风,雨来,淋湿她的衣服头发,也不叫淋在她丈夫的身上。

抗战胜利以后,林村又实行了清算复仇,土地改革,土地复查和平分,彻底斗倒了汉奸恶霸地主豪绅的林德贵。

慧秀的身子也结实了,和大秋一同做林村里的工作,还是那样活泼和热情。

大庙那地方,改成了农民开会议事演戏跳舞的大广场。广场前面长起一棵枝叶茂盛的小榆树,这棵小树向南伸出一个枝干,它顽强地伸出又固执地微微向上,好像是专为悬挂什么东西的。悬挂什么呢?村里的人把那口小钟挂在上面。这样,不管在平原秋天的夜晚,还是冬天的早晨,春季的风,夏季的雨里,它清脆洪亮的响声,成了全村男女老少的号令,是鼓励和追念,是在祝贺一个女人,她从旧社会火坑里跳出来,坚决顽强,战胜了村里和村外的仇敌。

一九四六年三月写于蠡县刘村

碑

赵庄村南有三间土坯房,一圈篱笆墙,面临着滹沱河,那是赵老金的家。这老人六十几岁了,家里只有一个五十多岁的老伴和一个十六七岁的姑娘。姑娘叫小菊,这是一个老生子闺女,上边有两个哥哥全没拉扯大就死了。赵老金心里只有两件东西:一面打鱼的丝网和这个女孩子。天明了,背了网到河边去打鱼,心眼手脚全放在这面网上;天晚了,身子也疲乏了,慢慢走回家来,坐在炕上暖脚,这时候,心里眼里,就只有这个宝贝姑娘了。

自从敌人在河南岸安上炮楼,老人就更不干别的事,整天到河边去,有鱼没鱼,就在这里待一天。看看天边的山影,看看滹沱河从天的边缘那里白茫茫地流下来,像一条银带,在赵庄的村南曲敛了一下,就又奔到远远的东方去了。看看这些景致,散散心,也比待在村里担惊受怕强,比受鬼子汉奸的气便宜多了。

平常,老头子是个宽心人,也看得广。一个人应该怎么过一辈子,他有一套很洒脱很乐观的看法。可是自从敌人来了,他比谁也愁眉不展,比谁也咬牙切齿,简直对谁也不愿意说话,好像谁也得罪了他,有了不可解的仇恨似的。

那个老伴却是个好说好道好心肠的人。她的心那么软,同情心那么宽，比方说东邻家有了个病人，她会吃不下饭，睡不好觉。西邻家要娶媳妇了，她比小孩子还高兴，黑夜白日自动地去帮忙。谁家的小伙子要出外，她在鸡叫头遍的时候就醒来，在心里替人家打点着行李，计算着路程，比方着母亲和妻子的离别的心，暗暗地流泪。她就是这样一个热心肠的人。事变后，她除去织织纺纺，还有个说媒的副业。她不要人家的媒人钱和谢礼，她只有那么一种癖病，看见一个俊俏小伙子，要不给他说成一个美貌的媳妇，或是看见一个美貌的姑娘，不给她找一个俊俏的丈夫，她就像对谁负了一笔债，连祖宗三代也对不起似的。当她把媒说成了，那个俊俏的和美貌的到了一家，睡到一条炕上了，她会在意想不到的时候，就是在那年轻夫妇最从心里感到自己的幸福的时候，突然驾临他们那小小的新房，以致使新郎新娘异口同声地欢呼道：

"咳呀，大娘来了！"

在这样情形下面，她坐下来，仰着脸看着那新媳妇，一直把那新人看得不好意思起来，她才问道：

"怎么样，我给你说的这婆家好不好？"

因为对这媒人是这么感激，新人就是不想作假，也只能红着脸答应一个好字。她又问那个当丈夫的，自然丈夫更爽快利落地感谢了她。这样老婆子破口一笑，心满意足了。

一九四二年"五一"事变以前，晋察冀边区《双十纲领》一颁布，她就自动放弃了这个工作。遇到那二十上下的男子，十八帮近的姑娘们，她还是热心地向他们提说提说，不过最后她总是加个小注，加一段推卸责任的话，那意思就像我们常常说的："这不过是我个人的意见，提出来请你参考，你自己考虑考虑吧。"

至于那个叫小菊的姑娘，虽说从小娇生惯养，却是非常明理懂事。她有父亲一样的安静幽远，有母亲一样的热情伶俐。从小学会了织纺，在正发育的几年，恰好是冀中的黄金时代，呼吸着这种空气，这孩子在身体上、性情上、认识上，都打下了一个非常宝贵非常光彩的基础。三间土坯北房，很是明亮温暖，西间是一家人的卧室，东间安着一架织布机，是小菊母女两个纺织的作坊，父亲的网也挂在这里。屋里陈设虽说很简单，却因为小菊的细心好强，拾掇得异常干净。

"五一"以后，这一间是常住八路军和工作人员的。大娘的熟人很多，就是村干部也不如她认识人多。住过一天，即便吃过一顿饭，大娘就不但记住了他的名字，也记住了他的声音。

这些日子，每逢赵老金睡下了，母亲和女儿到了东间，把窗户密密地遮起来，一盏小小的菜油灯挂在机子的栏杆上，女儿蹬上机子，母亲就纺起线来。

纺着纺着，母亲把布节一放，望着女儿说：

"八路军到哪里去了呢？怎么这么些日子，也不见一个人来？"

女儿没有说话，她的眼睛还在随着那穿来穿去的梭流动，她听清了母亲的话，也正在想着一件事情，使她茫然的有些希望，却也茫然的有些忧愁的事情。

母亲就又拾起布节纺起来，她像对自己说话一样念叨着：

"那个李连长，那年我给了他一双白布夹袜。那个黑脸老王，真是会逗笑啊！他一来就合不上嘴。那个好看书写字的高个子，不知道他和他那个对象结了婚没有？"

现在是十月底的天气，夜深了，河滩上起了风，听见沙子飞扬的声音。窗户也呼搭呼搭地响。屋里是纺车嗡嗡和机子挺拍挺拍的合奏，人心里，是共同的幻想。

母亲忽然听见窗户上啪啪地响了两下，她停了一下纺车，以为是风吹的，就又纺起来。立时又是啪啪啪的三下，这回是这么清楚，连机子上的女儿也听见了，转眼望着这里。

母亲停下来小声地对女儿说：

"你听听，外面什么响？"

她把耳朵贴到窗纸上去，外面就有这么一声非常清楚、熟悉又亲热的声音：

"大娘！"

"咳呀！李连长来了！"母亲一下就出溜下炕来，把纺车也带翻了。女儿又惊又喜地把机子停止，两手按着杼板，嘱咐着母亲：

"你看你，小心点。"

母亲摘下灯来，到外间去开了门，老李一闪进来，随后又关了门，说：

"大娘进来吧，小心灯光射出去。"

大娘同老李到了屋里，老李手里提了一把盒子枪，身上又背一棵大枪，穿一件黑色短袄黑色单裤，手榴弹子弹袋缠满了他的上半截身子。他连坐也没顾得坐，就笑着对大娘说：

"大伯在家吗？"

"在家里。干什么呀，这么急？"大娘一看见老李那大厚嘴唇和那古怪的大鼻子，就高兴地笑了。

"我们有十几个人要过河，河里涨了水，天气又凉不好浮。看见河边有一只小船，我们又不会使，叫大伯起来帮帮忙。"

小菊叫着，连忙从机子上下来到西间去了。

"十几个人？他们哩？"大娘问。

"在外边。我是跳墙进来的。"老李说。

看见老李那么急得站不住脚，大娘看定了老李，眼里有些酸。

"你知道你们这些日子没来，我是多么想你们呀！"

老李心里也有很多话要说，可是他只能笑着说：

"我们也想你，大娘。我们这不是来了吗？"

"来了，做点吃的再走。"大娘简直是求告他，见有机会就插进来。

"不饥。"

"烧点水？"

"不渴,大娘。我们有紧急的任务。"老李就转眼望着西间。

"那你就快点吧!"大娘叹息地向着西间喊了一声。

"来了。走吧,同志。"老金已经穿好衣服,在外间等候了。

老金在院里摸着一支篙。大娘开了篱笆门送了他们出去。她摸着在门外黑影里等候着的人们说:

"还有我认识的不?"

"有我,大娘。"

"大娘,有我。"

有两个黑影子热情激动地说着,就拉开队走了。

大娘掩好门,回到屋里,和女儿坐在炕上。她听着,河滩里的风更大了,什么声音也听不见。但是她还是听着,她在心里听见,听见了那一小队战士发急的脚步,听见了河水的波涛,听见了老李受了感动的心,那更坚强的意志,战斗的要求。

娘儿俩一直听着,等着。风杀了,一股寒气从窗子里透进来。

小菊说:

"变天了。娘,地下挺冷,我换上我那新棉裤吧!"

"你换去吧!谁管你哩。"

小菊高兴地换上她那新做的,自己纺织自己裁铰的裤子。窗纸上已经结上了一团团的冰花。老金回来,他的胡子和鬓角上挂着一层霜雪。他很忧愁地说:

"变天了,赶上了这么个坏天气!要是今黑间封了河,他们就不好过来了。"

一家三口,惦记着那十几个人,放心不下。

早晨,天没亮,大娘就去开了门。满天满地霜雪,草垛上、树枝上全挂满了。树枝垂下来,霜花沙沙地飘落。河滩里白茫茫什么也看不见。

当大娘正要转身回到屋里的时候,在河南边响起一梭机枪。这是一个信号，平原上的一次残酷战斗开始了。

机枪一梭连一梭，响成一个声音。中间是清脆沉着的步枪声。一家人三步两步跑到堤埝上，朝南望着。

枪声越紧也越近，是朝着这里来了。村里乱了一阵，因为还隔着一条河，又知道早没有了渡口，许多人也到村南来张望了。只有这一家人的心里特别沉重，河流对他们不是保障，倒是一种危险了。

树枝开始摇动，霜雪大块地往下落。风来了，雾也渐渐稀薄。枪声响到河南岸，人们全掩藏到堤后面去了。

他们这叫观战。长久的对战争的想望，今天才得到了满足。他们仔细地观察，并且互相答问着。

雾腾起，河流显出来，河两边水浅的地方，已经结了冰，中间的水流却更浑浊汹涌了。

他们渐渐看见一小队黑衣服的战士，冲着这里跑来。他们弯着身子飞跑，跑一阵就又转回身去伏在地上射击。他们分成了三组，显然是一组对付着一面的敌人。敌人也近了，敌人从三个方向包围上来，形成了一个弓背。这一小队黑衣服的战士就是这个弓的弦，是这弦牵动着那个弓背，三面的敌人迅速地逼近他们。

"那穿黑衣裳的是我们八路军！夜里才过去的。"小菊兴奋又担心地，大声告诉她身边的人。

这一小队人马，在平原上且战且走。他们每个人单独作战，又连结成了一个整体，自己留神是为的保护别人。在平原上初冬清晨的霜雾里，他们找到每一个可以掩蔽自己的东西：小壕沟、地边树、坟头和碑座，大窑疙瘩和小树林。他们在那涂满霜雪的小麦地里滚过来了。

这自然是败退，是突围。他们一个人抵挡着那么些个敌人。三面的敌人像一团旋转的黄蜂，他们飞上飞下，迫害着地面上的一条蜈蚣。蜈蚣受伤，并且颤抖了一下，但就是受伤的颤抖，也在观战人的心里形成了悲壮的感觉。

人们面前的土地是这样的平整和无边际。一小队人滚动在上面,就像一排灿烂的流星撞击在深夜的天空里,每一丝的光都在人们的心上划过了。

战争已经靠近河岸。子弹从观战人们的头顶上吱吱地飞过去。人们低下头来,感到一种绝望的悲哀。他们能渡过这条河吗?能过来可就平安了。

赵老金忘记了那飞蝗一样的子弹,探着身子望着河那边。他看见那一小队人退到了河边。当他们一看出河里已经结了冰,中间的水又是那么凶的时候,微微踌躇了一下。但是立刻就又转过身去了,他们用河岸作掩护,开始向三面的敌人猛烈地射击。

老金看出来:在以前那么寡不敌众,那么万分危险的时候,他们也是节省了子弹用的。现在他们好像也知道是走到一条死路上来了。

他们沉着地用排枪向三面的敌人射击。敌人一扑面子压过来,炮火落到河岸上,尘土和泥块,掩盖了那一小队人。

老金看见就在那烟火里面,这一小队人钻了出来,先后跳到河里去了。他们在炮火里出来,身子像火一样热,心和肺全要爆炸了。他们跳进结冰的河里,用枪托敲打着前面的冰,想快些扑到河中间去。但是腿上一阵麻木,心脏一收缩,他们失去了知觉,沉下去了。

老金他们冒着那么大的危险跑到河边,也只能救回来两个战士。他们那被水湿透的衣裳,叫冷风一吹,立时就结成了冰。他们万分艰难地走到老金的家里。村北里也响起枪来,村里大乱了。母女两个强拉硬扯地给他们脱下冻在身上的衣服,小菊又忙着到东间把自己的新棉裤换下来,把一家人过冬的棉衣服叫他们穿上,抱出他们的湿衣服去,埋在草里。

大娘含着两眼热泪说:

"你们不能待着,还得走,敌人进村了!"

她送他们到村西的小交通沟里,叫他们到李庄去。到那里再暖身子吃饭吧。她流着泪问:

"同志!你们昨晚上过去了多少人?"

"二十个。就剩我们两个人了!"战士们说。

"老李呢?"

"李连长死在河里了。"

这样过了两天,天气又暖和了些。太阳很好,赵老金吃过午饭,一句话也不说,就到河边去了。他把网放在一边,坐在沙滩上抽一袋烟。河边的冰,叫太阳一照,乒乓地响,反射着太阳光,射得人眼花。老金往河那边望过去,小麦地直展到看不清楚的远地方,才是一抹黑色的树林,一个村庄,村庄边上露出黄色的炮楼。老金把眼光收回来。他好像又看见那一小队人从这铺满小麦的田地里滚过来,纵身到这奔流不息的水里。

他站立起来,站到自己修好的一个小坝上去。他记得很清楚,那两个战士是从这个地方爬上岸来的。他撒下网去,他一网又一网地撒下去,慢慢地拉上来,每次都是叹一口气。

他在心里祝告着,能把老李他们的尸首打捞上来就好了,哪怕打捞上一支枪来呢!几天来只打上一只军鞋和一条空的子弹袋。就这点东西吧,他也很珍重地把它们铺展开晒在河滩上。

这些日子,大娘哭得两只眼睛通红。小菊却是一刻不停地织着自己的布,她用力推送着机子,两只眼狠狠地跟着那来往穿送的梭转。她用力踏着蹬板,用力卷着布。

有时她到河岸上去叫爹吃饭,在傍晚的阳光里,她望着水发一会儿呆,她觉得她的心里也有一股东西流走了。

老头固执得要命,每天到那个地方去撒网。一直到冬天,要封河了,他还是每天早晨携带一把长柄的木锤,把那个小渔场砸开,"你在别处结冰可以，这地方得开着！"于是，在冰底下憋闷一夜的水，一下就冒了上来，然后就又听见那奔腾号叫的流水的声音了。这声音使老人的心平静一些。他轻轻地撒着网。他不是打鱼，他是打捞一种力量，打捞那些英雄们的灵魂。

那浑黄的水，那卷走白沙又铺下肥土的河，长年不息地流，永远叫的是一个声音，固执的声音，百折不回的声音。站立在河边的老人，就是平原上的一幢纪念碑。

一九四六年春于冀中

"藏"

这一家就住在村边上。虽然家里不宽绰，新卯从小可是娇生惯养，父亲死得早，母亲拧着纺车把他拉扯大，真是要星星不给月亮。现在他已经是二十五岁的人，娶了媳妇，母亲脾气好，媳妇模样好，过的是好日子。媳妇叫浅花，这个女人，好说好笑，说起话来，像小车轴上新抹了油，转得快叫得又好听。这个女人，嘴快脚快手快，织织纺纺全能行，地里活赛过一个好长工。她纺线，纺车像疯了似的转；她织布，挺拍乱响，梭飞得像流星；她做饭，切菜刀案板一齐响。走起路来，两只手甩起，像扫过平原的一股小旋风。

婆婆有时说她一句："你消停着点。"她是担心她把纺车抡坏，把机子碰坏，把案板切坏，走路栽倒。可是这都是多操心，她只是快，却什么也损坏不了。自从她来后，屋里干净，院里利落，牛不短草，鸡不丢蛋。新卯的娘念了佛了。

刚结婚那二年，夫妇的感情好像不十分好。母亲和别人说："晚上他们屋里没动静，听不见说说笑笑。"那二年两个人是有些别扭，新卯总嫌她好说，媳妇在心里也不满意丈夫的"话贵"和邋遢。但是很快就好了，夫妻间容易想到对方的好处，也高兴去迁就。不久新卯的话也多些了，穿戴上也干净讲究了。

浅花好强，她以为新卯不好说不算什么，只要心眼实在，眉里眼里有她也就够了。而且看来新卯在她跟前话也真是不少。她只是嫌他当不上一个村干部。年上冬天，新卯参加了村里的工作，并且人们全说他是个顶事的干部，掌着大权，是村里的"大拿"。可是他既不是村长，又不是农会主任，不是治安员，也不是调解委员。浅花问他他不说，晚上问，他装睡着了，呼呼地打鼾睡。浅花有气，"什么话这样贵重，也值得瞒着我？"她暗施一计：在黑暗里自言自语地说："唉，八路军领导的这是什么世道啊！""你说这是什么世道，八路军哪一点对不起你？"新卯醒了，他狠狠地给她讲了一番大道理，上了一堂政治课，粗了脖子红了脸，好像面对着仇人。浅花暗笑了，她说：

"你是这里边的虫，好坚决，和我也不说实话。"

"你嘴浅。"新卯说。

他又转过身去睡了，这样常常气得浅花一直睁眼到天明。今年春天，春耕地耘上了，出全了苗，该锄头遍了，新卯却什么活也不愿意去做。在家里的时候更少了，每天黑更半夜才家来，早晨天一亮，就披上袍子出去了，家不像他的家，家里的人见他的面也难。浅花又是六七个月的身子，饭熟了还得挺着大肚子满街去找他，也不一定找得来，找回来像赴席一样喝上一碗粥，将筷子一摆，就披上那件破棉袍子出去了。一顿饭什么话也不说。他的母亲虽然心疼儿子，可是对他近来的行动也不满意，只是存在心里不说；浅花可憋着一肚子气等机会发泄。她倒不是怨他不到地里去做活，她伤心的是近来对家里的人太冷淡，他那嘴像封起来的，脸上满挂着霜，一点笑模样也看不见。半夜人家睡醒一觉了，他才家来，什么也不说，倒头便睡，你和他念叨个家长里短吧，他就没好气地说：

"你叫人歇一下子吧，我累。"

浅花说：

"你累什么呀？水你不挑，柴你不抱，地你不锄，草苗快一般高了！"

"你不知道我有工作？"

他倒发火了。浅花只好冷冷地一笑，过半天自己又忍不住地小声问道：

"你近来做什么工作呀？"

"你没听说风声不好？"

"风声不好，我看又是谣言。就是吧，你也得照顾自己的身子呀，你近来脸色不好，身上又瘦多了。"

这时她才心疼起他来。他近来吃饭很少，眼都陷了下去，叫他睡觉吧，她不言语了。

又过了两天，他竟连夜不家来睡觉，天明了才家来，累的不像个人样子，进家就睡了，睡上多半天才起来；可是天一擦黑便又精神起来，央告着说：

"给我做点好吃的吧。"

母亲听见了便说：

"你给他炒个鸡蛋烙张饼。"

媳妇虽然不高兴他出去，却也照样给他做了，看着他一边吃，她一边问：

"吃了好东西干什么去？"

他咧着油光的大厚嘴唇说：

"这可不能告诉你！"

乡下的夫妇，有这么三天五天不在一条炕上，浅花就犯了疑心。她胡猜乱想，什么工作呀，夜间出去白天回来？她家住在顶南头村外，不常有人来；她想，村里干部多着呢，别人不一定这样。这一天，大街上刘喜的媳妇来借梭来，浅花就问她：

"大嫂子，你听见说敌人又要出来'扫荡'吗？"

"没听见说呀！'扫荡'怕什么呀，我就不怕。"

"可是俺家他爹没事忙，现在连黑夜间也不家来睡觉了！"

"哈！不家来睡觉，到哪里睡呀？"这女人大吃一惊，张着嘴问。

"谁知道，有这么三四宿了，人家说工作忙。"浅花叹了一口气。

"准是工作忙呗！"那女人说着，却撇了撇嘴，"工作忙，一天家是男女混杂，咱也不知道那是干什么工作！"

"大嫂子，你听见什么风声了吗？"浅花直着眼问。

"没有，你家他爹很老实，不像那些流氓蛋，你们夫妻的感情又不错！不过你要留点神，年轻的人说变心可快哩！街上那些小狐狸们可能勾引着哩！说句不嫌你见怪的话吧，哪一个不比你年轻。"

这一晚浅花留上心，心里也顶生气。做晚饭了，丈夫从炕上爬起来眯着眼走出来说：

"擀点白条子吃吧？"

浅花的脸唰地拉下来，嘴噘得可以拴一匹小驴，脸上阴得只要有一点风吹就可滴下水来；半天才丧声丧气地说：

"吃好的吧，你是有了功的了！"

"有功没功，反正尽自己的责任。"丈夫认真地说。

"瓮里没水！"浅花把手里的空水瓢往瓮里一丢，大声地说。

"我去担。"丈夫不紧不慢地担起水桶出去了。

等他担了水来，浅花还是生气，在灶火前低着头，手里撕着一根柴禾叶。丈夫说：

"快烧吧，你也知道发愁？别发愁，只要我们有准备，多么困难的环境也能通过去。"

浅花越听越没有好气，她想，你念什么咒呀！她打起火来，可是手有些颤，火镰凿在火石下，火星却落不到火绒上。丈夫接过去给她打着了，咧着大嘴笑了笑说：

"真笨。"

"我们是笨。"浅花把火点着，一手拉动风箱，"你去找精灵的去啊！"丈夫也听不出头绪，他以为女人也正在不高兴，他就坐在台阶上去，看着野外的高粱在晚风里摇摆。近来天旱，高粱长的才一尺来高，他想，下场透雨吧，高粱长起来，就是敌人"扫荡"也就不怕了。他望着那里发呆，浅花又忍不住，她扭转头来问：

"你别又装傻，我问你，这几日夜里你出去干什么来？"

"搞工作。"丈夫回过头来，还是心平气和地说。

"什么工作？"

"抗日工作。"

"你不用和我花马掉嘴，你好好地告诉我没事！"

女人是那么横，直眉瞪眼脸发青，丈夫也有些恼了。恼的是，女人为什么这么糊涂，这么顽固，这么不知心，这么不心疼人！我黑间白日累个死，心里牵挂着这些事，她不知道安慰我，还净找斜碴！他也嚷着说：

"我不能告诉你！你为什么这么横？你审我吗？"

母亲听见他们吵嘴，赶紧出来说了两句，两人才都不言语了。这一顿晚饭，一家人极不痛快，谁也没说话。

等新卯吃完饭，母亲将他叫到屋子里说：

"你整天整夜忙的什么，也不在家里照顾照顾。"

新卯没有说话，守着母亲坐了一会儿。天已经大黑了，他走到外间屋里，想出去，浅花正在门帘外渗着，一伸手就把他拉到自己屋里来；她在炕沿上一坐，哭着说：

"今黑夜你就不能出去，你出去我死在你手里！"

新卯瞪了瞪眼，想发火，但转眼看了看她，他忍下去了。他在屋里转了一会儿，浅花汪着两眼泪盯着他，他叹了一口气说道：

"我再出去一晚上。"

"不行！"

"你行行好,我算向你告假。"

"不行。"

浅花转过脸去啼哭起来,那脸在灯光下是那样的黄,过了一会儿,转动那笨重的大肚子仄到炕上去了。新卯又在屋里转了半天,他一边脱衣裳一边向媳妇解释:

"听你的话茬儿,好像我在外边有男女关系。绝没有那回事,你怎么这样猜疑呢,我是那样的人吗?"

浅花转过脸来说:

"没有那回子事,为什么净夜里出去,为什么一出去就是一宿,一回来就是那么乏,还向我要好的吃,我没那些个好东西来养着你!"

新卯说:

"你不信就罢,这反正和你说不着。"他钻进被窝睡去了。浅花爬起来脱了衣服吹灭灯也睡了。外面起了风,吹得窗户纸响,外边的柴禾叶子也飞着。不久,浅花翻过身去呼呼地睡着了。

新卯静静地躺着,静静地坐起来,穿好衣服。下炕来,摸到外间,轻轻地开了门。外面很黑,风很大,但是春天的风吹到脸上是暖的,叫这样的风吹着,人的身上也懒起来,身子轻飘飘的,反倒有些睡意了。他集中了一下精神,振作了一下,奔着村南走去。他顺着那条窄窄的通到菜园子的小道走去,野外也很黑,但他可以看见那一望无边的高粱地在风里滚动,在远处柳树林的风很大,忽忽地响。

在他后面,浅花像一片轻轻的叶子从门里飘出来。她的身子虽然很笨重,但是她提着一口气走得很轻妙,她的两只眼什么也顾不得看,只望定了前边的黑影子紧跟着。她怕他一回头看见,又轻轻地躲闪,她走几步就停一下,常常很快地蹲下去,又很快地站起来。她心里又糊涂又害怕,他是到哪里去呢?

她看见新卯走到菜园子里站住了。她一闪就进了高粱地,坐下去,一尺高的高粱,正好遮住她的身子,但遮不住她的眼睛,她看见他冲着井台走过去了。她心里猛然跳了一下,半夜三更他到井边去干什么?要浇园白天浇不了吗?他又没带着水斗子,莫非有什么发愁的事或者是生了我的气要寻短见?这个人可是死心眼。她一挺就立起来。他真的一转身子掉到井里去了。

浅花叫了一声奔着井沿跑去,她心里一冷,差一点没有栽倒地上死过去。她想,竟来不及拉他一把,自己也跳到井里去吧。忽然新卯从井内把头伸出来,举着一只手大声问:"你是谁?"浅花没听清他说的什么,她哭着喊着跑过去,拉住自己丈夫的那只手,他手里抓着一支橛枪。她紧紧地攥他的手,死力往上拉,她哭着说:"你不能死,你先杀了我吧!"新卯一把推了她三尺远,耸身跳出来,狠狠地压低声音说道:"你这是干什么?"浅花又跑过去拉住他不放,她躺在新卯的怀里,哭得是那么伤心,那么动情,以致使新卯的心热起来,感觉到在这个女人心里,他竟是这么重要。他的嘴唇动了两动,真想把真情实话告诉给她,但他心里一转想道:一个女人在你身边滴这么几点泪,就暴露了秘密,那还算什么人?可是,告诉她不是告诉别人,她不会卖我;假如她叫敌人抓住了呢,能够在刺刀前面、烈火上面也不说出这个秘密吗?谁能断定?这样一想他又把嘴闭紧了。他说:

"我不死,你回去吧。"

"你和我一起回去。"

"你看你又是这样,你总是这么缠磨我,耽误我的工作,那我就不再见你了。"

浅花待在黑影里,好像也看见丈夫那生了气的老实样子。她是聪明人,她想到了一些来由,她轻轻笑了,擦了擦眼泪,坐正了说:

"你不对我说,我不怪你。该知道的就知道,不该知道的我也不强要你告诉我。"

"这才算明白人!"新卯肯定地说。

"你也得早些回去。"女人站起来要走,她转眼又看了看丈夫,忽然心里一酸。她觉得自己是错怪了他,他是为了工作,才不回家吃饭,不进家睡觉,夜里一个人在地里偷偷地干活。她觉得丈夫有这么一个别人赶不上、自己也赶不上的大优点。她好像上到了摩天的高山,走进了庄严的佛殿,听见了煽动的讲演,忽然觉得自己的心胸也一下宽阔了,忘记了自己,身上好像来了一股力量,也想做那么一些工作,像丈夫一样。

"我能帮助你吗?"她立定了问。

"不用,你看你那么大肚子。"丈夫催她走了。

浅花转身走了几步。既然知道丈夫夜间出来不是为了男女关系,倒是为了抗日工作,不觉涌出了一种放下了心的愉快,一种因为羞愧引起的更强烈的爱情,一种顽皮的好奇心。她走到丈夫看不到的地方停了一会儿,又轻轻绕了回来,走到井边,已经看不见丈夫了。

她一个人坐在井台上。风渐渐小了,天空渐渐清朗,星星很稀,那几颗大的星星却很亮。她探望井里,井虽然深,但可以看见那像油一样发光,像黑绸子一样微微颤抖的泉水。一颗大星直照进去,在水里闪动,使人觉到水里也不可怕,那里边另有一个小天地。

田野里没有一点声音,村里既然没有狗叫,天还早也没有鸡鸣。庄稼地里吹过来的风,是温暖的,是干燥的,是带着小麦的花香的。浅花坐在井台上,静静地听着想着。

一个在这里等着想着,那一个却在远远的一块小高粱地里,一棵小小的柳树下面,修造他避难和斗争的小道口。他把几夜来掘出的土,匀整地撒到更远的地里去,在洞口,他安好一块四方的小石板;然后他倚在那小柳树上休息了。他赤着膀子,叫春天的夜风吹着,为工作的完成高兴,为同志的安全放宽了心,为那远远的胜利日子急躁,为那就要来到的大"扫荡"不安。

然后他把那方小石头掀开,伏下身像条蛇一样钻了进去。他翻上翻下弯弯曲曲地爬着，呼吸着里面湿潮的土气，身上流着汗。他在那个大堡垒地方休息了一会儿，长好的草上已经汪着一层水。他又往前爬，这里的洞，更窄更细了，他几乎拉细了自己的身子，才钻到了那最后一个横洞。他抽开几个砖，探身出来，看见了那碧油油的井水，不觉用力吸了一口清凉的空气，两只脚蹬着井砖的错边，上了井口。那一个还在那里发呆，没有发觉哩。

"怎么你还没走？"

"我守着你。"

"你这人！"丈夫唉了一声。

"我知道了。你这里是个洞，叫谁藏在里面？"浅花笑着问。

丈夫不高兴，他说：

"你问这些事干什么，想当汉奸？"

浅花还是笑着说：

"我想起了一件事，自己的事得自己结记着，你是不管的。"

丈夫披上他的衣服没有答声。

"我快了，要是敌人'扫荡'起来，能在家里坐月子？我就到你这洞里来。"

"那可不行，这洞里要藏别的人。"新卯郑重地说，"坐月子我们再另想办法。"

以后不多几天，这一家就经历了那个一九四二年五月的"大扫荡"。这残酷的战争，从一个阴暗的黎明开始。

能用什么来形容那一月间两月间所经历的苦难，所眼见的事变？心碎了，而且重新铸成了；眼泪烧干，脸皮焦裂，心脏要爆炸了。

清晨，高粱叶黑豆叶滴落着夜里凝结的露水，田野看来是安静的。可是就在那高粱地里豆棵下面，掩藏着无数的妇女，睡着无数的孩子。她们的嘴干渴极了，吸着豆叶上的露水。如果是大风天，妇女们就把孩子藏到怀里，仄下身去叫自己的背遮着。风一停，大家相看，都成了土鬼。如果是在雨里，人们就把被子披起来，立在那里，身上流着水，打着冷颤，牙齿得得响，像一阵风声。

浅花的肚子越沉重了，她也得跟着人们奔跑，忍饥挨饿受惊怕。她担心自己的生命，还要处处留神肚里那个小生命。婆婆也很担心浅花那身子，她计算着她快生产了，像这样整天逃难，连个炕席的边也摸不着，难道就把孩子添在这潮湿风野的大洼里吗？

在一块逃难坐下来休息的时候，那些女伴们也说：

"你看你家他爹，就一点也不管你们，要男人干什么用呀！这个时候他还不拉一把扯一把！"

浅花叹了一口气说："他也是忙。"

"忙可把鬼子打跑了哇，整天价拿着破橛枪去斗，把马蜂窝捅下来了，可就追着我们满世界跑，他又不管了。"一个女伴笑着说，"现在有这几棵高粱可以藏着，等高粱倒了可怎么办哩？"

"我看我恐怕只有死了！"浅花含泪道。

"去找他！他还能推得这么干净……"女同伴们都这样撺掇她。

浅花心里明白，现在她不能去麻烦丈夫，他现在正忙得连自己的命也不顾。只有她一个人知道新卯藏在小菜园里，每天下午情况缓和了，浅花还得偷偷给他送饭去。

和丈夫在一块的还有一个年轻的人，浅花不认识，丈夫也没介绍过。刚见面那几天，这个外路人连话也不说，看见她来送饭，只是笑一笑，就坐下来吃。浅花心里想，哪里来的这么个哑巴；后来日子长了，他才说起话来，哇啦哇啦的是个南蛮子。

从浅花眼里看过去，丈夫和这个外路人很亲热。外路人说什么，丈夫很听从。浅花想：真是，你要这么听我说也就好了。

这天她又用布包了一团饭，揣在怀里，在四外没有人走动的时候，跑进了对面的高粱地，从一人来高密密的高粱里钻过去，走到自家的菜园。高粱地里是那样的闷热，一到了井边，她感觉到难得的舒畅和凉快。

太阳光强烈地照着,园子里放散着黑豆花和泥土潮热的香甜味道。

这小小的菜园,就做了新卯和那个人退守的山寨。他们在井台上安好了辘轳,还带着一把锄,将枪掖在背后的腰里,这样远远看去,他们是两个安分的农夫,大大的良民。虽然全村广大的土地都因为战争荒了,这小小的菜园却拾掇得异常出色。几畦甜瓜快熟了,懒懒地躺在太阳光下面。

人还没有露面,这沉重凸胀的大肚子先露了出来。新卯那大厚嘴唇就动了动,不知道因为是喜爱还是心疼。

"那边没事吗?"他问。

浅花说:"没有。"

新卯和那人吃着饭,浅花坐在一边用褂子襟扇着汗,那个人问:

"这几天有人回家去睡觉了?"

"家去的不少了,鬼子修了楼,不常出来,人们就不愿再在地里受罪了。"浅花说。

"青年人有家去的吗?"那人着急地问。

"没有。"新卯说,"我早下了通知。"

那个人很快地吃完饭,站起身来,望望她的肚子笑着说:

"大嫂子,快了吧,还差多少日子?"

浅花红了脸看着丈夫。那人又问新卯,新卯说:

"谁闹清了她们那个!"

"你这个丈夫!"那个人说,"要关心她们么!我考虑了这个问题,在家里生产不好,就到这洞里来吧,我们搬到上面来睡,保护着你,你说好不好?"

浅花笑着说:

"那不成了耗子吗?"

"都是鬼子闹的么！"那个人愤愤地说。

新卯吃完了饭，跑去摘了几个熟透了的大甜瓜，自己吃着一个，把那两个搬到浅花面前，他说：

"还是这个玩意儿省事，熟透了不用摘，一碰自己就掉下来了。"

浅花狠狠地斜了他一眼。

她回到家里，心里犹豫着，她不愿去扰乱丈夫，又在家里睡了。

这一晚上，敌人包围了他们。满街红灯火仗，敌人把睡在家里的人都赶到街上去，男男女女哆里哆嗦走到街上，慌张地结着扣子提上鞋。

敌人指名要新卯，人们都说他不在家，早跑了。敌人在人群里乱抽乱打，要人们指出新卯家的人，人们说他一家子都跑了。那些女人们，跌坐在地上，身子使劲往下缩。央告着前面的人把自己压在下面。当母亲的用衣襟盖住孩子的脸，用腿压住自己的女儿。在灯影里，她们尽量把脸转到暗处，用手摸着地下的泥土涂在脸上。身边连一点柴禾丝也没有，有些东西掩盖起自己就好了。

敌人不容许这样，要人们直直地跪起来，把能找到的东西放在人们的手里，把一张铁犁放在一个老头手里，把一块门扇放在一个老婆手里，把一根粗木棍放在一个孩子手里，命令高高举起，不准动摇。

敌人看着人们在那里跪着，托着沉重的东西，胳臂哆嗦着，脸上流着汗。他们在周围散步、吸烟、详细观看。

浅花托着一个石砘子，直着身子跪着，肚子里已经很难过，高举着这样沉重的东西，她觉得她的肠子快断了。脊背上流着冷汗，一阵头晕，她栽倒了。敌人用皮鞋踢她，叫她再跪好，再高举起那东西来。

夜深了，就是敌人也有些困乏，可是人们还得挣扎着高举着那些东西。

灯光照着人们。照在敌人的刺刀上，也照在浅花的脸上，一点血色都没有，流着冷汗。她知道自己就要死了，她想思想点什么，却什么也不能想。她眼里冒着金星，在眼前飞，飞，又落下，又飞起来。

谁来解救？一群青年人在新卯的小菜园集合了，由那外路人带领，潜入了村庄，趴在房上瞄准敌人脑袋射击。

敌人一阵慌乱，撤离了村庄。他们把倒在地下的浅花抬到园子里去。

不久，她就在洞里生产了。

洞里是阴冷的、潮湿的，那是三丈深的地下，没有一点光，大地上的风也吹不到这里面来。一个女孩子在这里降生了，母亲给她取了个名，叫"藏"。

女孩子的第一次哭声只有母亲和那深深相隔不远的井水能听见，哭声是非常悲哀和闷塞的。

在外面的大地里，风还是吹着，太阳还是照着，豆花谢了结了实，瓜儿熟了落了蒂，人们还在受着苦难，在田野里进行着斗争。

一九四六年十月重改于河间

浇　园

　　七月里，一天早晨，从鸡叫的时候，就听见西边炮响，响得很紧。村里人们早早起来，站在堤上张望，不久，从西边大道上过来了担架队，满是尘土和露水。担架放在村边休息；后边又过来了一副，四个高个儿小伙子抬着，走得最慢，他们小心看着道路，脚步放轻。村边的人知道床上的人一定伤很重，趋上前面去。担架过来，看好平整地方，前后招呼着放下，民工的脸上，劳累以外满挂着忧愁。慰劳股的妇女们俯下身去看望伤员，前边的大个子擦着脸上的汗，说：

　　"唉！你们轻轻的吧！"

　　随后叹了一口气。另一个大高个子说：

　　"我看不用叫他了，一路上他什么东西也不吃。"

　　人们全围上来，大个子又说：

　　"真是好样儿的呀，第一个爬梯登城，伤着了要紧的地方，还是冲上去，打！直到把敌人打下城去，我们的人全上来，才倒在城墙边上，要是跌下城来，可就没救了。"

　　"谁知道这能好了好不了！是个连长，才二十岁。"后面另一个大个儿接着说。

　　村里住下八个伤号，伤重的连长要住个清净地方，就住在香菊的家里了。香菊忙着先叫小妹妹二菊跑回家,把屋子和炕好好打扫一遍。人们把伤号安置好,伤号有时哼哼两声,没有睁开眼睛。

香菊站在炕沿边望了一会儿他的脸,不敢叫醒他,不敢去看他的伤。香菊从小不敢看亲人流的血,从来也不敢看伤员的血,同年的姐妹们常常笑话她胆小。几次村中青年妇女们拆洗伤员的粘着血迹的被子和衣服,香菊全拒绝了。她转过身来对站在她身后的二菊说:

"去烧火!"

二菊害怕姐姐又骂她不中用,抱了一把柴禾进来,就拉风箱。香菊小声吓唬她:

"你该死了,轻着点!"

温热了水,香菊找出了过年用的干净手巾,给伤员擦去了脸上的灰尘。香菊看见他很年轻,白白的脸,没有血色;大大的眼睛,还是闭着。看来是很俊气很温柔的。二菊到窗台上的鸡窠去摸鸡蛋,鸡飞着,叫起来,二菊心里害怕姐姐骂,托着鸡蛋进来,叫姐姐看。

香菊轻轻叫醒伤号,喂着他吃了。吃完了,伤号抬起头来,望了望香菊,就又躺下了。

香菊每天夜里和秋花嫂子去就伴,白天和秋花搭伙纺线织布,回到家来就问二菊:他轻些了吗?叫喊没有?同时告诉小妹妹:鸡下了蛋就把它赶出去;有人来捶布,叫他到别人家,不要惊动病人。

几天来,伤号并没有见轻,香菊总是愁眉不展,在炕边呆呆地站一会儿,又在窗台下呆呆站一会儿,才到秋花家里来。在街上,有那些大娘们问她:

"香菊,你家那个伤号轻些了吗?"

香菊低着头说:

"不见轻哩!"

她心里沉重得厉害。这些日子,她吃的饭很少,做活也不上心。只有秋花看出她的心思来。

一天早晨，香菊走到屋里，往炕上一看，看见伤员睁着眼睛，望着窗户外面早晨新开的一枝扁豆花。香菊暗暗高兴地笑了。

她小声问：

"你好些了？"

伤员回过头来，看见是个姑娘，微弱地说：

"你叫什么？住在哪里？"

"我叫香菊，这就是我的家。"香菊不知道说什么好，她竟是要哭了，可还是笑着说。

伤员也笑了，说：

"怎么没见过你？"

"你没见过我，你睁过眼吗？现在你才好了。"香菊要谢天谢地的样子。又说：

"我们从来没敢大声说话呀，走路都提着脚跟。"笑着转过身来。

"现在快秋收了吧？"伤员说。

"大秋还不到，天旱，秋天好不了。只要你的伤好了，就比什么也强。"香菊点火做饭，又说："现在你好了，你想吃什么？说吧！"

到锄过二遍地，伤号已经能拄着拐出来走动了。也常到秋花家，看着她们纺线。那时候，妇女们正改造纺车添加速轮，做一个加速轮费工夫很大，妇女们不愿意耽误一天纺线，去修理它。伤员就把一条腿架在拐上，给秋花和香菊每人做了一个加速轮，做得很精巧好使，像一家人一样，越混越亲热了。

这伤号叫李丹，他对香菊说，他家是阜平。小时给人家放牛，八路军来到山上，就跟在队伍后面走了。那时才十三岁。先是当勤务员，大些了当警卫员，再大些当班长、排长。十年战争，也不知道参加过多少次的战斗，战斗在记不清的山顶，记不清的河边，记不清的石头旁边和沙滩里。他说十年的小米饭把他养大，十年部队生活，同志和首长的爱护关怀，使他经得苦，打得仗，认得字，看得书。

十年的战争把他教育：为那神圣的理想，献出最后一滴血，成就一个人民光荣的子弟。

天旱得厉害，庄稼正需要雨的时候，老天偏不下雨。这叫卡脖子旱，高粱秀不出穗来，秀出穗来的，晒不出米来，谷，拼命往外吐穗，像闯过一道关卡，秀出来的穗，也是尖尖的，秃秃的，没有粒实。人们着急了，香菊放下纺车，每天下地浇园。每天，半夜里，就到地里去，留下二菊在家里做饭，李丹帮她拉风箱烧火。吃饭时香菊回来，累得一点力气也没有，衣裳和头发全精湿，像叫水浇过。她蹲在桌子旁边，一句话也不愿意说，好歹吃点，就又背上大水斗子走了。

这天李丹拄着拐，来到村南，站在高坡上一望，望见了香菊那破白布小褂。太阳平西了，还是很热，庄稼的叶子全耷拉下来，天上一丝云彩也没有，只有李丹的家乡西山那里，才有一层红色的烟尘，笼罩着村庄树木。

香菊在那里用力浇着园，把一斗水浇上来，把斗子放下去，她才直一直身，抬起手背擦一擦脸上流着的汗。然后把身子一倾，摇着辘轳把水摆满，再吃力地把水斗绞起。

李丹从小时没做过这种劳动，他只是在河边上用杠杆车过水，觉得比这个省力得多。他拐到那里，从畦背上走过去，才看见香菊隐在一排几棵又高又密的鬼子姜后面。

这是特意栽培的鬼子姜，它长起来，可以遮蔽太阳。一棵小葫芦攀援上去，开了一朵雪白的小花，在四外酷旱的田野里，只有它还带着清晨的露水。

香菊抬头看见李丹来了，就停下来，喘着气问：

"你来干什么，这么晒天？"

李丹看见香菊的衣裳整个湿透了，贴在身上，头上的汗水，随着水斗子的漏水，叮当滴落到井里去。就说：

"这个活太累,我来帮帮你吧?"

香菊笑了一笑,就又把水斗子哗啦啦放下去了,她说:

"你不行,好好养你的伤吧!"

李丹站在香菊对面,把拐支稳,低下头一看:那是一眼大井,从砖缝里蓬蓬生长着特别翠绿的草,井水震荡得很厉害,可是稍一平静,他就看见水里面轻微地浮动着晴朗的天空,香菊的和鬼子姜的影子,还有那朵巍巍的小白葫芦花。

李丹很喜爱这个地方,也着实心疼那浇园流汗的人,他又劝香菊:

"很累了,休息一下吧!"

香菊说:

"不能休息。好容易才把垄沟灌满,断了流又不知道要费多么大的力气。"接着她望一望西北上说,"你看看那里起来的是不是云彩?"

李丹转身一望说:

"那不是云彩,那是山。"

"下场雨就好了,"香菊喘着气说,"我在睡梦里都听着雷响,我们盼望庄稼长好,多打粮食,就像你盼望多打胜仗一样。"

李丹顺着垄沟走过去,地是那么干燥,李丹想:要吸收多少水,才能止住这庄稼的饥渴?要流多少汗,才能换来几斗粗粮,供给我们吃用?他深深地感觉到自己战斗流血的意义,对香菊的辛苦劳动,无比地尊敬起来。回头望望香菊,香菊低着头浇园,水越浅,井越深,绳越长,她浇着越吃力了。

等到天晚,风吹着香菊那涨红流汗的脸。

"我们回去吧!"她说着又浇上一斗,放倒在水池子上,水滴叮叮当当落到井里,她叉步过来,在水池子里洗了洗脚,就蹬上了放在一边的鞋。她问李丹:"你想吃什么菜?"

李丹说:"我想吃辣椒。"

"不。你的伤还没好利落，我给你摘几个茄子带回去。"香菊抖着湿透了的辫子走到菜畦里去，拨着叶子，找着那大个的茄子，摘了几个，等她卸下辘轳回家的时候，天色已经很晚了。她说：

"从这小道上回去吧！"

她背着辘轳，走在前面，经过一块棒子地，她拔了一棵，咬了咬，回头交给李丹，李丹问：

"甜不甜？"

香菊回过头去，说："你尝尝呀，不甜就给你？"

李丹嚼着甜棒，香菊慢慢在前面走，头也不回，只是听着李丹的拐响，不把他落得远了。

天空里只有新出来的、弯弯下垂的月亮，和在它上面的那一颗大星，活像在那旷漠的疆场，有人刚刚弯弓射出了一粒弹丸。

一九四八年于冀中

蒿 儿 梁

一九四三年,敌人冬季"扫荡"开始了,杨纯医生带着五个伤员,和一个小女看护,名叫刘兰,转移到繁峙五台交界地方,住在北台脚下的成果庵里。五台山有五个台顶,北边的就叫北台。这是有名的高山,常年积雪不化,六月天走过山顶,遇见风雹,行人也会冻死。

一条石沟小河绕着成果庵的粉墙急急流过。站在成果庵的大殿台阶,可以看到北台顶上雄厚的雪堆。

这几天情况紧急,区委书记夜里来通知杨医生,叫他往山上转移,住到蒿儿梁去。

他们清早出发,杨医生走在前面,招呼着担架,轻抬轻放,脚下留神,不要叫冰雪滑倒。他看好平整的地方,叫大家放下擦擦汗休息一下,就又往上爬。

刘兰跟在担架后面,嘴里冒着热气,一步一步挨上来。杨医生把她的卫生包接过来,挂到自己身上。

他的身上,东西已经不少。一支大枪,三十粒子弹,五个手榴弹,一个皮药包。两条米袋像围巾一样缠在他的脖子里。背上,他自己的被包驮着刘兰的被包。他挺身走着,山底子鞋啪啦啦沉重地响着。

"杨医生,我们的药棉又不多了。"刘兰跟在后面说。

"到莒儿梁,我们做。"

"怎么着弄个消毒的小锅吧,做饭的大锅,真不好刷干净,老百姓也不愿意叫使!"

"这也要到莒儿梁想办法。"

刘兰又问:

"伤号光吃莜麦不好吧?"

"到莒儿梁,弄些细粮吃。"

"莒儿梁,莒儿梁!到了莒儿梁,我们找谁呀?"

"找妇救会的主任。区委书记没说她叫什么名字,只说一打听女主任,谁也知道。"

他们顺着盘道往上走,转过三四个山头才看见在前面的山顶上,有一个小村庄。这小村庄叫太阳照得发光,秃秃的没有一棵树,靠它西边的山上,却有一大片叫雪压着的密密的杉树林;隔着山沟,可以听见在树林边缘奔跑的麃子的尖叫。村庄里有一只雄鸡也在长鸣。再绕过一个山头,看见有一洼泉水,周围结了厚冰,一条直直的小路,通到村里去。村里的人吃这个泉的水。村庄不远了。

这个不到三十户的小村,就叫莒儿梁。

女主任去住娘家了,还没有回来,主任的丈夫,一个五十来岁的粗壮汉子,把他们安排到一间泥墙草顶的小小的南屋里,随着粮秣送来了茅柴,就点火烧起炕来。

杨纯到村庄周围转了一转。都是疏疏落落的草顶泥墙小房,家家也都没有篱笆。村里村外,只有些小小的莜麦秸垛,盖着厚雪。街道上,担水滴落,结了一层冰。全村只有一棵歪把的老树,但遍山坡长着那么一丛丛带刺的小树,在冰天雪地,满挂着累累的、鲜艳欲滴的红色颗粒。

人们轻易不出门,坐在炕上,拨弄着一盆红红的麦秸火。妇女们出来一下子,把手插在腰里,又赶紧跑到屋里去。

女主任的丈夫，在院里备好一匹小毛驴，出门去了。第二天，把主任接了回来。

到了院里，主任才从毛驴上跳下。她不过二十五岁，披着一件男人的深黑面的黑羊皮袄，紫色的圆顶帽子装饰着珠花。她嘻嘻地笑着跑到南屋里来。她的相貌，和这一带那些好看的女人一样，白胖胖的脸，鲜红的嘴唇和白牙齿。她看了刘兰一眼，又看了杨纯一眼，笑着不说话。刘兰让她到炕上暖和，她说：

"这是俺的家，我要让你们哩！"

杨纯说：

"你就是主任呀？我们把你的房子占了。"

"不要紧！"主任说，"老头子说你们来了，我真高兴。"她伸过手去摸了摸炕席说："好，炕还热。不行哩，我们这个地方冷呀！有人给你们做饭？"

刘兰说："有。"

"一会儿，我给你们搓窝窝吃，别看我们蒿儿梁村小，我搓的窝窝可远近知名哩！"

晌午，主任推门进来。她脱去了羊皮衣，穿一件破旧的红棉袄，怀抱着一大块光亮的黄色琉璃瓦，这是搓莜面窝窝的工具，她说是托人到台怀买来的。她站立在炕边，卷起袖子。搓的窝窝又薄又小，放得整整齐齐。

"好妹妹！"主任笑着对刘兰说，"我叫你头一回吃这么讲究的饭食，你离开蒿儿梁，你要想蒿儿梁哩！"

"我不想蒿儿梁，这个冷劲我受不了！"刘兰也笑着说。

杨纯说：

"你要想蒿儿梁的窝窝吃哩！"

"对了，你要想我这手艺哩！"主任笑着把手掌拍一拍。

"为什么你的胳膊那么胖？"刘兰问，"是吃莜麦吃的？"

"享福享的吧！"主任说，"这几年我是胖了，那几年，我比你还瘦哩，我的好妹子！有工夫，我要和你说一说我受的苦哩！"

夜间，主任叫刘兰搬到她新拾掇好、烧了炕的小东屋里去睡，打发她的男人，到别人家去睡了。这一夜，主任把头放在刘兰的枕上，叙说她的身世。她说：

"我家在川里，从小给地主家当丫头使唤。十六岁上，娘才把我领回家，嫁给这里，我今年二十五，男人比我大一半。他是个实落人，也知道疼我。我觉着比在地主家里受人欺侮强多了。这几年，减了租子，我们也能吃饱，又没有孩子累着，我就发胖了。"

"我问问你，"主任从枕上抬起头来，"我们的仗，又打得不好吗，怎么你们又跑到这个野地方来？"

"仗打得好。"刘兰说，"这是伤号，要找个安稳地方。"

"我就怕咱们的仗打败了！"主任长舒一口气，"我们种的是川里地主家的地，咱们胜了，他就不敢山上来，你们一走，他就派人来吓唬我。我就盼咱们打胜仗，要把川里也占了，咱们的日子会更好过哩！那时，这地，就成了咱自己的吧？"

"对了，以后，谁种的地就是谁的。"

"我想，总得是那样。"主任说，"不把敌人打走，我的命还在人家手心里攥着哩！"

"为什么？"

"我娘把我领出来，嫁给了这里。那家地主看见我出息得好了，生了歪心哩！他叫人吓唬我，叫我回去，又吓唬我的男人，说叫三亩地换了我。他杂种想算着吧！他觉着我还是那几年，给他当奴才的时候哩！"

停了一会儿，她说："妹子，我就靠着你们，把仗打好了，我们就都熬了出来。你困了吧，靠近我点睡，就会暖和些。"

刘兰每天的工作，是烧开水，煮刀剪镊子消毒，团药棉。这些事情，主任全帮她做，她好问，又心灵手巧，三两天，就学会了。她帮着刘兰给伤号们去换药，和他们说笑，伤员们听刘兰说，主任搓的窝窝好，就争着求她做饭，这样一来，她就整天卷着两只袖子，带着两手面，笑出来，笑进去。

在这小庄上，也还只有莜麦面和山药蛋吃。不管怎样变，也还是莜麦面和山药蛋，不久伤员们就吃腻了，想吃点别的。杨纯到处打听，想给他们弄些白面、羊肉、白菜和萝卜吃。可是在这小庄上，你休想找到这些东西，问到那些老人，老人们说：庄子上有的东西，凭是多么贵重，我们也给你们吃；要讨换这些东西，除非是到川里。

自从添了这么七个生人，小庄上热闹起来，两盘碾子整天不闲，有时还要点上灯推莜麦，青年人要去放哨、坐探，小孩子要去送信砍柴，妇女们拆洗伤员的药布衣服，分班做饭。全村每个人都分担了一点责任，快乐并且觉得光荣。

整个小村庄在热情地支援帮助这个小小的队伍，杨纯不愿再多麻烦他们。他和主任商量，主任笑着说：

"你站在这个梁上想大米白面吃，那就难死了，你可以到川里去找。"

杨纯说：

"情况这么紧，怎么能到川里去？"

主任说：

"敌人都到山里'扫荡'了，川里这会儿空着哩，不要紧，你去吧，那里什么都现成！"

"你看，我是离不开！"杨纯说。

"离不开你的伤员，怕他们受了损失？"主任说，"你还是不信服我们这小庄子。你把他们交给我，放心去吧！"

杨纯没有答声。他不能离开这些伤员，他觉得就像那些母亲，在极端困难的时候，也不能放下那拖累着的孩子一样。主任望着他说：

"要不，你给我写个信，我去。"

杨纯说：

"那也不好。"

"你这人，这样也不好，那样也不好，你可就拿出你那巧妙办法来呀！"

"我怕你遇见危险。"

"我遇不见危险。"主任说，"就是遇上我也认了。你怕我碰上鬼子？碰上他们，他们也没办法，他们捉不住那满山野跑的麅子，就捉不住我。"

"那就让你跑一趟吧！"杨纯说。

他给川里负责的同志写了信，主任看着他把图章盖得清清楚楚，才收起来，放在棉袄的底襟里，披上她那件大皮袄，就向杨纯告辞。杨纯把她送到村北口那棵歪老的树下面，对她说：

"去到川里，见到熟人，千万可别说，咱这庄上住着八路！"

主任笑了一笑，用她那胖胖的手掌把嘴一盖，说：

"我这嘴严实着哩！"她看了杨纯一眼，接着说，"杨同志，我不佩服你别的，就佩服你这小小的年纪，办事这么底细，心眼这么多！"

她转身走了，踢着路上的雪和石子。转过山坡，她好像又想起了什么，转身回来，喊道："杨同志，我们当家的病了，你去给他看看吧！"

杨纯问：

"什么病呀？"

"准是受了风寒，你给他点洋药吃吧！"

她那清脆的声音，在山谷里，惊起阵阵的回响。

杨纯回到家里，带上药包，去给主任的丈夫看病。他住在游击组员名叫青儿的小屋里。杨纯推门进去，老人笑着让他坐。杨纯说：

"不舒服吗？我给你带了药来。"

老人说：

"不要紧。只有些头痛，不用吃药。药很贵的，我一辈子没吃过药。"

青儿笑着说：

"哥哥吃点药吧，吃了药，同志也不跟我们要钱！"

杨纯爬过去，摸一摸他的横着深刻皱纹的前额，又摸一摸他的暴露着粗筋的脉，说：

"不要紧，叫兄弟给你烧些水，吃点药就会好了。"

杨纯给老人包出药来，青儿点火烧水。

老人说：

"一定是她告诉了你。"

杨纯说：

"你说的是主任呀？"

老人说：

"是她。黑间她来了，我说不要紧，叫她回去了。同志，她还年轻，我愿意叫她多给咱们做些事！"

停了一会儿，老人又说："同志，什么时候，我们的天下就打下来？什么时候，把川里的敌人也打走就好了。同志，穷人过着日子，老是没有个底确哩！"

青儿烧着火说：

"哥哥光担心他这几亩地，怕地主再上山来逼人。这两天，看见情况不好，就又病了。"

杨纯安慰鼓励了老人一番。

隔了一天，老人的病好了，可是情况更紧了，他和杨纯商量，在附近山里，找个严实地方，预备着伤员们转移。

吃过晌午饭，他带着杨纯，从向西的一条山沟跑下去。

到了山底，他们攀着那突出的石头和垂下来的荆条往上爬，半天才走进了那杉树林。树林里积着很厚的雪，向阳的一面，挂满长长的冰柱。不管雪和冰柱都掩不住那正在青春的、翠绿的杉树林。这无边的杉树，同年同月从这山坡长出，受着同等的滋润和营养，它们都是一般茂盛，一般粗细，一般在这刺骨的寒风里，茁壮生长。树林里没有道路，人走过了，留下的脚印，不久就又被雪掩盖，主任的丈夫指给杨纯："那边有一个地窖。"又说，"从这后面上去，就是北台顶，敌人再也不能上去！"

他找着那条陡峭的小路，小路已经叫深雪掩盖，他扒着杉树往上走，雪一直陷到他的大腿那里。他往上爬，雪不断地从他脚下滚来，盖住杨纯。杨纯紧紧跟上去，身上反倒暖和起来，流着汗。主任的丈夫转脸告诉他：把你的扣子结好，帽子拉下来，到了山顶，你的手就伸不出来了。

他们爬到一个能站脚的地方，站在那里喘喘气。他们就要登上那大山顶，可是从西北方向刮过一阵阵的风，这风头是这样劲，使他们站立不稳。看准风头过去，主任的丈夫才赶忙招呼杨纯跑上去。

站在这山顶上，会忘记了是站在山上，它是这样平敞和看不见边际，只是觉得天和地离得很近，人感受到压迫。风从很远的地方吹过来，没有声音，卷起一团团的雪柱。

走在那平平的山顶上，有一片片薄薄的雪。太阳照在山顶上，像是月亮的光，没有一点暖意。山顶上，常常看见有一种叫雪风吹干了的黄白色的菊花形的小花，香气很是浓烈，主任的丈夫采了放在衣袋里，说是可以当茶叶喝。

薄薄的雪上，也有粗大的野兽走过的脚印。深夜在这山顶上行走，黄昏和黎明，向着山下号叫，这只配是老虎、豹。

在这里，可以看见无数的、像蒿儿梁那样小小的村庄，像一片片的落叶，粘在各个山的向阳处。可以看见台顶远处大寺院的粉墙琉璃，可以看见川里的河流，河流两岸平坦的稻田，和地主们青楼瓦舍的庄院。

主任的丈夫说："我们住的这些小村子，都是穷佃户，不是庙里的佃户，就是川里的佃户！"

杨纯站在山顶上，他觉得是站在他们作战的边区的头顶上。千万条山谷，纵横在他的眼前，那山谷里起起伏伏，响着一种强烈的风声。冰雪伏藏在她的怀里，阳光照在她的脊背上。瀑布，是为了养育她的儿女，永远流不尽的乳浆，现在结了冰，一直垂到她的脚底！

杨纯想到：他的同志们，他的队伍，正在抵挡这寒冷的天气，熬受着锻炼，他们穿着单薄的军衣，背着粗糙食粮，从这条山谷，转战到那个山头，人民热望他们胜利。

远处，那接近冀中平原的地方，腾起一层红色的尘雾。那里有杨纯的家。他好像看见了他那临河的小村庄，和他那两间用土坯垒起的向阳的小屋，那里面居住着他的母亲。

忽然，主任的丈夫喊："不好，你来看，敌人到了成果庵吗？"

杨纯看见，在远远山脚下面，成果庵那里点起火，他断定敌人到了那里，天气还早，敌人可能还要往上赶，到蒿儿梁。他隐隐约约听见了山的下面有枪声，那是放哨人的警号！

他们慌忙寻找下山的道路，主任的丈夫跑在前边。他们从雪上往下滑，石头和荆条撕碎了他们的衣裳，手上流着血。

杨纯心里阵阵作痛，他离开了受伤的同志，使他们遭受牺牲！

当他们跑进那通到村里去的山沟，他们迎见了主任！她满脸流着汗，手拉着跟跄跄跑来的刘兰！在她旁边是由蒿儿梁老少妇女组成的担架队，抬来了五个伤员。村里听见了警号的枪声，男人们全到了去成果庵的路上。（主任说，她刚回到家里，去伏击敌人了）妇女们跑来和她商量把伤员转移到哪里去，她决定到这个地方来。凡是有力量的，都在担架上搭一把手，把伤员送了出来！

她们把伤员抬到了杉树林的深处，安置在地窖里。她们还抬来主任从川里弄来的粮食和菜蔬，妇女们也都带了干粮来。

主任的丈夫回到村里探消息。

夜晚，飘起雪来，妇女们围坐在地窖旁边，照顾着伤员。杨纯到前面放哨，主任和刘兰在杉树林的边缘站岗。

她们靠在一棵杉树上，主任把羊皮大衣解开，掩盖着刘兰的头。她们前面有一条小河，河面上已经结了冰，还盖上了很厚的雪，但是那小小的山溪冲激得很厉害，在厚厚的冰下面，还听到它那淙淙的寻找道路，流向前去的声音。

主任紧紧抱着刘兰。雪飘在她们头上，雪不久掩没了她们的脚；雪飘在她们脸上，但立刻就融化了。刘兰呼吸着从她的胸怀放散的热气，这孩子竟有些困倦。

主任望着前面，借着她的好眼力和雪光，她看见杨纯，那个青年人，那个医生，那个同志，抱着一支大枪，站在山坡一堆突出的尖石上。他那白色毡帽，成了一顶雪帽，蓝色的大棉袄背后，也落上一层厚雪。杨纯站在那里，尖着耳朵，听着山谷里的一切声音。不久，他跺一跺脚上的雪，从石头上轻轻跳下来，走到主任的面前说：

"蒿儿梁什么声音也没有，敌人想是在成果庵过夜了，看黎明的时候吧！"

主任说：

"要紧的时候，我们就转移到山顶上去，原班人马都在这里！"

又说："刘兰睡着了，就叫她这么着睡一会儿吧！"

杨纯说：

"你们帮助了我们！"

"我们不是自己人？"主任笑着问。

"这就叫鱼帮水，水帮鱼吧！"杨纯也笑着说。

主任问：

"谁是水，谁是鱼？"

"老百姓是水，我们是鱼！"杨纯说。

"你这比方打错了！"主任说，"老百姓帮助你们，情愿把心掏给你们，为什么？这为的是你们把我们救了出来！"

一九四九年一月十二日于胜芳河房

吴 召 儿

得 胜 回 头

　　这二年生活好些,却常常想起那几年的艰苦。那几年,我们在山地里,常常接到母亲求人写来的信。她听见我们吃树叶黑豆,穿不上棉衣,很是担心焦急。其实她哪里知道,我们冬天打一捆白草铺在炕上,把腿舒在袄袖里,同志们挤在一块,是睡得多么暖和!她也不知道,我们在那山沟里沙地上,采摘杨柳的嫩叶,是多么热闹和快活。这一切,老年人想象不来,总以为我们像度荒年一样,整天愁眉苦脸哩!

　　那几年吃得坏,穿得薄,工作得很起劲。先说抽烟吧:要老乡点兰花烟和上些芝麻叶,大家分头卷好,再请一位有把握的同志去擦洋火。大伙围起来,遮住风,为的是这唯一的火种不要被风吹灭。然后先有一个人小心翼翼地抽着,大家就欢乐起来。要说是写文章,能找到一张白报纸,能找到一个墨水瓶,那就很满意了。可以坐在草堆上写,也可以坐在河边石头上写。那年月,有的同志曾经为一个不漏水的墨水瓶红过脸吗?有过。这不算什么,要是像今天,好墨水,车载斗量,就不再会为一个空瓶子争吵了。关于行军:就不用说从阜平到王快镇那一段讨厌的砂石路，叫人进一步退半步；不用说雁北那蹚不完的冷水小河，蹬不住的冰滑踏石，转不尽的阴山背后；就是两界峰的柿子，插箭岭的风雪，洪子店的豆腐，雁门关外的辣椒杂面，也使人留恋想念。还有会餐：半月以前就做精神准备，事到临头，还得拼着一场疟子，情愿吃得上吐下泻，也得弄它个碗净锅干；哪怕吃过饭再去爬山呢！是谁偷过老乡的辣椒下饭，是谁用手榴弹爆炸河潭的小鱼？哪个小组集资买了一头蒜，哪个小组煮了狗肉大设宴席？

留在记忆里的生活，今天就是财宝。下面写的是在阜平三将台小村庄我的一段亲身经历，其中都是真人真事。

民　　校

我们的机关搬到三将台，是个秋天，枣儿正红，芦苇正吐花。这是阜平东南一个小村庄，距离有名的大镇康家峪不过二里路。我们来了一群人，不管牛棚马圈全住上，当天就劈柴做饭，上山唱歌，一下就和老乡生活在一块了。

那时我们很注意民运工作。由我去组织民校识字班，有男子组，有妇女组。且说妇女组，组织得很顺利，第一天开学就全到齐，规规矩矩，直到散学才走。可是第二天就都抱了孩子来，第三天就在课堂上纳起鞋底，捻起线来。

识字班的课程第一是唱歌，歌唱会了，剩下的时间就碰球。山沟的青年妇女们，碰起球来，真是热烈，整个村子被欢笑声浮了起来。我想得正规一下，不到九月，我就给她们上大课了。讲军民关系，讲抗日故事，写了点名册，发了篇子。可是因为座位不定，上了好几次课，我也没记清谁叫什么。有一天，我翻着点名册，随便叫了一个名字：

"吴召儿！"

我听见嗤的一声笑了。抬头一看，在人群末尾，靠着一根白杨木柱子，站起一个女孩。她正在背后掩藏一件什么东西，好像是个假手榴弹，坐在一处的女孩子们望着她笑。她红着脸转过身来，笑着问我：

"念书吗？"

"对！你念念头一段，声音大点。大家注意！"

她端正地立起来，两手捧着书，低下头去。我正要催她，她就念开了，书念得非常熟快动听。就是她这认真的念书态度和声音，不知怎样一下就印进了我的记忆。下课回来，走过那条小河，我听到了只有在阜平才能听见的那紧张激动的水流的声响，听到在这山草衰白柿叶霜红的山地，还没有飞走的一只黄鹂的叫唤。

向　　导

十一月，老乡们披上羊皮衣，我们反"扫荡"了。我当了一个小组长，村长给我们分配了向导，指示了打游击的地势。别的组都集合起来出发了，我们的向导老不来。我在沙滩上转来转去，看看太阳就要下山，很是着急。

听说敌人已经到了平阳，到这个时候，就是大声呼喊也不容许。我跑到村长家里去，找不见，回头又跑出来，才在山坡上一家门口遇见他。村长散披着黑羊皮袄，也是跑得呼哧呼哧，看见我就笑着说：

"男的分配完了，给你找了一个女的！"

"怎么搞的呀？村长！"我急了，"女的能办事吗？"

"能办事！"村长笑着，"一样能完成任务，是一个女自卫队的队员！"

"女的就女的吧，在哪里呀？"我说。

"就来，就来！"村长又跑进那大门里去。

一个女孩子跟着他跑出来。穿着一件红棉袄，一个新鲜的白色挂包，斜在她的腰里，装着三颗手榴弹。

"真是，"村长也在抱怨，"这是反'扫荡'呀，又不是到区里验操，也要换换衣裳！红的目标大呀！"

"尽是夜间活动，红不红怕什么呀，我没有别的衣服，就是这一件。"女孩子笑着，"走吧，同志！"说着就跑下坡去。

"路线记住了没有？"村长站在山坡上问。

"记下了，记下了！"女孩子嚷着。

"别这么大声怪叫嘛！"村长说。

我赶紧下去带队伍。女孩子站在小河路口上还在整理她的挂包，望望我来了，她一跳两跳就过了河。

在路上，她走得很快，我跑上前去问她：

"我们先到哪里？"

"先到神仙山！"她回过头来一笑，这时我才认出她就是那个吴召儿。

神　仙　山

神仙山也叫大黑山，是阜平最高最险的山峰。前几天，我到山下打过白草；吴召儿领导的，却不是那条路，她领我们走的是东山坡一条小路。靠这一带山坡，沟里满是枣树，枣叶黄了，飘落着，树尖上还留着不少的枣儿，经过风霜，红的越发鲜艳。吴召儿问我：

"你带的什么干粮？"

"小米炒面！"

"我尝尝你的炒面。"

我一边走着，一边解开小米袋的头。她伸过手来接了一把，放到嘴里，另一只手从口袋里掏出一把红枣送给我。

"你吃枣儿！"她说，"你们跟着我，有个好处。"

"有什么好处？"我笑着问。

"保险不会叫你们挨饿。"

"你能够保这个险？"我也笑着问，"你口袋里能装多少红枣，二百斤吗？"

"我们走到哪里，吃到哪里。"她说。

"就怕找不到吃喝哩！"我说。

"到处是吃喝！"她说，"你看前头树上那颗枣儿多么大！"

我抬头一望，她飞起一块石头，那颗枣儿就落在前面地下了。

"到了神仙山，我有亲戚。"她捡起那颗枣儿，放到嘴里去，"我姑住在山上，她家的倭瓜又大又甜。今儿晚上，我们到了，我叫她给你们熬着吃个饱吧！"

在这个时候，一顿倭瓜，也是一种鼓励。这鼓励还包括：到了那里，我们就有个住处，有个地方躺一躺，有个老乡亲切地和我们说说话。

天黑的时候，我们才到了神仙山的脚下。一望这座山，我们的腿都软了，我们不知道它有多么高；它黑得怕人，高得怕人，危险得怕人，像一间房子那样大的石头，横一个竖一个，乱七八糟地躺着。一个顶一个，一个压一个，我们担心，一步蹬错，一个石头滚下来，整个山就会天崩地裂房倒屋塌。她带领我们往上爬，我们攀着石头的棱角，身上出了汗，一个跟不上一个，落了很远。她爬得很快，走一截就坐在石头上望着我们笑，像是在这乱石山中，突然开出一朵红花，浮起一片彩云来。

我努力跟上去，肚里有些饿。等我爬到山半腰，实在走不动，找见一块平放的石头，就倒了下来，喘息了好一会儿，才能睁开眼：天大黑了，天上已经出了星星。她坐在我的身边，把红枣送到我嘴里说：

"吃点东西就有劲了。谁知道你们这样不行！"

"我们就在这里过一夜吧！"我说，"我的同志们恐怕都不行了。"

"不能。"她说，"就快到顶上了，只有顶上才保险。你看那上面点起灯来的，就是我姑家。"

我望到顶上去。那和天平齐的地方，有一点红红的摇动的光；那光不是她指出，不能同星星分别开。望见这个光，我们都有了勇气，有了力量；它强烈地吸引着我们前进，到它那里去。

姑　　家

北斗星转下山去，我们才到了她的姑家。夜深了，这样高的山上，冷风吹着汗湿透的衣服，我们都打着牙噤。钻过了扁豆架、倭瓜棚，她尖声娇气叫醒了姑。老婆子费了好大工夫才穿好衣裳开开门。一开门，就有一股暖气，扑到我们身上来，没等到人家让，我们就挤到屋里去，那小小的屋里，简直站不开我们这一组人。人家刚一让我们上炕，有好几个已经爬上去躺下来了。

"这都是我们的同志。"吴召儿大声对她姑说，"快给他们点火做饭吧！"

老婆子拿了一根麻秸，在灯上取着火，就往锅里添水，一边仰着头问：

"下边又'扫荡'了吗？"

"又'扫荡'了。"吴召儿笑着回答，她很高兴她姑能说新名词，"姑！我们给他们熬倭瓜吃吧！"她从炕头抱下一个大的来。

姑笑着说：

"好孩子，今年摘下来的顶属这个大，我说过几天叫你姑父给你送去哩！"

"不用送去，我来吃它了！"吴召儿抓过刀来把瓜剖开，"留着这瓜子炒着吃。"

吃过了香的、甜的、热的倭瓜，我们都有了精神，热炕一直热到我们的心里。吴召儿和她姑睡在锅台上，姑侄俩说不完的话：

"你爹给你买的新袄？"姑问。

"他哪里有钱，是我给军队上纳鞋底挣了钱换的。"

"念书了没有？"

"念了，炕上就是我的老师。"

截　　击

第二天，我们在这高山顶上休息了一天。我们从小屋里走出来，看了看吴召儿姑家的庄园。这个庄园，在高山的背后，只在太阳刚升上来，这里才能见到光亮，很快就又阴暗下来。东北角上一洼小小的泉水，冒着水花，没有声响；一条小小的溪流绕着山根流，也没有声响，水大部分渗透到沙土里去了。这里种着像炕那样大的一块玉蜀黍，像锅台那样大的一块土豆，周围是扁豆，十几棵倭瓜蔓，就奔着高山爬上去了！在这样高的黑石山上，找块能种庄稼的泥土是这样难，种地的人就小心整齐地用石块把地包镶起来，恐怕雨水把泥土冲下去。奇怪！在这样少见阳光、阴湿寒冷的地方，庄稼长得那样青翠，那样坚实。玉蜀黍很高，扁豆角又厚又大，绿得发黑，像说梅花调用的铁响板。

吴召儿出去了，不久，她抱回一捆湿木棍：

"我一个人送一把拐杖，黑夜里，它就是我们的眼睛！"

她用一把锋利明亮的小刀，给我们修着棍子。这是一种山桃木，包皮是紫红色，好像上了油漆；这木头硬得像铁一样，打在石头上，发出铜的声音。

这半天，我们过得很有趣，差不多忘记了反"扫荡"。

当我们正要做下午饭,一个披着破旧黑山羊长毛皮袄,手里提着一根粗铁棍的老汉进来了;吴召儿赶着他叫声姑父,老汉说:

"昨天,我就看见你们上山来了。"

"你在哪看见我们上来呀?"吴召儿笑着问。

"在羊圈里,我喊你来呀,你没听见!"老汉望着内侄女笑,"我来给你们报信,山下有了鬼子,听说要搜山哩!"

吴召儿说:"这么高山,鬼子敢上来吗?我们还有手榴弹哩!"

老汉说:"这几年,这个地方目标大了,鬼子真要上来了,我们就不好走动。"

这样,每天黎明,吴召儿就把我唤醒,一同到那大黑山的顶上去放哨。山顶不好爬,又危险,她先爬到上面,再把我拉上去。

山顶上有一丈见方的一块平石,长年承受天上的雨水,给冲洗得光亮又滑润。我们坐在那平石上,月亮和星星都落到下面去,我们觉得飘忽不定,像活在天空里。从山顶可以看见山西的大川,河北的平原,十几里、几十里的大小村镇全可以看清楚。这一夜下起大雨来,雨下得那样暴,在这样高的山上,我们觉得不是在下雨,倒像是沉落在波浪滔天的海洋里,风狂吹着,那块大平石也像要被风吹走。

吴召儿紧拉着我爬到大石的下面,不知道是人还是野兽在那里铺好了一层软软的白草。我们紧挤着躺在下面,听到四下里山洪暴发的声音,雨水像瀑布一样,从平石上流下,我们像钻进了水帘洞。吴召儿说:

"这是暴雨,一会儿就晴的,你害怕吗?"

"要是我一个人我就怕了,"我说,"你害怕吧?"

"我一点也不害怕,我常在山上遇见这样的暴雨,今天更不会害怕。"吴召儿说。

"为什么?"

"领来你们这一群人，身上负着很大的责任呀，我也顾不得怕了。"

她的话，像她那天在识字班里念书一样认真，她的话同雷雨闪电一同响着，响在天空，落在地下，永远记在我的心里。

一清早我们就看见从邓家店起，一路的村庄，都在着火冒烟。我们看见敌人像一条虫，在山脊梁上往这里爬行。一路不断响枪，是各村伏在山沟里的游击组。吴召儿说：

"今年，敌人不敢走山沟了，怕游击队。可是走山梁，你就算保险了？兔崽子们！"

敌人的目标，显然是在这个山上。他们从吴召儿姑父的羊圈那里翻下，转到大黑山来。我们看见老汉仓皇地用大鞭把一群山羊打得四散奔跑，一个人蹬着乱石往山坡上逃。吴召儿把身上的手榴弹全拉开弦，跳起来说：

"你去集合人，叫姑父带你们转移，我去截兔崽子们一下。"她在那乱石堆中，跳上跳下奔着敌人的进路跑去。

我喊：

"红棉袄不行啊！"

"我要伪装起来！"吴召儿笑着，一转眼的工夫，她已经把棉袄翻过来。棉袄是白里子，这样一来，她就活像一只逃散的黑头的小白山羊了。一只聪明的、热情的、勇敢的小白山羊啊！

她蹬在乱石尖上跳跃着前进。那翻在里面的红棉袄，还不断被风吹卷，像从她的身上撒出的一朵朵的火花，落在她的身后。

当我们集合起来，从后山上跑下，来不及脱鞋袜，就跳入山下那条激荡的大河的时候，听到了吴召儿在山前连续投出的手榴弹爆炸的声音。

联　想

　　不知她现在怎样了。我能断定,她的生活和历史会在我们这一代生活里放光的。关于晋察冀,我们在那里生活了快要十年。那些在我们吃不下饭的时候,送来一碗烂酸菜;在我们病重行走不动的时候,替我们背上了行囊;在战斗的深冬的夜晚,给我们打开门,把热炕让给我们的大伯大娘们,我们都是忘记不了的。

一九四九年十一月

山 地 回 忆

从阜平乡下来了一位农民代表,参观天津的工业展览会。我们是老交情,已经快有十年不见面了。我陪他去参观展览,他对于中纺的织纺,对于那些改良的新农具特别感到兴趣。临走的时候,我一定要送点东西给他,我想买几尺布。

为什么我偏偏想起买布来?因为他身上穿的还是那样一种浅蓝的土靛染的粗布裤褂。这种蓝的颜色,不知道该叫什么蓝,可是它使我想起很多事情,想起在阜平穷山恶水之间度过的三年战斗的岁月,使我记起很多人。这种颜色,我就叫它"阜平蓝"或是"山地蓝"吧。

他这身衣服的颜色,在天津是很显得突出,也觉得土气。但是在阜平,这样一身衣服,织染既是不容易,穿上也就觉得鲜亮好看了。阜平土地很少,山上都是黑石头,雨水很多很暴,有些泥土就冲到冀中平原上来了——冀中是我的家乡。

阜平的农民没有见过大的地块,他们所有的,只是像炕台那样大,或是像锅台那样大的一块土地。在这小小的、不规整的,有时是尖形的,有时是半圆形的,有时是梯形的小块土地上,他们费尽心思,全力经营。他们用石块垒起,用泥土包住,在边沿栽上枣树,在中间种上玉黍。

阜平的天气冷，山地不容易见到太阳。那里不种棉花，我刚到那里的时候，老大娘们手里搓着线锤。很多活计用麻代线，连袜底也是用麻纳的。

就是因为袜子，我和这家人认识了，并且成了老交情。那是个冬天，该是一九四一年的冬天，我打游击打到了这个小村庄，情况缓和了，部队决定休息两天。

我每天到河边去洗脸，河里结了冰，我蹬在冰冻的石头上，把冰砸破，浸湿毛巾，等我擦完脸，毛巾也就冻挺了。有一天早晨，刮着冷风，只有一抹阳光，黄黄的落在河对面的山坡上。我又蹬在那块石头上去，砸开那个冰口，正要洗脸，听见在下水流有人喊：

"你看不见我在这里洗菜吗？洗脸到下边洗去！"

这声音是那么严厉，我听了很不高兴。这样冷天，我来砸冰洗脸，反倒妨碍了人。心里一时挂火，就也大声说：

"离着这么远，会弄脏你的菜！"

我站在上风头，狂风吹送着我的愤怒，我听见洗菜的人也恼了，那人说：

"菜是下口的东西呀！你在上流洗脸洗屁股，为什么不脏？"

"你怎么骂人？"我站立起来转过身去，才看见洗菜的是个女孩子，也不过十六七岁。风吹红了她的脸，像带霜的柿叶，水冻肿了她的手，像上冻的红萝卜。她穿的衣服很单薄，就是那种蓝色的破袄裤。

十月严冬的河滩上，敌人往返烧毁过几次的村庄的边沿，在寒风里，她抱着一篮子水沤的杨树叶，这该是早饭的食粮。

不知道为什么，我一时心平气和下来。我说：

"我错了，我不洗了，你在这块石头上来洗吧！"

她冷冷地望着我，过了一会儿才说：

"你刚在那石头上洗了脸,又叫我站上去洗菜!"

我笑着说:

"你看你这人,我在上水洗,你说下水脏,这么一条大河,哪里就能把我脸上的泥土冲到你的菜上去?现在叫你到上水来,我到下水去,你还说不行,那怎么办哩?"

"怎么办,我还得往上走!"

她说着,扭着身子逆着河流往上去了。蹬在一块尖石上,把菜篮浸进水里,把两手插在袄襟底下取暖,望着我笑了。

我哭不得,也笑不得,只好说:

"你真讲卫生呀!"

"我们是真卫生,你们是装卫生!你们尽笑话我们,说我们山沟里的人不讲卫生,住在我们家里,吃了我们的饭,还刷嘴刷牙,我们的菜饭再不干净,难道还会弄脏了你们的嘴?为什么不连肠子肚子都刷刷干净!"说着就笑得弯下腰去。

我觉得好笑。可也看见,在她笑着的时候,她的整齐的牙齿洁白得放光。

"对,你卫生,我们不卫生。"我说。

"那是假话吗?你们一个饭缸子,也盛饭,也盛菜,也洗脸,也洗脚,也喝水,也尿泡,那是讲卫生吗?"她笑着用两手在冷水里刨抓。

"这是物质条件不好,不是我们愿意不卫生。等我们打败了日本,占了北平,我们就可以吃饭有吃饭的家伙,喝水有喝水的家伙了,我们就可以一切齐备了。"

"什么时候,才能打败鬼子?"女孩子望着我,"我们的房,叫他们烧过两三回了!"

"也许三年,也许五年,也许十年八年。可是不管三年五年,十年八年,我们总是要打下去,我们不会悲观的。"我这样对她讲,当时觉得这样讲了以后，心里很高兴了。

"光着脚打下去吗？"女孩子转脸望了我脚上一下，就又低下头去洗菜了。

我一时没弄清是怎么回事，就问：

"你说什么？"

"说什么？"女孩子也装没有听见，"我问你为什么不穿袜子，脚不冷吗？也是卫生吗？"

"咳！"我也笑了，"这是没有法子么，什么卫生！从九月里就反'扫荡'，可是我们八路军，是非到十月底不发袜子的。这时候，正在打仗，哪里去找袜子穿呀？"

"不会买一双？"女孩子低声说。

"哪里去买呀，尽住小村，不过镇店。"我说。

"不会求人做一双？"

"哪里有布呀？就是有布，求谁做去呀？"

"我给你做。"女孩子洗好菜站起来，"我家就住在那个坡子上，"她用手一指，"你要没有布，我家里有点，还够做一双袜子。"

她端着菜走了，我在河边上洗了脸。我看了看我那只穿着一双"踢倒山"的鞋子，冻得发黑的脚，一时觉得我对于面前这山，这水，这沙滩，永远不能分离了。

我洗过脸，回到队上吃了饭，就到女孩子家去。她正在烧火，见了我就说：

"你这人倒实在，叫你来你就来了。"

我既然摸准了她的脾气，只是笑了笑，就走进屋里。屋里蒸气腾腾，等了一会儿，我才看见炕上有一个大娘和一个四十多岁的大伯，围着一盆火坐着。在大娘背后还有一位雪白头发的老大娘。一家人全笑着让我炕上坐。女孩子说：

"明儿别到河里洗脸去了，到我们这里洗吧，多添一瓢水就够了！"

大伯说：

"我们妞儿刚才还笑话你哩！"

白发老大娘瘪着嘴笑着说：

"她不会说话，同志，不要和她一样呀！"

"她很会说话！"我说，"要紧的是她心眼儿好，她看见我光着脚，就心疼我们八路军！"

大娘从炕角里扯出一块白粗布，说：

"这是我们妞儿纺了半年线赚的，给我做了一条棉裤，下剩的说给他爹做双袜子，现在先给你做了穿上吧。"

我连忙说：

"叫大伯穿吧！要不，我就给钱！"

"你又装假了，"女孩子烧着火抬起头来，"你有钱吗？"

大娘说：

"我们这家人，说了就不能改移。过后再叫她纺，给她爹赚袜子穿。早先，我们这里也不会纺线，是今年春天，家里住了一个女同志，教会了她。还说再过来了，还教她织布哩！你家里的人，会纺线吗？"

"会纺！"我说，"我们那里是穿洋布哩，是机器织纺的。大娘，等我们打败日本……"

"占了北平，我们就有洋布穿，就一切齐备！"女孩子接下去，笑了。

可巧，这几天情况没有变动，我们也不转移。每天早晨，我就到女孩子家里去洗脸。第二天去，袜子已经剪裁好，第三天去她已经纳底子了，用的是细细的麻线。她说：

"你们那里是用麻用线？"

"用线。"我摸了摸袜底，"在我们那里，鞋底也没有这么厚！"

"这样坚实。"女孩子说，"保你穿三年，能打败日本不？"

"能够。"我说。

第五天,我穿上了新袜子。

和这一家人熟了,就又成了我新的家。这一家人身体都健壮,又好说笑。女孩子的母亲,看起来比女孩子的父亲还要健壮。女孩子的姥姥九十岁了,还那么结实,耳朵也不聋,我们说话的时候,她不插言,只是微微笑着,她说:她很喜欢听人们说闲话。

女孩子的父亲是个生产的好手,现在地里没活了,他正计划贩红枣到曲阳去卖,问我能不能帮他的忙。部队重视民运工作,上级允许我帮老乡去作运输,每天打早起,我同大伯背上一百多斤红枣,顺着河滩,爬山越岭,送到曲阳去。女孩子早起晚睡给我们做饭,饭食很好,一天,大伯说:

"同志,你知道我是沾你的光吗?"

"怎么沾了我的光?"

"往年,我一个人背枣,我们妞儿是不会给我吃这么好的!"

我笑了。女孩子说:

"沾他什么光,他穿了我们的袜子,就该给我们做活了!"

又说:

"你们跑了快半月,赚了多少钱?"

"你看,她来查账了,"大伯说,"真是,我们也该计算计算了!"他打开放在被摞底下的一个小包袱,"我们这叫包袱账,赚了赔了,反正都在这里面。"

我们一同数了票子,一共赚了五千多块钱,女孩子说:

"够了。"

"够干什么了?"大伯问。

"够给我买张织布机子了!这一趟,你们在曲阳给我买架织布机子回来吧!"

无论姥姥、母亲、父亲和我,都没人反对女孩子这个正义的要求。我们到了曲阳，把枣卖了，就去买了一架机子。大伯不怕多花钱，一定要买一架好的，把全部盈余都用光了。我们分着背了回来，累得浑身流汗。

这一天，这一家人最高兴，也该是女孩子最满意的一天。这像要了几亩地，买回一头牛；这像置好了结婚前的陪送。

以后，女孩子就学习纺织的全套手艺了：纺，拐，浆，落，经，镶，织。

她卸下第一匹布的那天，我出发了。从此以后，我走遍山南塞北，那双袜子，整整穿了三年也没有破绽。一九四五年，我们战胜了日本强盗，我从延安回来，在碛口地方，跳到黄河里去洗了一个澡，一时大意，奔腾的黄水，冲走了我的全部衣物，也冲走了那双袜子。黄河的波浪激荡着我关于敌后几年生活的回忆，激荡着我对于那女孩子的纪念。

开国典礼那天，我同大伯一同到百货公司去买布，送他和大娘一人一身蓝士林布，另外，送给女孩子一身红色的。大伯没见过这样鲜艳的红布，对我说：

"多买上几尺，再买点黄色的。"

"干什么用？"我问。

"这里家家门口挂着新旗，咱那山沟里准还没有哩！你给了我一张国旗的样子，一块带回去，叫妞儿给做一个，开会过年的时候，挂起来！"

他说妞儿已经有两个孩子了，还像小时那样，就是喜欢新鲜东西，说什么也要学会。

一九四九年十二月

采 蒲 台

越过平原，越过一条大堤，就是白洋淀水乡了。

这里地势低下，云雾很低，风声很急，淀水清澈得发黑色。芦苇万顷，俯仰吐穗。

自从敌人在白洋淀修起炮楼，安上据点，抢光白洋淀的粮食和人民赖以活命的苇，破坏一切治渔的工具，杀吃了鹅鸭和鱼鹰；很快，白洋淀的人民就无以为生，鱼米之乡，变成了饿殍世界。

正二月间，正是环境残酷，白洋淀的人们没法生活的时候。县里派我到这一带组织渔民斗争，就住在采蒲台。

采蒲台是水淀中央的一个小村庄，平常敌人"扫荡"不到。这里，房屋街道挤得像蜂窠，一条条的小胡同，窄得两个人不能并肩行走，来往相遇，只能侧身让过。一家家的小院落，飘着各色各样的破布门帘。满街鸭子跑，到处苇花飞。

家家墙上张挂渔网，墙角安放锅灶，堆着鱼篮虾篓和打死的水鸭子；院里门前，还要留下一块地方，碾苇和编席。

支部书记把我领到紧靠水边的曹连英家去住下。曹连英四十来岁了，老婆比他小几岁，一个姑娘十七岁了，名叫小红。

连英不好说话，一心做活，手里总是不闲着。媳妇是个活泼敞快的人，好说好笑；女孩子跟娘一样。

支部书记把我安置下了，就要回去。连英的媳妇跟出去，小声说：

"叫同志吃什么呀？"

支部书记说：

"你们吃什么，他就跟着吃什么吧，他知道我们这里的困难。"

"我们，"连英的媳妇笑笑说，"我们光吃地梨。"

支部书记低头想了想说：

"先熬几天，等开了凌再说。"说完就出门走了。

每天，天不明，这一家人就全起来了。曹连英背上囤子，沿着冰上的小路，到砸好的冰窟窿那里去掏鱼。他把那有两丈多长的竿子，慢慢推进冰底下，掏着捞着拉出来，把烂草和小鱼倒在冰上……

小红穿一件破花布棉袄，把苇放在院里，推动大石磙子来回碾轧。她整天在苇皮上践踏，鞋尖上飞破，小手冻得裂口。轧完苇，交娘破着，她提上篮子去挖地梨。直等到天晚了才同一群孩子沿着冰回来，嘴唇连饿带冻，发青发白；手指头叫冰凌扎得滴着血。娘抬头看见，眼里含着泪说：

"孩子饿了，先去吃块糠饼子吧！开了凌，我们拿上席到端村去卖，换些粮食。"

小姑娘嚼着冰硬的饼子说：

"粮食，粮食，什么时候我们才有粮食吃呀！"说完，她望着我。

娘笑着说：

"对，跟同志要吧！他是咱们的一个指望，他来了，我们就又快过好日子了！"

我看在眼里，也酸酸地难过，就说："开了凌，我们去弄些吃喝来！"说着，连英也背着囤子回来了，把鱼倒在筛子里。媳妇赶紧接过来，拿到门口水边去淘洗干净，又喊女孩子生火做饭，给爹烤干那湿透的裤子。

曹连英说：

"淀里起风了，凌就要开！"

这一晚上，我听见小红和两个青年妇女（她们的丈夫全参军去了）在外间屋地下编席。她们编着歌儿唱，一边在竞赛着。我记得这样三首：

快快编，快快编，
我小红编个歌儿你看看。
编个什么歌儿呀，
眉子细，席子白，
八路同志走了你还要来。
这些日子，你睡的谁家的炕，
他家的席子
可有我们的白？

你们什么时候来？
你们什么时候来？
我思念你们，应该不应该？
你们远出在外，
敌人，就上咱的台阶！
你快快打回来，
你快快打回来，
这样艰难的日子，
我们实在难挨。

我的年纪虽然小，
我的年纪虽然小，

你临走的话儿

记得牢，记得牢：

不能叫敌人捉到，

不能叫敌人捉到！

我留下清白的身子，

你争取英雄的称号！

风越刮越大，整整刮了一夜。第二天，我从窗口一看，淀里的凌一丝也不见，全荡开了，一片汪洋大水，打的岸边劈劈啪啪地响。

这天正是端村大集，各村赶集的小船很多。

小红和她母亲，也要带着编好的席、织好的网，到集上去换粮食，我也愿意跟着到集上看看。自家的小船就系在门口，迈过矮矮的篱笆，小红抱过席捆来，放在船上，娘儿俩摇船走了。到了端村，各处来的小船全泊在村当中那个小港里，小红卖网，娘去卖席，我到各处去转转，约好早些回来。

端村是水淀有名的热闹地方，三面叫水围着。顺水可以下天津，上水通着几条河路；北面一条大堤，通到旱地上的大村镇。

赶集的人很多，那些老乡们都是惊惊惶惶的，鬼子、汉奸、浪荡女人，在街上横行乱撞。过了木桥，便是网市，有两排妇女对坐着在那里结网卖网。她们把织好的丝网，张挂在墙上，叫太阳一照，耀眼光亮，把回子网兜放在怀里，抖露着叫过往的人看。小红坐在里面，她对那些过往的渔夫们说：

"你们谁买了这一合？我保管你们发大利市，净逮大鱼！"

一个青年渔夫翻翻看看，就又放下了，苦笑着说：

"网是好网，借你的吉幸，也能捞大鱼。可是有什么用啊，鱼比屎还贱，粮食比金子还贵，白费那个力气去干什么！想些别的办法活命吧！"

另一个青年人说：

"这是打鱼的家伙，我倒想买件逮那些王八的家伙，叫他们把我们的水淀搅混了！"

两个人狠狠地说着走了。

随后过来两个老年渔夫，小红又说：

"你们谁买了这一合网，保管你净逮大鱼！"

一个老人看了看说：

"喂！真是一副好网。"

另一个老人说：

"天好，现在也不买那个。能安安生生打鱼吗？"

小红眯着眼问：

"明年哩？"

"明年就能安生？"老人笑了。

"你以为他们要在这里待一辈子吗？你这大伯，真是悲观失望！"小红说着笑了，"这里是我们的家，不是他们的家，这里不是他们的祖业。这里是，这里是，"小红低声说，"是他们王八狗日的坟茔地！不出今年！我看你还是买了这副网吧，好日子总归不远！"

两个老人全笑了说：

"好，听你的，孩子。要多少钱呀？"

小红说：

"你看着吧！我们是有些紧用项，要不还留着自己使用哩！"

老人说：

"我知道，现在粮食困难，我给你量半斗米的票！"

我看着小红卖了网，就到席市去。

走过一处洼地，上了堤头。堤上净是卖席篓子的，那些老大娘们守着一堆大大小小的篓子，见人过来，就拦住说：

"要篓子吧！你买了吧！"

"你买了吧，我去量点粮食！"

没有一个人答声。

再过去，是一片场院，这是席市。席一捆一捆的并排放着，卖席的妇女们，站在自己席子头起。她们都眼巴巴望着南边大梢门那里，不断地有人问：出来了没有？还有的挤到门口去张望。那是敌人收席的地方，她们等候着那收席的汉奸出来。

很久不见有人出来，已牌时以后，人们等得极不耐烦了，那个收席的大官员，本街有名的地主豪绅冯殿甲家的大少，外号"大吉甲"，才前呼后拥地出来。他一手拿着一个丈量席子的活尺，一手提着黑色印桶。一见他露头，卖席的人们就活动起来，有的抱了自己的席，跑到前边去，原来站在前边的就和他争吵起来，说："这是占坟地呀，你抢得这么紧？"那人又只好退回来。有人尽量把自己的席子往前挪一挪。

收席的，开始看梢门口边头一份席，那是小红的娘，不知道她怎么能占的那样靠前。她像很疲累了，弯着腰一张一张掀开席，叫收席的人过眼看成色，量尺丈。收席的像员大将，站在席边，把尺丈一抛，抓起印板就说：

"五百！"

小红的娘吃了一惊，抬起头来说：

"先生，这样的席五百一领呀？"

收席的说：

"这是头等价钱！"

"啊呀！这还是头等价钱！"小红的娘叹口气说，"先生，你说小米子多少钱一斗啊？"

"我买的是你的席，我管你小米子多少钱一斗？"收席的愣着眼说，"不卖？好，看第二份！"

他从她的席上踏过，就来看第二家的席。小红的娘呆呆地坐在自己的席上。

第二家卖席的是个年轻人，五百一领，他哭丧着脸答应了，收席的就啪啪地在席上打上印记，过去了。年轻人一边卷着自己的席，一边回头对小红的娘说：

"谁愿意卖呀？不卖你就得饿死，家里两集没有粮食下锅了，你不卖就是死路一条。除了他这里，你没有地方去卖苇，他又不让别的客人来收席！大嫂，我看你停会儿还是卖了吧！"年轻人弯腰背起他那一捆席，到梢门口里去换票去了。

小红的娘低着头说：

"我不卖！"

一开了盘，那些围上来探听的人们，都垂头丧气地回到自己席子那里去了，一路唉声叹气，"五百，头份五百！"干脆就躺倒在自己的席上。

背进席去的人，手里捏着一沓票出来换苇或是换米去了。太阳已经过午。小红的娘抬头看见了我，她许是想起家里等着她弄粮食回去，就用力站起来，一步一步挪到收席的汉奸那里说：

"你收了我那一份席吧！"

"你是哪一份？"汉奸白着眼说。

"就是那头一份。"

"你不是说不卖吗？怎么样，过了晌午，肚子里说话了吧，生成的贱骨头！"

小红的娘卖了席，背进去换了一沓票出来。

我到梢门口那里一望，看见院里和河码头上，敌人收的苇席，垛的像一座座的山。我心里想：这一捆捆的、一张张的席都是这一带的男女老幼，不分昼夜，忍饥挨冻，一尺一寸织成了的。敌人收买席子的办法是多么霸道！自己从小也赶过不少集，从没见过买卖是这样做的！这些卖席的人，竟像是求告乞讨，买席的一定要等到他们肚里饿得不能支持的时候，才肯成交。他妈的，这还不如明抢明夺！他们设下一层层的圈套拴得老百姓多么紧！

我正要骂出声来，听见收席的汉奸，正调笑一个年轻的妇女：

"你们看人家这个，多白多细！"

那妇女一张一张掀给他看，他又说：

"慢点哪，别扎破你那——小手指头呀！"

我恨不得过去，把那汉奸枪毙了！忍着气同小红娘俩上船回来。

晚上，就召集人们开会。

支部书记说：

"同志，你知道，我们这里村子不大，却是个出鱼米的富庶地方。自从敌人在端村、关城、同口一带安上据点炮楼，扒大堤破坏了稻田，人们就没有粮食吃。我们这里出产好苇，有名的大白皮、大头栽，远近驰名，就是织席编篓，也吃穿不尽。敌人和傍虎吃食的汉奸们又下令，苇席专收专卖，抢了席子去，压低席的价钱，就把人们逼到绝路上来了。端村大街，过去是多么繁华热闹？现在一天要饿死几口人！再有一年工夫，我们这水淀里就没有人了！"

我说：

"我们要组织武装，寻找活路。我们把村里的枪支修理一下，找几只打水鸭的小船，组织一个水上游击队，先弄敌人的粮食，有了粮食，什么也就好办了。这村里能打枪驶船的有多少人？"

连英说：

"驶船的，人人都会。打枪的，要在船上，除非是那些打水鸭的来的准当。"

我说：

"先不要人多，最好是同志们。"

"那也有二十几个。"支部书记说。

游击小队组织起来，一共有十只小船，二十个人。我们就在村南一带去年没有收割的大苇塘里驻扎，每天拂晓和黄昏演习。

　　就有一天，小红在淀里顺着标志收鱼篓，看见敌人一只对艚大船过来，她绕着弯飞快地来告诉我们。我们在大苇塘附近，第一次袭击了敌人，夺回一大船粮食，分散给采蒲台的人们吃。

　　直到现在，白洋淀还流行着这首描写了真实战斗情况的歌：

　　　　运粮船来到，
　　　　弟兄好喜欢；
　　　　王队长的盒子往上翻，
　　　　打得小猴水里钻；
　　　　队长下命令，
　　　　弟兄往前冲，
　　　　不怕流血，
　　　　不怕牺牲。
　　　　冲到了大船上，
　　　　白脖要还枪，
　　　　三小队的手榴弹扔在了大船舱，
　　　　打得他们见了阎王。
　　　　死的见阎王，
　　　　活的缴了枪，
　　　　盒子大枪敛了一大舱，
　　　　嘿！
　　　　一大船粮食送进大苇塘！

一九四九年

小　胜　儿

一

　　冀中有了个骑兵团。这是华北八路军的第一支骑兵，是新鲜队伍，立时成了部队的招牌幌子，不管什么军事检阅、纪念大会，头一项人们最爱看的，就是骑兵表演。

　　马是那样肥壮，个子毛色又整齐，人又是那样年轻，连那个热情的杨主任，也不过二十一岁。

　　农民们亲近自己的军队，也爱好马匹。每当骑兵团在早晨或是黄昏的雾露里从村边开过，农民们就放下饭碗，担起水筲，帮助战士饮马。队伍不停下，他们就站在堤头上去观看：

　　"这马儿是怎么喂的，个个圆膘！庄稼牲口说什么也比不上。"

　　"骑黑马的是杨主任，在前面背三件家伙的是小金子！"

　　"这孩子！你看他像粘在马上一样。"

　　小金子十七岁上参加了军队，十九岁给杨主任当了警卫员，骑着一匹从日寇手里夺来的红洋马。

　　远近村庄都在观看这个骑兵团。这村正恋恋不舍地送走最后一匹，前村又在欢迎小金子的头马了。

今天，队伍不知开到哪里去，走得并不慌忙，很是严肃。从战士脸上的神情和马的脚步看来，也不像有什么情况。

"是出发打仗？还是平常行军？"一个青年农民问他身边一个青年妇女。

"我看是打仗去！"妇女说。

"你怎么看得出来，杨主任告诉你了？"

"我认识小金子。你看着，小金子噘着嘴，那就是平常行军，他常常舍不得离开房东大娘。脸上挂笑，可又不笑出来，那准是出发打仗。傻孩子！你记住这个就行了。"

二

这个妇女是猜着了。过了两天，这个队伍就打起仗来，打的是那有名的英勇壮烈的一仗。敌人"五一大扫荡"突然开始，骑兵团分散作战，两个连突到路西去，一个连作后卫陷入了敌人的包围，整整打了一天。在五月麦黄的日子，冀中平原上，打得天昏地暗，打得树木脱枝落叶，道沟里鲜血滴滴。杨主任在这一仗里牺牲了，炮弹炸翻的泥土，埋葬了他的马匹。小金子受了伤，用手刨着土掩盖了主任的尸体，带着一支打完子弹的短枪，夜晚突围出来，跑了几步就大口吐了血。

这是后话。现在小金子跑在队伍的前面，轻快地行军。他今天脸上挂笑，是因为在出发的时候，收到了一件心爱的东西。一路上，他不断抽出手来摸摸兜囊，这小小的礼品就藏在那里面。

太阳刚刚升出地面。太阳一升出地面，平原就在同一个时刻，承受了它的光辉。太阳光像流水一样，从麦田、道沟、村庄和树木的身上流过。这一村的雄鸡接着那一村的雄鸡歌唱。这一村的青年自卫队在大场院里跑步，那一村也听到了清脆的口令。

一路上，大麻子刚开的紫色绒球一样的花，打着小金子的马肚皮，阵阵的露水扫湿了他的裤腿。他走得不慌不忙，信马由缰。主任催他：

"小金子同志，放快些吧，天黑的时候，我们要到石佛镇宿营哩！"

"报告主任，"小金子转过身来笑着说，"就这样走法，也用不着天黑！"

"这样热天，你愿意晒着呀？"主任说，"口渴得很哩！"

小金子说：

"过了树林，前面有个瓜园，我去买瓜！我和那个开瓜园的老头有交情，咱们要吃瓜，他不会要钱。可是，现在西瓜还不熟，只能将就着摘个小酥瓜儿吃！"

主任说：

"怎么能白吃老百姓的瓜呢？把水壶给我吧！"

递过水壶去，小金子说：

"到了石佛，我给主任去号一间房，管保凉快，清静，没有臭虫！"

他从兜囊扯出了那件东西，一扬手在马屁股上抽了一下，马就奔跑起来。

主任的小黑马追上去，主任说：

"小金子！那是件什么东西？"

"小马鞭儿！"小金子又在空中一扬。那是一杆短短的，用各色绸布结成的小马鞭，像是儿童的玩具。

"你总是顽皮，哪里弄来的？我们是骑兵，还用马鞭子？"主任笑着。

"骑兵不用马鞭，谁用马鞭？戏台上的大将，还拿着马鞭打仗哩！"小金子说。

"那是唱戏，我们要腾开手来打仗，用不着这个。进村了，快收起来，人家要笑话哩！"主任说。

小金子又看了几看，才把心爱的物件插到兜囊里去，心里有些不高兴。他想人家好心好意给做了，不能在进村的时候施展施展，多么对不住人家？人家不知道费了多大工夫哩！

主任又问了：

"买的，还是求人做的？"

"是家里捎来的。"

"怎么单捎了这个来？"

"他们准是觉得我当了骑兵，缺少的就是马鞭子，心爱的也是这个。"

"怎么那样花花绿绿？"

"是个女孩子做的，她们喜欢这个颜色！"

"是你的什么人呀？"

"一家邻舍，从小儿一块长大的。"

主任没有往下问，在年岁上，他不过比小金子大两岁。在情感这个天地里，人们会是相同的。过了一刻，他说：

"回家或是路过，谢谢人家吧！"

三

五月里打过仗，小金子受伤回到家里，他饭也吃不下，觉也睡不着。主任和那些马匹，马匹的东奔西散，同志们趴在道沟里战斗牺牲……老在他眼前转，使他坐立不安。黑间白日，他尖着耳朵听着，好像那里又有集合的号音，练兵的口令，主任的命令，马蹄的奔腾；过了一会儿又什么也听不见。他的病一天一天重了。

小金子的爹，今年五十九岁了，只有这一个儿子。给他挖了一个洞，洞口就在小屋里破旧的迎门橱后面。出口在前邻小胜儿家。小胜儿，就是给小金子捎马鞭子的那个姑娘。

小胜儿的爹在山西挑货郎担儿，十几年不回家了。那年小金子的娘死了，没人做活，小金子的爹，心里准备下了一堆好话，把布拿到前邻小胜儿的娘那里。小胜儿的娘一听就说：

"她大伯，你别说这个。咱们虽说不是一姓一家，住的这么近，就像一家似的，你有什么活，尽管拿过来。我过着穷日子，就知道没人的难处，说句浅话，求告你的时候正在后头哩。把布放下吧，我给你裁铰裁铰做上。"

从这以后，两家人就过得很亲密。

小金子从战场回来，小胜儿的娘把他抱在怀里，摸着那扯破的军装说：

"孩子，你们是怎么着，爬着滚着的打来呀，新布就撕成这个样子！小胜儿，快去给你哥哥找衣裳来换！"

小金子说：

"不用换。"

"傻孩子，"小胜儿的娘说，"不换衣裳，也得养养病呀！看你的脸成了什么颜色！快脱下来，叫小胜儿给你缝缝。你看这血，这是你流的……"

"有我流的，也有同志们流的！"小金子说。

母女两个连夜帮着小金子的爹挖洞，劝说着小金子进去养病养伤。

四

敌人在田野拉网"清剿"，村里成了据点，正在清查户口。母女两个整天为小金子担心，焦愁得饭也吃不下去。她们不让小金子出来，每天早晨，小胜儿把饭食送进洞里去，又把便尿端出来。

那天，她用一块手巾把头发包好，两只手抱着饭罐，从洞口慢慢往里爬。爬到洞中间,洞里的小油灯忽地灭了,她小声说:"是我。"把饭罐轻轻放好,从身上掏出洋火,擦了好几根,才把灯点着。洞里一片烟雾,她看见小金子靠在潮湿的泥土上,脸色苍白得怕人,一言不发。她问:

"你怎么了?"

"这样下去,我就死了。"小金子说。

"这有什么办法呀?"小胜儿坐在那像在水里泡过的褥子上,"鬼子像在这里住了老家,不打,他们自己会走吗?"她又说:"我问问你,杨主任牺牲了?"

"牺牲了。我老是想他。"小金子说,"跟了他两三年,年纪又差不多,老是觉着他还活着,一时想该给他打饭,一时想又该给他备马了。可是哪里去找他呀,想想罢了!"

"他的面目我记得很清楚,"小胜儿说,"那天,他跟着你到咱们家来,我觉着比什么都光荣。说话他就牺牲了,他是个南方人吧?"

"离我们有好几千里地,贵州地面哩。你看他学咱这里的话学得多像!"小金子说。

小胜儿说:

"不知道家里知道他的死讯不?知道了,一家人要多难过!自然当兵打仗,说不上那些。"

小金子说:

"先是他同我顶着打,叫同志们转移,后来我受了伤,敌人冲到我面前,他跳出了掩体和敌人拼了死命。打仗的时候,他自己勇敢得没对儿,总叫别人小心。平时体贴别人,自己很艰苦。那天行军,他渴了,我说给他摘个瓜吃,他也不允许。"

"为什么,吃个瓜也不允许?"小胜儿问。

"因为不只他一个人呀。我心里有什么事,他立时就能看出来。

也是那天,我玩弄你捎给我的小马鞭儿,他批评了我,"

"那是闹着玩儿的,"小胜儿说,"他为什么批评你哩?"

"他说是花花绿绿,不像个战士样子,我就把马鞭子装起来了。可是,过了一会儿,他又叫我谢谢你。"

"有什么谢头,叫你受了批评还谢哩!"小胜儿笑了一下,"我们别忘了给他报仇就是了!你快着养壮实了吧!"

五

小胜儿从洞里出来,就和她娘说:

"我们该给小金子买些鸡蛋,称点挂面。"

娘说:

"叫鬼子闹的,今年麦季没收,秋田没种,高粱小米都吃不起,这年头摘摘借借也困难。"

小胜儿说:

"娘,我们赶着织个布卖了去吧!"

娘说:

"整天价逃难,提不上鞋,哪里还能织布?你安上机子,知道那兔羔子们什么时候闯进来呀?"

"要不我们就变卖点东西?人家的病要紧哩!"小胜儿说。

"你这孩子!"娘说,"什么人家的病,这不像亲兄弟一样吗?可是,咱一个穷人家,有什么可变卖的哩,有什么值钱的物件哩?"

小胜儿也仰着脖子想,她说:

"要不,把我那件袄卖了吧!"

"哪件袄?你那件花丝葛袄吗?"娘问着,"哪有还没过事,就变卖陪送的哩?"

小胜儿说:

"整天藏藏躲躲的,反正一时也穿不着。不是埋坏了,就是叫他们抢走了,我看还是拿出去卖了它吧!"

"依我的心思呀,"娘笑着说,"这么兵荒马乱,有个对事的人家,我还想早些打发你出去,省得担惊受怕哩!那件衣裳不能卖,那是我心上的一件衣裳!"

"可是,晚上,他就没得吃,叫他吃红饼子?"小胜儿说,"今儿个是集日,快拿出去卖了吧!"

到底是女儿说服了娘,包起那件衣服,拿到集上去。集市变了,看不见年轻人和正经买卖人,没有了线子市,也没有了花布市。小胜儿的娘抱着棉袄,在十字路口靠着墙站了半天,也没个买主。晌午错了,才过来个汉奸,领着一个浪荡女人,要给她买件衣裳。小胜儿的娘不敢争价,就把那件衣裳卖了。她心疼了一阵,好像卖了女儿身上的肉一样。称了一斤挂面,买了十个鸡蛋,拿回家来,交给小胜儿,就啼哭起来。天还不黑就盖上被子睡觉去了。

小胜儿没有说话,下炕给小金子做饭。现在天快黑了,她手里劈着干柳树枝,眼望着火,火在她脸上身上闪照,光亮发红。她好像看见杨主任的血,看见小金子苍白的脸,看见他的脸慢慢变得又胖又红润了。她小心地把饭做熟,早早地把大门上好,就爬到洞口去拉暗铃。一种微小的柔软的声音,在地下响了。不久,小金子就钻了出来。

这一顿饭,小金子吃得很多,两碗挂面四个鸡蛋全吃了,还有点不足心的样子。吃完了饭,一抹嘴说:

"有什么吃什么就行了,干什么又花钱?"

"哪里来的钱呀,孩子,是你妹子把陪送袄卖了,给你养病哩!卖了,是叫个好人穿呀!叫那么个烂货糟蹋去了,我真心疼!你可别忘了你妹子!"小胜儿的娘在被窝里说。

"我们这是优待八路军,用不着谢,也用不着报答!"小胜儿低着头笑了笑，收拾了碗筷。

小金子躺在炕上。小胜儿用棉被把窗子堵了个严又严，把屋门也上了。她点起一个小油灯，放在墙壁上凿好的一个小洞里，面对着墙做起针线来，不住尖着耳朵听外面的风声。

在冀中平原，有多少妇女孩子在担惊，在田野里听着枪声过夜！她回过头来说：

"我们这还算享福哩，坐在自己家里的炕上——怎么你们睡着了？"

"大娘睡着了，我没睡着。"小金子说，"今天吃得多些，精神也好些，白天在洞里又睡了一会儿，现在怎么也睡不着了。你做什么哩？"

"做我的鞋，"小胜儿低着头说，"整天东逃西跑，鞋也要多费几双。今年军队上的活，做得倒少了。"

"像我整天钻洞，不穿鞋也可以！"小金子说。听着他的声音，小胜儿的鼻子也酸了，她说：

"你受了伤，又有病，这说不上。好好养些日子，等腿上有了力气，能走长路了，就过铁道找队伍去。做上了我的，就该给你铰底子做鞋了！"

小胜儿放下活计，转过身来，她的眼睛在黑影里放光。在这样的夜晚，敌人正在附近村庄放火，在田野、村庄、树林、草垛里搜捕杀害冀中的人民……

一九五〇年一月十九日

看 护

——在天津中西女中讲的少年革命故事

我希望能有一部作品,完整地表现我们的看护同志,表现他们在战争中艰苦的献身的工作。

一九四三年冬季,日寇在晋察冀"扫荡"了三个月,在晋察冀的部队和人民来说,这是一段极端艰难的时间。那一二年里,我们接连遇到了灾荒。反"扫荡"的转移,是在"九一八"下午开始的,我们刚刚开完纪念会,就在会场上整理好队伍,并且发下了冬天的服装和鞋袜。我们背上这些东西,在沙滩上行军,不断地蹚水过河。情况一开始就很紧张,来不及穿鞋,就手里提着。接连过了几条小河,队伍渐渐也就拉散了,我因为动作迟缓,落在了后面。回头一看,只有一个女孩子,一只脚蹬在河边一块石头上,眼睛望着前边的队伍,匆忙地穿上鞋,就很快地跟上去了。

这女孩子有十六七岁,长得很瘦弱,背着和我一样多的东西,外加一个鼓鼓的药包,跑起路来,上身不断地摇摆,活像山头那棵风吹的小树。我猜她准是分配到我们队上来的女看护。

"快跑,小鬼!"我追在后面笑着喊。

"反正叫你落不下!"她回头笑了一下,这笑和她的年岁很不相称。她幼小的生活里一定受过什么压抑。我注意她的脚步,这孩子缠过脚,我明白了为什么过河以后,她总是要穿上鞋。

前面的队伍正蹚过一条大河,爬到对面高山上去。头上是宽广的蓝天。忽然听到飞机的叫声,立时就开始了扫射。我看见女孩子急忙脱了鞋,卷高裤腿,跑进水里去,河水搭到她的腰那里,褂子全湿了,却用两只手高高举起了药包。她顺着水流歪歪斜斜地前进,没走到河心,就叫水冲倒,我赶紧跑上去,拉起她来,扯过河去。

我们刚登上岸,我觉得脚上一热,就倒了下来,血冒在沙滩上。

敌人的飞机一直低飞着,扫射着河滩和岩石,扫伤了我的左脚。近处一个村庄起火了,跑出很多人,妇女们来不及脱去鞋袜,抱着孩子跳进河里去。她们居住在这样偏僻的地方,从没见过飞机,更没听过这样刺耳的声音,敌人竟找到这里破坏和威胁了她们的生活。她们嚷嚷着,召唤着家里的人,催我们快快上山。她们说,飞机在她们村庄下蛋的时候那样低,在一棵老槐树下面钻了过去,一个大姑娘来不及闪躲,就叫飞机上的鬼子,从窗口打死了。女孩子告诉她们不要乱,让她们先走;又低着头,取出一个卫生包,替我裹伤。在我们身边跑过的男人们也嚷嚷骂着,说等他们爬到山顶,飞机再低着身子飞,他们就抱大石头砸下它来!

扎住伤口,女孩子说:

"你把东西放下吧,我给你背!"

"哪里的话,你这么小的人,会把你压死了哩!"我勉强站立起来,女孩子搀扶了我,挨上山去。

我们在山顶走着,飞机走了,宽大清澈的河流在山下转来转去,有时还能照见我们的影子。山上两旁都是枣树,正是枣熟枣掉的时候,满路上都是渍出蜜汁来的熟透的红枣。我们都饿了,可是遵守着行军的纪律,不拾也不踏,咽着唾沫走过去。

队上的医生老康,靠在前面一棵枣树上等我们。我们两个是好开玩笑的,每一见面,就都忍不住笑。我叫他"雷佛那儿",这是

因为那时医药条件困难,不管谁有什么外科破伤,他都是给开这一味药。他治病的特点是热情多于科学。他跑上来说:

"刚一出发你就负伤了!"

"可是并不光荣。"我说,"正在用腿用脚的时候,你看多倒霉!"

"每天宿营下来,我叫刘兰去给你换药!"他说着替女孩子搀扶着我,刘兰才有工夫坐下去倒出她鞋里的沙土和石块。

"这孩子很负责任,"老康接着小声说,"她是一个童养媳,婆家就在我们住过的那个村庄,从小挨打受气,忍饥挨冻。这次我们动员小看护,她的一个伙伴把她也叫了来,坚决参加。起初她婆婆不让,找了来。她说:'这里有吃的有穿的,又能学习上进,你们为什么不让我进步?'婆婆说:'……你吃上饱饭,可不能变心,你长大成人,还是俺家的媳妇!'她没有答话。"

从这天起.每天晚上到村庄找好房子,刘兰就背着药包笑嘻嘻地找了我来,叫我坐在炕上,她站在地下替我洗好伤口换好药,才回去洗脸休息。可是我的伤口并不见好,情况越来越紧,行军越来越急迫,腿脚越来越不顶事。我成为队伍的累赘,心里很烦恼。第二天,黎明站队,组织上决定要把我坚壁到远处一座高山上去,叫刘兰跟随。我心里有些焦急,望望刘兰她却没有怨言。在这样紧张的情况下面,人生地疏,叫一个女孩子带一个伤号,她该是更焦急的。

我们按着路线出发,刘兰不知从哪里给我摸来一根木棍。天明我们进入了繁峙县的北部。这是更加荒凉的地方,山高水急,道狭村稀。在阴暗潮湿的山沟里转半天,看不见一个村庄,遇不见一个行人,听不见一声鸡叫。只有从沙滩上和过河的踏石上留下的毛驴蹄印或是粪块,才断定是人行的大道。

一到下午,肚里就饿了。天已经快黑了,还看不见一个村庄。前面就是那座高山了,在山底下,我要求坐下来休息一下,想到在爬这样高山以前,最好能有一块玉米面饼子垫垫肚,然而我们并没有。

希望就在山顶上。刘兰催我开路。

振作精神,刘兰扶我上山去。我心里发慌,眼发黑,差不多忘记了脚痛,爬了半天,我饿得再也不能支持,迷糊过去。等到睁开眼,刘兰坐在我的身边,天已经暗下来了。在我们头上,有一棵茂密的酸枣树,累累的红艳的酸枣在晚风里摇摆。我一时闻到了枣儿的香味和甜味。刘兰也正眼巴巴望着酸枣,眉头蹙得很高。看见我醒来,她很高兴,说:

"同志,到了这个地步,摘一把酸枣儿吃,该不算犯纪律吧!"

我笑着摇摇头,她伸过手去就捋下一把,送到我嘴里,她也接连吞下几把。才发觉一同吞下了枣核和叶子,枣刺划破了她的手掌。

吞吃了酸枣,有了精神和力量,在苍茫的夜色里看到了山顶的村庄,有一片起伏的成熟的莜麦,像流动的水银。还有一所场院,一个男人下身穿着棉裤,上身光着膀子,高举着连枷;在他身旁有一个年轻的妇女用簸箕迎风扬送着丈夫刚刚打下的粮食,她的上身只穿着一件红色的兜肚。

我同刘兰就住在这小小的山庄上。进村以后,刘兰叫我坐在街头休息,她去找上关系,打扫了房子,然后才把我安排到炕上。接着她又做饭烧炕,洗净吃饭的锅,煮刀剪,消毒药棉……弄到半夜,她才到对过妇救会主任老四屋里去睡觉。

这一晚,我听着五台山顶的风声,远处杉林里的狼叫,一时睡不着,却并没有感觉不安。我们是四海为家的,我们是以一切人民为兄弟姐妹的。从炕头的窗口望过去,刘兰和老四也没有睡,两个人的影子在窗纸上摇动。她们在拉着家常:

"你们从哪里来呀?"

"从很远的地方。"

"那病人是谁呀?"

"我们队上一个干部。"

"你是干什么的?"

"我是看护。"

"是大脉先生吗?给我看看病吧!"

"什么病呀,你先和我学说学说,过几天,我们的医生就过来了!"

"就是咱们妇道的病呀……"

下面的话,我就听不清。可是接着我就听见,老四也是一个童养媳,十四岁上成的亲,今年二十四岁了,还没有一个小孩。老四说:

"我们这山顶顶上的人家,就是难得有个娃,要不就是养不下,要不就是活不大!"

刘兰说:

"这是因为我们结婚太早,生活苦,又不知道卫生,以前我也是个童养媳……"

接着两个人就诉起苦来,你疼我,我疼你地闹了多半夜才睡觉。

因为刘兰还不会做莜面,老四就派了两位妇女来帮忙。她们都穿着白粗布棉裤、黑羊皮袄,她们好像从来没洗过脸,那两只手,也只有在给我们和面和搓窝窝的过程里才弄洁白,那些脏东西,全和到我们的饭食里去了。这一顿饭,我和刘兰吃起来,全很恶心,刘兰说:

"你身体好些的时候,多教我认几个字吧,我要给她们讲讲卫生课。"

不多几天,她这讲习班就成立起来,每天晚上,有十几个青年妇女集在老四屋里,对刘兰讲的问题发生很大的兴趣。刘兰告诉她们,她们生病的根源就在她们都是用一块脏布包上灰土当作月经带,用过了,就塞到茅房里,下次再用,一用二三年。刘兰告诉她们,要把布洗净,放在干净地方……

"你看刘兰多干净!"妇女们笑着说,"我们向你学习!"

从此，我看见这些妇女们，每天都洗洗手脸，有的并且学着我们的样子，在棉袄和皮衣里衬上一件单褂。我觉得刘兰把文化带给了这小小的山庄，它立刻就改变了很多人的生活，并给她们的后代造福。

有空，刘兰就帮她们到地里去收庄稼，她有时带回一些野韭菜、野葱、野蒜，包莜面饺子，改善我的伙食；有时带回一些玉黍秸，叫我当甜棒吃，好补充我身体里缺少的糖分。有一次，她不知道从哪里捉来几条小沙鱼。这样高的山上能有小鱼，已经新鲜；叫老四看见了，活像看见蛇一样，无论如何不叫我吃，她说那会把我毒死，更不叫在她家锅里煮。

不久就下了大雪，我们都穿上了新棉衣，刘兰要在我的和她的袄领上缝上一个白衬领。她坐在炕上缝着，笑着说她还是头一次穿这样里表三新的棉袄裤，母亲一辈子也没享过这个福。叫她看来，八路军的生活好多了，这山庄上谁也没有我们这一套棉衣。

下了大雪，消息闭塞。我写了一封信，和大队上联系，叫刘兰交给村长，派一个人送到区上去。刘兰回来说，这样大雪，村长派不动人，要等踏开道了才能送去。我的伤口正因为下雪发痛，一听就火了，我说：

"你再去把村长叫来，我教育教育他！"

刘兰说：

"下了这样大雪，连街上都不好走，山路上，雪能埋了人；这里人们穿着又少，人家是有困难！"

"有困难就得克服！"我大声说，"我们就没困难过？我们跑到这山顶顶上来，挨饿受冻为的谁呀？"

"你说为的谁呀？"刘兰冷笑着，"挨饿受冻？我们每天两顿饱饭，一天要烧六十斤茅柴，是谁供给的呀！"

"你怎么了！"我欠起身来，"是我领导你，还是你领导我？"

"咱们是工作关系,你是病人,我是看护,谁也不能压迫谁!"刘兰硬邦邦地说。

"小鬼!"我抓起在火盆里烤着的一个山药,就向她脸上打去,她一闪,山药粘到门上;刘兰气得脸发白,说:

"你是干部,你打人骂人!"

说罢就转身出去了。

我很懊悔,在炕上翻来覆去。外面风声很大,雪又打着窗纸,火盆里的火弱了,炕也凉了,伤口更痛得厉害。我在心里检讨着自己的过错。

老四推门进来,带着浑身的雪,她说:

"怎么了呀,同志?你们刘兰一个人跑到村口那里啼哭,这么大风大雪!"

"你快去把她叫来,"我央告着老四,"刚才我们吵了架。你对她说,完全是我的错误!"

老四才慌忙地去叫她。这一晚上,她没到我屋里来。第二天,风住天晴,到了换药的时候,刘兰来了,还是笑着。我向她赔了很多不是,她却一句话也没说,给我细心地换上药,就又拿起那封信,找村长去了。

接到大队来信,要我转移,当夜刘兰去动员担架。她拄着一根棍子,背着我们全部的东西,头上包着一块手巾,护住耳朵和脸,在冰雪擦滑的路上,穿着一双硬底山鞋,一步一个响声,迎着大风大雪跟在我的担架后面……

一九五〇年五月护士节于天津

芦 苇

　　敌人从只有十五里远的仓库往返运输着炸弹，低飞轰炸，不久，就炸到这树林里来，把梨树炸翻。我跑出来，可是不见了我的伙伴。我匍匐在小麦地里往西爬，又立起来飞跑过一块没有遮掩的闲地，往西跑了一二里路，才看见一块坟地，里面的芦草很高，我就跑了进去。

　　"呀！"

　　有人惊叫一声。我才看见里面原来还藏着两个妇女，一个三十多岁的妇人，一个十八九岁的姑娘，她们不是因为我跳进来吃惊，倒是为我还没来得及换的白布西式衬衣吓了一跳。我离开她们一些坐下去，半天，那妇女才镇静下来说：

　　"同志，你说这里藏得住吗？"

　　我说等等看。我蹲在草里，把枪压在膝盖上，那妇人又说：

　　"你和他们打吗？你一个人，他们不知道有多少。"

　　我说，不能叫他们平白捉去。我两手交叉起来垫着头，靠在一个坟头上休息。妇人歪过头去望着那个姑娘，姑娘的脸还是那样惨白，可是很平静，就像我身边这片芦草一样，四面八方是枪声，草叶子还是能安定自己。我问：

　　"你们是一家吗？"

"是，她是我的小姑。"妇人说着，然后又望一望她的小姑："景，我们再去找一个别的地方吧，我看这里靠不住。"

"上哪里去呢？"姑娘有些气恼，"你去找地方吧！"

可是那妇人也没动，我想她是有些怕我连累了她们，就说：

"你们嫌我在这里吗？我歇一歇就走。"

"不是！"那姑娘赶紧抬起头来望着我说，"你在这里，给我们仗仗胆有什么不好的？"

"咳！"妇人叹一口气，"你还要人家仗胆，你不是不怕死吗？"她就唠叨起来，我听出来她这个小姑很任性，逃难来还带着一把小刀子。"真是孩子气，"她说，"一把小刀子顶什么事哩？"

姑娘没有说话，只是惨惨地笑了笑。我的心骤然跳了几下，很想看看她那把小刀子的模样。她坐在那里，用手拔着身边的草，什么表示也没有。

忽然，近处的麦子地里有人走动。那个妇人就向草深的地方爬，我把那姑娘推到坟的后面，自己卧倒在坟的前面。有几个敌人走到坟地边来了，哇啦了几句，就冲着草里放枪，我立刻向他们还击，直等到外面什么动静也没有了，才停下来。

不久天也快黑了，她们商量着回到村里去。姑娘问我怎么办，我说还要走远些，去打听打听白天在梨树园里遇到的那些伙伴的下落。她看看我的衣服：

"你这件衣服不好。"再低头看看她那件深蓝色的褂子，"我可以换给你。先给我你那件。"

我脱下我的来递给她，她走到草深的地方去。一会儿，她穿着我那件显得非常长大的白衬衫出来，把褂子扔给我：

"有大襟，可是比你这件强多了，有机会，你还可以换。"说完，就去追赶她的嫂子去了。

一九四一于平山

女　人　们

红　棉　袄

　　风把山坡上的荒草，吹得俯到地面上、砂石上。云并不厚，可沉重得怕人，树叶子为昨夜初霜的侵凌焦枯了，正一片片地坠落。

　　我同小鬼顾林从滚龙沟的大山顶上爬出来。在强登那峭峻的山顶时，身上发了暖，但一到山顶，被逆风一吹，就觉得难以支持了。顾林在我眼前，连打了三个寒噤。

　　我拉他赶紧走下来，在那容易迷失的牧羊人的路上一步一步走下，在乱石中开拔着脚步。顾林害了两个月的疟疾，现在刚休养得有了些力气，我送他回原部队。我们还都穿着单军服，谁知一两天天气便变得这样剧烈。

　　虽说有病，这孩子是很矜持的。十五岁的一个人，已经有从吉林到边区这一段长的，而大半是一个人流浪的旅程。在故乡的草原里拉走了两匹敌人放牧的马，偷偷卖掉了，跑到天津，做了一家制皮工厂的学徒。事变了，他投到冀中区的游击队里……

　　"身子一弱就到了这样！"

　　像是怨恨自己。但我从那发白的而又有些颤抖的薄嘴唇，便觉得他这久病的身子是不能支持了。我希望到一个村庄，在那里休息一下，暖暖身子。

风还是吹着，云，凌人地往下垂，我想要下雨了，下的一定是雪片吧？天突然暗了。

远远的在前面的高坡上出现一片白色的墙壁，我尽可能地加快了脚步，顾林也勉强着。这时，远处山坡上，已经有牧羊人的吆喝声，我知道天气该不早了，应是拦羊下山入圈的时分。

爬上那个小山庄的高坡，白墙壁上的一个小方窗，就透出了灯火。我叫顾林坐在门前一块方石上休息，自己上前打门。门很快地开了，一个姑娘走了出来。

我对她说明来意，问她这里有没村长，她用很流利的地方话回答说，这只是一个小庄子，共总三家人家，过往的军队有事都是找她家的，因为她的哥哥是自卫队的一个班长。随着她就踌躇了。今天家里只有她一个人，妈妈去外婆家了，哥哥还没回来。

她转眼望一望顾林，对我说：

"他病得很重吗？"

我说："是。"

她把我们让到她家里，一盏高座的油灯放在窗台上，浮在黑色油脂里的灯心，挑着一个不停跳动的灯花，有时并碎细地爆炸着。

姑娘有十六岁，穿着一件红色的棉袄，头发梳得很平，动作很敏捷，和人说话的时候，眼睛便盯住人。我想，屋里要没有那灯光和灶下的柴禾的光，机灵的两只大眼也会把这间屋子照亮的吧？她挽起两只袖子，正在烧她一个人的晚饭。

我一时觉得我们休息在这里，有些不适当。但顾林躺在那只铺一张破席子的炕上了，显然他已是筋疲力尽。我摸摸他的额，又热到灼手的程度。

"你的病不会又犯了吧？"

顾林没有说话，我只听到他牙齿的"得得"声，他又发起冷来。我有些发慌，我们没有一件盖的东西。炕的一角好像是有一条棉被，我问那正在低头烧火的姑娘，是不是可以拿来盖一下，姑娘抬着头没听完我的话，便跳起来，爬到炕上，把它拉过来替顾林盖上去。一边嘴里说，她家里是有两条被的，哥哥今天背一条出操去了。把被紧紧地盖住了顾林的蜷伏的身体，她才跳下来，临离开，把手按按顾林的头，对我蹙着眉说：

"一定是打摆子！"

她回去吹那因为潮湿而熄灭的木柴了，我坐在顾林的身边，从门口向外望着那昏暗的天。我听到风还在刮，隔壁有一只驴子在叫。我想起明天顾林是不是能走，有些愁闷起来。

姑娘对我慢慢地讲起话来。灶膛里的火旺了，火光照得她的脸发红，那件深红的棉袄，便像蔓延着火焰一样。

她对我讲，今年打摆子的人很多。她问我顾林的病用什么法子治过。她说有一个好方法，用白纸剪一个打秋千的小人形，晚上睡觉，放在身下，第二天用黄表纸卷起来，向东南走出三十六步，用火焚化，便好了。她小时便害过这样的病，是用这个方法治好的。说完便笑起来："这是不是迷信呢？"

夜晚静得很，顾林有时发出呻吟声，身体越缩拢越小起来。我知道他冷。我摸摸那条棉被，不只破烂，简直像纸一样单薄。我已经恢复了温暖，就脱下我的军服的上身，只留下里面一件衬衫，把军服盖在顾林的头上。这时，锅里的饭已经煮好。姑娘盛了一碗米汤放在炕沿上，她看见我把军服盖上去，就沉吟着说：

"那不抵事。"她又机灵地盯视着我。我只是对她干笑了一下，表示，这不抵事，怎样办呢？我看见她右手触着自己棉袄的偏在左边的纽扣，最下的一个，已经应手而开了。她后退了一步，对我说：

"盖上我这件棉袄好不好？"

没等我答话,她便转过身去断然地脱了下来。我看见她的脸飞红了一下,但马上平复了。她把棉袄递给我,自己退到角落里把内衣整理了一下,便又坐到灶前去了,末了还笑着讲:

"我也是今天早上才穿上的。"

她身上只留下一件皱折的花条布的小衫。对这个举动,我来不及惊异,我只是把那满留着姑娘的体温的棉袄替顾林盖上,我只是觉得身边这女人的动作,是幼年自己病倒了时,服侍自己的妈妈和姐姐有过的。

我凝视着那暗红的棉袄。姑娘凝视着那灶膛里一熄一燃的余烬。一时,她又讲话了。她问我从哪里来,尽走过哪些地方,哪里的妇女自卫队好。又问我,什么时候妇女自卫队再来一次检阅。一会儿我才知道,在去年,平山县妇女自卫队检阅的时候,打靶,她是第三名!

瓜 的 故 事

马金霞又坐在那看瓜园的窠棚里了。已经吃过了晌午饭,肚子饱饱的,从家里跑来的满身汗,一到这里就干了,凉快的很呢。窠棚用四根杨树干支起来,上面搭上席子,中间铺上木板,一头像梯子一样横上木棍,踏着上去,像坐在篷子车里。

好凉快呀。马金霞把两只胳膊左右伸开一下,风便吹到了袖子里、怀里。窠棚前后是二亩地的甜瓜和西瓜,爹租来种的。甜瓜一律是"蛤蟆酥"和"谢花甜"种,一阵阵的香味送过来。西瓜像大肚子女人,一天比一天笨地休养在长满嫩草的地上。那边是一个用来从河里打水浇地的架子,"斗子"悬空着。

一带沙滩,是通南北的大道,河从中间转弯流过。

村边上,那个斜眼的铁匠的老婆,又爬上她那蔓延在一棵大柳树上的葡萄架了。从马金霞这里也会看见那已经发紫的累累的葡萄。马金霞给这个铁匠老婆起了一个外号,一看见她便叫起来:"馋懒斜!"是因为这个老婆顶馋(不住嘴地偷吃东西),顶懒(连丈夫打铁的风箱也不高兴去拉),顶斜(眼也斜,脾气性情儿也斜)。

那女人从葡萄架上转过身子来,用手护着嘴像传声筒喊:

"金霞又卖俏哩吗?看过路的哪个脸子白,招来做驸马吧!"

"放屁,放屁,放屁!"马金霞回骂着。

"你看你不是坐在八人抬的大轿里了吗?要做新媳妇了呢!"斜眼女人扯着嗓子怪叫。

马金霞便不理睬她了。理她干吗呢,狗嘴里掉不出象牙来,满嘴喷粪。

水冲着石子,哗啦啦地响着。

马金霞把鞋脱掉了,放在一边。把右腿的裤脚挽到了膝盖上面,拿过一团麻,理了一理,在右腿上搓起麻绳来,随口唱一支新鲜小曲儿:

> 小亲亲,
> 我不要你的金,
> 小亲亲,
> 我不要你的银,
> 只要(你那)抗日积极的一片心!

一架担架过来了,四个人抬着急走,后面跟着两个人挥着汗。马金霞停止了唱。

"住下,住下。"后面一个人望了一望瓜园嚷着。

"什么事,这里晒得很哩!"抬的人问着,脚也没停,头也没回。

"王同志不是说要吃瓜吗,这里又有甜瓜又有西瓜,住下,住下……"

担架住下了。在一床白布罩子下面,露出了一个脸。黄黄的,好大的眼睛啊。头歪到了瓜园这边,像找寻着什么,微笑了。一个民兵跑上来喊:

"下来,小姑娘,买瓜。"

马金霞赤着脚下来了,快的像一只猴子。两步并作一步,跑到伤兵的面前,望了望那大眼睛,又看见那白布罩角上的一片血迹,就咳呀了一声。

她带那个人去挑选瓜了,告诉他还是给同志一个西瓜吃罢。受了伤吃甜瓜不好,肚子痛还不要吃甜瓜呢。那个人以为这女孩子要做"大宗买卖",也便没说话。马金霞在瓜园里践踏着,用手指一个个地去弹打着瓜皮,细听着声响。然后她问:

"是百团大战受的伤吗?"

"是,真是英雄呢。"那个人赞叹着,"可是你会挑选瓜吗?"

"你瞧着吧。"

马金霞想起在西北角上那个血瓤的西瓜了,那是她前天就看准的,她把它摘下来,亲手抱过去。

抬担架的小伙子们还不相信,就地把那瓜用一把小刀剖开来。

瓜瓤是血红的,美丽的,使人想起那白布罩上的光荣的战士的血迹了。几个小孩子夸奖着,问价钱。

"送给同志们吃的,不是卖的。"

虽然那战士也用微弱的声音诉说着这不好,但马金霞跑上窠棚了。她对那远远的葡萄架上的女人喊:

"馋懒斜,把你的葡萄送些来,有位受伤的同志呢。"

可是斜眼女人问了:

"买几毛钱的呀?"

有什么意味呀!马金霞气恼了。总是"几毛钱"。她常见斜眼女人烦絮地和来买葡萄的同志们要着大价钱，赚了钱来往自己坏嘴里填，吃饱了和不三不四的坏男人嚼舌头，有什么意味呀！

子弟兵之家

从前，村里的人称呼她"三太家的"，现在，妇女自卫队分队长找上她的门子是喊：

"李小翠同志！"

丈夫是子弟兵。临入伍那天，大会上小翠去送他；临走，三太用眼招呼她。小翠把手一扬：

"去你的吧！"

两个人都笑了。李小翠便一边耍逗着怀里的孩子，一边想着心思，回家了。

在边区，时光过得快。打了一个百团大胜仗，选举了区代表、县议员、参议员，打走鬼子的捣乱……就要过年了。

天明便是大年初一了。

天还没亮，鸡只叫了两遍，"申星"还很高呢。

孩子闹起来，小手抓着小翠的胸脯，小脚蹬着肚子。

"他妈的！"小翠一边骂着，一边点起灯来。

窗纸上糊着用彩色纸剪成的小人们，闪耀着……

小纸人是西头叫小兰的那女孩子剪的。那孩子昨天早晨捧着这些小人们跑来，红着脸对小翠说：

"小翠婶婶，我剪了两个戏剧，一个捉汉奸，一个打鬼子，送给你贴在窗子上。"

"呀，你费了半天工夫，拿去叫你娘贴吧！"小翠客气着。

"为的是，"小兰睁大眼睛，"我家三太叔上前线了。"

小兰还怕她贴错，帮她贴好才走了。

小翠给孩子穿衣裳，打开一个小匣子，拿出一顶用红布和黄布做成的小孩帽，是个老虎头的样子，用黑布贴成眼，用白布剪成虎牙。

孩子一戴上新帽子，觉着舒服，便在小翠的腿上跳起来。小翠骂：

"小家子气！"

小翠又想起心思来了。前年死了一个孩子，没戴过新帽子。这个孩子三岁了，这还是头一顶。虽说裤子还破着，可是今年过年没有别的花销，村里优待了一小笸箩白面，五斤猪肉，三棵白菜，便也乐开了。她把孩子举起来，叫孩子望着她的放光的大眼，她唱着自己编的哄孩子的曲儿：

孩子长大，
要像爹一样
上战场……

孩子便"马，马"叫起来。小翠叫孩子骑在自己脖子上，接着：

骑大马，
背洋枪！

唱到这里，小翠又想起心思来了："谁知道他骑上马没有呢？"三太那大个子大嘴大眼睛便显在她眼前对她笑了。她喃喃地好像对孩子说，又好像对三太说：

"你呀！多打好仗呀！就骑大马呀！"

风吹窗纸动起来，小人们动起来了。她愿意风把这话吹送到三太的耳鼓里去……

一九四一年于平山

二月通信（并后记）
——寄给一个没有到会的参议员

××同志：

几次我想写信给你，信寄到你工作的那里，是这样困难。但是，这一次非写不可了，我希望你能辗转地知道我写给你的这些话。

去年我们在冀中区平坦的大道上见面，你就问我，边区参议会什么时候才能开，我们都在等待这个大会。因为这个场面，对你我虽然还只是三十岁的人，也可说是空前的，在生命史上值得辉煌称赞的经历了。你是一个参议员，我是晋察冀的一个公民，我的家乡选出了你。我们走在正月的温暖的风光里，到了长汝村，大远你就指给我看一首写在墙壁上的宣传诗，那是拥护你当参议员的诗。

而在今年正月，我在这里参加了这个大会，当作一个记者参加了。你没有来，别人说你像孙悟空一样跳到妖魔的肚子里去了，你的工作是扭断敌人的肚肠，所以，就不能放手来了。也好，来了你的女朋友，在讨论《双十纲领》时，她发了言，那样干脆而漂亮的发言，使一些老年人也为之鼓舞了。她能够代表冀中平原青年妇女们的那种可宝贵的活泼，又有些矜持的可亲爱的精神。我用从小在平原上长大的经历来评判，她的发言，使我的故乡的邻居姐妹们，在这个大会上扬眉吐气了。

在这次大会上，就像我们原先预望的一样，长了不少见识。大会在我的心里、感情上栽种上甜甜的、神圣的、生命力的种子。从大会以后，在我心里，就有一种急剧的激动，那就是要求一种工作上的建树，一种对人生的新的义务。我被胜利后的新中国的种种预见激动了。

对于我们，一个写文章的人，你没有亲身来参加，我为你惋惜，因此，我有责任向你报告一二。在会场上，我坐在前面的一角。对了，我得向你说明，你无论如何也猜不出这个参议会的大礼堂，有多么富丽庄严，这是边区的创造。

我坐在记者席上，聂司令员是大会主席团之一，我注视着他。那时会上正在讨论统一累进税税则，我看见我们的将军，对每一个农村来的参议员的发言，十分注意。你知道这个税则上，尽是些数目字和百分比。他回过身去，和一个白胡子的老人商量着，研究着，凝神考虑，突然爽朗地笑了。我从他的举动上、精神上，想起许多事。在我的印象里，聂司令员和中国一些可歌颂的名将的风度，凝结成一个形象。这个形象，我是无比重视的。

一天晚上，又演《日出》，聂司令员和肖副司令员坐在我的前边。肖好像对上海的生活不很熟悉，聂时而向他解释几句。他感动地说："看完这个戏，可以得到多少知识啊。"肖常到展览室去浏览我们文学部的展览品，你的《平原上》也在那里陈列，还有别人的几个长篇。肖很为这些作品不能印出惋惜，他每天要花一些时间去读，你知道他也在写一部长篇小说。肖在我的印象里，是一个最漂亮的中学生的风度，而风度里的内涵，是一个天才的军事家。

最感动我的是这些军事家，对民主政治的热情，对人民福利的关心。这几天情况很紧，敌人出动几千兵力，蚕食行唐口头一带，飞机从山顶上轧轧飞过，聂每天还是静静地坐在主席台上，听着每一个参议员的发言，考虑着每一条决议。一个深夜，一团子弟兵从五台山的雪峰上赶来,分驻在会场的周围,在会餐席上,我见到了那个青年的团参谋长。他也是冀中人,他说子弟兵担任保卫大会的任务,是最光荣的一次任务。

大会第二天,聂司令员代表中共中央北方分局作了讲演。第三天,大会通过了《双十纲领》为晋察冀边区施政纲领。在这一天,刘奠基先生主持了这个讨论,边区国民党部负责人郭飞天先生第一个发言。他说,对这个提案感到很大的兴奋和愉快。从冀东、平北来的参议员们说,在那些地区,人民对《双十纲领》,感到了领导的爱抚的幸福。一个士绅参议员说,从《双十纲领》公布的第一天起,他就深深感到了中国共产党关心各个阶层的大公无私的精神。

同志,我们几年来,为《双十纲领》在边区的彻底实现尽了不少努力。在这一次会议上,我再看见《双十纲领》在过去几年间的成就的光彩,和今后将放射的更大的光彩。战后新中国的形象,如同我最爱的作品的人物的形象一样,在我心里站出来,为我的一切思想感情所拥抱。

我对大会的总的感觉,是正义战争和民主政治的交流,所培养起来的历史上无比光辉的果实。这果实将哺养我们这一代,到完全的幸福和自由的日子。我生活在大会的十几天,是非常可纪念的。我好像走入一个新天地,我的内心不断激发着热情和向往。

别人也一样,男的和女的一样,青年和老年一样。再没有自觉到自己所处的天地,这样稳定而光彩,生动而富有希望更快乐的了。政府宋主任报告了五年来的政府工作,第一部分是"从战斗中壮大的晋察冀边区"。那一晚,我沉醉在我们在抗战第一个年头的努力和见闻里,对眼前的一切,更感到难能可贵的亲切。

大会选出的议长是成仿吾先生和于力先生,除去为全民庆祝,我们为我们的文学工作庆祝吧。成先生虽然在风沙里奔波了这么多年,据许多人说,他比在上海时年轻了。近来他少写文章,把精神用在边区民主政治的发扬,他致了大会的闭幕词,用灌注着较创造社开创时更大的热情的果敢的词句。于力先生是平津的大学教授。

在这次大会上,我们的文学工作,并不逊色。冀中火线剧社演出的《把眼光放远一点》,我很满意,因为冀中风味很深厚。我们的老朋友史立德先生,也串演了一次花脸哩。

我想起了在冀中工作的同志们,想起家乡,我这封信要用多么大的篇幅,才能结束?大会给我的印象,我把它同家乡,和工作在家乡的同志们给我的印象,连结起来。对于你们,我应该把大会分开日子,详细报告。但因为现在我不能直接写信给你,要宝贵我们的《鼓》的篇幅,就只好停止了。

祝你工作胜利!聂司令员给大会的题词上有一句:"旌旗指向长白山!"

一九四三年二月十三日平山

后　记

这一篇发表于一九四三年《晋察冀日报》的文艺副刊《鼓》上面。这是写给王林同志的一封公开信,当时考虑到他在游击区工作,所以把名字隐去了,文艺界同志多能知之。

一九三九年春天,冀中区的形势已经紧张,组织上叫我到晋察冀边区去工作,由王林同志到七分区对我传达了这个指示,并代我办理了过路手续。但等我到了阜平,安排好工作,已经是夏天了。

我被分配到晋察冀通讯社工作,这个通讯社刚刚建立,设在城南庄。我在那里读了一些书,并写了《论通讯员及通讯写作诸问题》小册子。封面上写的是集体讨论,实际并没有讨论,系我一人所作。后来做通讯指导工作,每天竟能给各地通讯员发信十数封,甚至数十封，我现在很奇怪当时里面尽是写的什么！

也出过外勤，记得到雁北一次，只写文艺通讯一两篇。

在这封信里，说是"以记者身份"，实际上我已调到边区文联工作。一九四一年我回冀中一次，在那里和王林同志相处很长一段时间，帮助他编辑《冀中一日》，并写作了《区村和连队的文学写作课本》，就是现在的《文艺学习》。

参加这次边区参议会，是从冀中返回山区以后的事。

我初到山区，很想念冀中平原，常常于黎明黄昏，登山东望，霞雾茫茫，如见故乡烟树。当时以为是家乡观念，曾在思想上努力克服。近年寄居城市，又时常想念阜平山地，不只在那里相处过的农民，时时再现眼前，引起怀念，就是那里险峻的山路，激剧的流水，也经常出现在梦境之中：极顶挥汗，坦途放歌，艰辛快乐，交替而入。我目前之想念它，正像当时在它那里想念家乡一样。人的怀旧的情感，竟是这样萦回牢固，绵延不断的吗？

我今天看到这封信，就好像又回到当年苦战的山区一次吧。

一九六二年八月九日夜记

游击区生活一星期

平 原 景 色

一九四四年三月里，我有机会到曲阳游击区走了一趟。在这以前，我对游击区的生活，虽然离得那么近，听见的也不少，但是许多想法还是主观的。例如对于"洞"，我的家乡冀中区是洞的发源地，我也写过关于洞的报告，但是到了曲阳，在入洞之前，我还打算把从繁峙带回来的六道木棍子也带进去，就是一个大笑话。经一事，长一智，这真是不会错的。

县委同志先给我大概介绍了一下游击区的情形，我觉得重要的是一些风俗人情方面的事，例如那时地里麦子很高了，他告诉我到那里去，不要这样说："啊，老乡，你的麦子长得很好啊！"因为"麦子"在那里是骂人的话。

他介绍给我六区农会的老李，这人有三十五岁以上，白净脸皮，像一个稳重的店铺掌柜，很热情，思想很周密，他把敞开的黑粗布破长袍揽在后面，和我谈话。我渐渐觉得他是一个区委负责同志，我们这几年是培养出许多这样优秀的人物来了。

我们走了一天一夜，第二天清晨到了六区边境，老李就说："你看看平原游击根据地的风景吧！"

好风景。

太阳照着前面一片盛开的鲜红的桃树林，四周围是没有边际的轻轻波动着就要挺出穗头的麦苗地。

从小麦的波浪上飘过桃花的香气，每个街口走出牛拖着的犁车，四处是鞭哨。

这是几年不见的风光，它能够引起年幼时候强烈的感觉。爬上一个低低的土坡，老李说："看看炮楼吧！"

我心里一跳。对面有一个像火车站上的水塔，土黄色，圆圆的，上面有一个伞顶的东西。它建筑在一个大的树木森阴的村庄边沿，在它下面就是出入村庄的大道。

老李又随手指给我，村庄的南面和东面不到二里地的地方，各有一个小一些的炮楼。老李笑着说：

"对面这一个在咱们六区是顶漂亮的炮楼，你仔细看看吧。这是敌人最早修的一个，那时咱们的工作还没搞好，叫他捞到一些砖瓦。假如是现在，他只能自己打坯来盖。"

面前这一个炮楼，确是比远处那两个高大些，但那个怪样子，就像一个阔气的和尚坟，再看看周围的景色，心里想这算是个什么点缀哩！这是和自己心爱的美丽的孩子，突然在三岁的时候，生了一次天花一样，叫人一看见就难过的事。

但老李慢慢和我讲起炮楼里伪军和鬼子们的生活的事，我也就想到，虽然有这一块疮疤，人们抗毒的血液却是加多了。

我们从一条绕村的堤埝上走过，离那炮楼越来越近，渐渐看得见在那伞顶下面有一个荷枪的穿黑衣服的伪军，望着我们。老李还是在前面扬长地走着，当离开远了的时候，他慢慢走，等我跟上说：

"他不敢打我们，他也不敢下来，咱们不准许他下来走动。"

接着他给我讲了一个笑话。

他说:"住在这个炮楼上的伪军,一天喝醉了酒,大家打赌,谁敢下去到村里走一趟。一个司务长就说:他敢去,并且约下,要到'维持会'拿一件东西回来作证明。这个司务长就下来了,别的伪军在炮楼上望着他。司务长仗着酒胆,走到村边。这村的维持会以前为了怕他们下来捣乱,还是迁就了他们一下,设在这个街头的。他进了维持会,办公的人们看见他就说:'司务长,少见,少见,里面坐吧。'司务长一句话也不说,迈步走到屋里,在桌子上拿起一支毛笔就往外走。办公的人们在后面说:'坐一坐吧,忙什么哩?'司务长加快脚步就来到街上,办公的人们嬉笑着嚷道:'哪里跑!哪里跑!'

"这时从一个门洞里跳出一个游击组员,把手枪一扬,大喝一声:'站住!'照着他虚瞄一枪,砰的一声。

"可怜这位司务长没命地往回跑,把裤子也掉下来了,回到炮楼上就得了一场大病,现在还没起床。"

我们又走了一段路,在村庄南面那个炮楼下面走过,那里面已经没有敌人,老李说,这是叫我们打走了的。在这个炮楼里面,去年还出过闹鬼的事。

老李说:

"你看前面,那里原来是一条沟,到底叫我们给它平了。那时候敌人要掘围村沟,气焰可凶哩!全村的男女老少都抓去,昼夜不停地掘。有一天黄昏的时候,一个鬼子在沟里拉着一个年轻媳妇要强奸,把衣服全扯烂了。那年轻女人劈了那个鬼子一铁铲就往野地里跑,别的鬼子追她,把她逼得跳下一个大水车井。

"就在那天夜里,敌人上了炮楼,半夜,听见一种嗷嗷的声音,先是在炮楼下面叫,后来绕着炮楼叫。鬼子们看见在炮楼下面,有一个白色帐篷的东西,越长越高,眼看就长到炮楼顶一般高了,鬼子是非常迷信的,也是做贼心虚,以为鬼来索命了。

"不久，那个逼着人强奸的鬼子就疯了，他哭着叫着，不敢在炮楼上住。他们的小队长在附近村庄请来一个捉妖的，在炮楼上摆香坛行法事，念咒捉妖，法师说：'你们造孽太大，受冤的人气焰太高，我也没办法。'再加上游击组每天夜里去袭击，他们就全搬到村头上的大炮楼上去住了。"

抗 日 村 长

在路上有些耽误，那天深夜我们才到了目的地。

进了村子，到一个深胡同底叫开一家大门，开门的人说：

"啊！老李来了。今天消息不好，燕赵增加了三百个治安军。"

老李带我进了正房，屋里有很多人。老李就问情况。

情况是真的，还有"清剿"这个村子的风声，老李就叫人把我送到别的一个村子去，写了一封信给那村的村长。

深夜，我到了那个村子，在公事台（村里支应敌人的地方，人们不愿叫"维持会"，现在流行叫公事台）的灯光下，见到了那个抗日村长。他正在同一些干部商量事情，见我到了，几个没关系的人就走了。村长看过了我的介绍信，打发送我的人回去说：

"告诉老李，我负一切责任，让他放心好了。"

村长是三十多岁的人，脸尖瘦，眼皮有些肿，穿着一件白洋布大衫，白鞋白腿带。那天夜里，我们谈了一些村里的事，我问他为什么叫抗日村长，是不是还有一个伪村长。他说没有了。关于村长这个工作，抗战以后，是我们新翻身上来的农民干部做的，可是当环境一变，敌伪成天来来往往，一些老实的农民就应付不了这局面。所以有一个时期，就由一些在外面跑过的或是年老的办公的旧人来担任，那一个时期，有时是出过一些毛病的。渐渐地，才培养出这样的既能站稳立场，也能支应敌伪的新干部。但大家为了热诚的表示，虽然和敌人周旋，也是为抗日，习惯地就叫他们"抗日村长"。

抗日村长说，因为有这两个字加在头上，自己也就时时刻刻提醒自己的责任了。

不久我就从他的言谈上、表情上看出他的任务的繁重和复杂。他告诉我，他穿孝的原因是半月前敌人在这里驻剿，杀死了他年老的父亲，他要把孝穿到抗日胜利。

从口袋里他掏出香烟叫我吸，说这是随时支应敌人的。在游击区，敌人勒索破坏，人们的负担已经很重，我们不忍再吃他们的喝他们的，但他们总是这样说：

"吃吧，同志，有他们吃的，还没有你们吃的！你们可吃了多少，给人家一口猪，你们连一个肘子也吃不了。"

我和抗日村长谈这种心理，他说这里面没有一丝虚伪，却有无限苦痛。他说，你见到过因为遭横祸而倾家败产的人家吗！对他的亲爱的孩子的吃穿，就是这样的，就是这个心理。

敌占区人民对敌伪的负担，想象不到的大，敌伪吃的、穿的、花的都是村里供给；并且伪军还有家眷，就住在炮楼下，这些女人孩子的花费，也是村里供给，连孩子们的尿布，女人的粉油都在内，我们就是他们的供给部。

抗日村长苦笑了，他说："前天敌人叫报告员来要猪肉、白菜、萝卜，我们给他们准备了，一到炮楼下面，游击小组就打了伏击，报告员只好倒提着空口袋到炮楼上去报告，他们又不敢下来，我们送不到有什么办法？"

抗日村长高声地笑了起来，他说："回去叫咱们的队伍来活动活动吧，那时候就够他们兔崽子们受，我们是连水也不给他们担了。有一回他们连炮楼上的泔水（洗锅水）都喝干了的。"

这时已快半夜，他说："你去睡觉吧，老李有话，今天你得钻洞。"

洞

可以明明告诉敌人，我们是有洞的。从一九四二年五月一日冀中大"扫荡"以后，冀中区的人们常常在洞里生活。在起初，敌人嘲笑我们说，冀中人也钻洞了，认为是他们的战绩。但不久他们就收起笑容，因为冀中平原的人民并没有把钻洞当成退却，却是当作新的壕堑战斗起来，而且不到一年又从洞里战斗出来了。

平原上有过三次惊天动地的工程，一次是拆城，二次是破路，三次是地道。局外人以为这只是本能的求生存的活动，是错误的。这里面有政治的精心积虑的设计、动员和创造。这创造由共产党的号召发动，由人民完成。人民兴奋地从事这样巨大精细的工程，日新月异，使工程能充分发挥作战的效能。

这工程是八路军领导人民共同来制造，因为八路军是以这地方为战争的基地，以人民为战争的助手，生活和愿望是结为一体的，八路军不离开人民。

回忆在抗战开始，国民党军队也叫人民在大雨滂沱的夏天，掘过蜿蜒几百里的防御工事，人民不惜斩削已经发红的高粱来构筑作战的堡垒；但他们在打骂奴役人民之后，不放一枪退过黄河去了。气得人们只好在新的壕沟两旁撒撒晚熟的秋菜种子。

一经比较，人民的觉悟是深刻明亮的。因此在拆毁的城边，纵横的道沟里，地道的进口，就流了敌人的血，使它污秽的肝脑涂在为复仇的努力创造的土地上。

言归正传吧，村长叫中队长派三个游击组员送我去睡觉，村长和中队长的联合命令是一个站高哨，一个守洞口，一个陪我下洞。

于是我就携带自己的一切行囊到洞口去了。

这一次体验，才使我知道"地下工作的具体情形"，这是当我问到一个从家乡来的干部,他告诉我的话,我以前是把地下工作浪漫化了的。

他们叫我把棍子留在外间,在灯影里立刻有一个小方井的洞口出现在我的眼前。陪我下洞的同志手里端着一个大灯碗跳进去不见了。我也跟着跳进去,他在前面招呼我。但是满眼漆黑,什么也看不见,也迷失了方向。我再也找不到往里面去的路,洞上面的人告诉我蹲下向北进横洞。我用脚探着了那横洞口,我蹲下去,我吃亏个子大,用死力也折不到洞里去,急得浑身大汗,里面引路的人又不断催我,他说:"同志,快点吧,这要有情况还了得。"我像一个病猪一样"吭吭"地想把头塞进洞口,也是枉然。是后才自己创造了一下,重新翻上洞口来,先使头着地,栽进去,用蛇行的姿势入了横洞。

这时洞上面的人全笑起来,但他们安慰我说,这是不熟练,没练习的缘故,钻十几次身子软活了就好了。

钻进了横洞,就看见带路人托引着灯,焦急地等我。我向他抱歉,他说这样一个横洞你就进不来,里面的几个翻口你更没希望了,就在这里打铺睡吧!

这时我才想起我的被物,全留在立洞的底上横洞的口上,他叫我照原姿势退回去,用脚尖把被子和包袱勾进来。

当我试探了半天,才完成了任务的时候,他笑了,说:"同志,你看敌人要下来,我拿一支短枪在这里等他(他说着从腰里掏出手枪顶着我的头),有跑吗?"

我也滑稽地说:"那就像胖老鼠进了细腰蛇的洞一样,只有跑到蛇肚子里。"

这一夜,我就是这样过去了。第二天上面叫我们吃饭,出来一看,已经红日三竿了。

村　　外

　　过了几天，因为每天钻，有时钻三次四次，我也到底能够进到洞的腹地；虽然还是那样潮湿气闷，比较起在横洞过夜的情景来，真可以说是别有洞天了。

　　和那个陪我下洞的游击组员也熟识了，那才是一个可亲爱的好青年，好农民，好同志。他叫三槐，才十九岁。

　　我就长期住在他家里，他有一个寡母，父亲也是敌人前年"扫荡"时被杀了的，游击区的人们，不知道有多少人负担着这种仇恨生活度日。他弟兄三个。大哥种地，有一个老婆；二哥干合作社，跑敌区做买卖，也有一个老婆；他看来已经是一个职业的游击组员，别的事干不了多少了，正在年轻，战争的事占了他全部的心思，也不想成亲。

　　我们俩就住在一条炕上，炕上一半地方堆着大的肥美的白菜。情况紧了，我们俩就入洞睡，甚至白天也不出来，情况缓和，就"守着洞口睡"。他不叫我出门，吃饭他端进来一同吃，他总是选择最甜的有锅巴的红山药叫我吃，他说："别出门，也别叫生人和小孩子们进来。实在闷的时候我带你出去遛遛去。"

　　有一天，我实在闷了，他说等天黑吧，天黑咱们玩去。等到天黑了，他叫我穿上他大哥的一件破棉袍，带我到村外去，那是大平原的村外，我们走在到菜园去的小道上，在水车旁边谈笑，他割了些韭菜，说带回去吃饺子。

　　在洞里闷了几天，我看见旷野像看见了亲人似的，我愿意在松软的土地上多来回跑几趟，我愿意对着油绿的禾苗多呼吸几下，我愿意多看几眼正在飘飘飞落的雪白的李花。

　　他看见我这样，就说："我们唱个歌吧，不怕。冲着燕赵的炮楼唱，不怕。"

但我望着那不到三里远的燕赵的炮楼在烟雾里的影子,我没有唱。

守 翻 口

那天我们正吃早饭,听见外面一声乱,中队长就跑进来说,敌人到了村外。三槐把饭碗一抛,就抓起我的小包裹,他说:"还能跑出去吗?"这时村长跑进来说:"来不及了,快下洞!"

我先下,三槐殿后,当我爬进横洞,已经听见抛土填洞的声音,知道情形是很紧的了。

爬到洞的腹地的时候,已经有三个妇女和两个孩子坐在那里,她们是从别的路来的,过了一会儿,三槐进来了,三个妇女同时欢喜地说:

"可好了,三槐来了。"

从这时,我才知道三槐是个守洞作战的英雄。三槐告诉女人们不要怕,不要叫孩子们哭,叫我和他把枪和手榴弹带到第一个翻口去把守。

爬到那里,三槐叫我闪进一个偏洞,把手榴弹和子弹放在手边,他就按着一把雪亮的板斧和手枪伏在地下,他说:

"这时候,短枪和斧子最顶事。"

不久,不知道从什么方向传过来一种细细的嘤嘤的声音,说道:

"敌人已经过村东去了,游击组在后面开了枪,看样子不来了,可是你们不要出来。"

这声音不知道是从地下发出来,还是从地上面发出来,像小说里描写的神仙的指引一样,好像是从云端上来的,又像是一种无线电广播,但我又看不见收音机。

三槐告诉我:"抽支烟吧,不要紧了,上回你没来,那可危险哩。

"那是半月前,敌人来'清剿',这村住了一个营的治安军,这些家伙,成分很坏,全是汉奸汪精卫的人,和我们有仇,可凶狠哩。一清早就来了,里面还有内线哩,是我们村的一个坏家伙。敌人来了,人们正钻洞,他装着叫敌人追赶的样子,在这个洞口去钻钻,在那个洞口去钻钻,结果叫敌人发现了三个洞口。

"最后也发现了我们这个洞口,还是那个家伙带路,他又装着蒜,一边嚷道:'咳呀,敌人追我!'就往里面钻,我一枪就把他打回去了。他妈的,这是什么时候,就是我亲爹亲娘来破坏,我也得把他打回去。

"他跑出去,就报告敌人说,里面有八路军,开枪了。不久,院子里就开来很多治安军,一个自称是连长的在洞口大声叫八路军同志答话。

"我就答话了:'有话你说吧,听着哩。'

"治安军连长说:'同志,请你们出来吧。'

"我说:'你进来吧,炮楼是你们的,洞是我们的。'

"治安军连长说:'我们已经发现洞口,等到像倒老鼠一样,把你们掘出来,那可不好看。'

"我说:'谁要不怕死,谁就掘吧。我们的手榴弹全拉出弦来等着哩。'

"治安军连长说:'喂,同志,你们是哪部分?'

"我说:'十七团。'"

这时候三槐就要和我说关于十七团的威望的事,我说我全知道,那是我们冀中的子弟兵,使敌人闻名丧胆的好兵团,是我们家乡的光荣子弟。三槐就又接着说:

"当时治安军连长说:'同志,我们是奉命令来的,没有结果也不好回去交代。这样好不好,你们交出几支枪来吧。'

"我说:'八路军不交枪,你们交给我们几支吧,回去就说叫

我们打回去了，你们的长官就不怪罪你们。'

"治安军连长说：'交几支破枪也行，两个手榴弹也行。'

"我说：'你胡说八道，死也不交枪，这是八路军的传统，我们不能破坏传统。'

"治安军连长说：'你不要出口伤人，你是什么干部？'

"我说：'我是指导员。'

"治安军连长说：'看你的政治，不信。'

"我说：'你爱他妈的信不信。'

"这一骂，那小子恼了，他命令人掘洞口，有十几把铁铲掘起来。我退了一个翻口，在第一个翻口上留了一个小西瓜大小的地雷，炸了兔崽子们一下，他们才不敢往里掘了。那个连长又回来说：'我看你们能跑到哪里去？我们不走。'

"我说：'咱们往南在行唐境里见，往北在定县境里见吧。'

"大概他们听了没有希望，天也黑了，就撤走了。

"那天，就像今天一样，有我一个堂哥给我帮手，整整支持了一天工夫哩。敌人还这样引诱我，你们八路军是爱护老百姓的，你们不出来，我们就要杀老百姓，烧老百姓的房子，你们忍心吗？

"我能上这一个洋当？我说：'你们不是治安军吗，治安军就这样对待老百姓吗？你们忍心吗？'"

最后三槐说："我们什么当也不能上，一上当就不知道要死多少人。那天钻在洞里的女人孩子有一百多个，听见敌人掘洞口，就全聚到这个地方来了，里面有我的母亲，婶子大娘们，有嫂子侄儿们，她们抖颤着对我讲：三槐，好好把着洞口，不要叫鬼子进来，你嫂子大娘和你的小侄儿们的命全交给你了。

"我听到这话，眼里出了汗，我说：'你们回去坐着吧，他们进不来。'那时候在我心里，只要有我在，他狗日的们就进不来，就是我死了，他狗日的们还是进不来。我一点也不害怕。我说话的声音一点也不抖,那天嘴也灵活好使了。"

人民的生活情绪

有一天早晨,我醒来,天已不早了,对间三槐的母亲已经嗡嗡地纺起线来。这时进来一个少妇在洞口喊:"彩绫,彩绫,出来吧,要去推碾子哩。"

她叫了半天,里面才答应了一声,通过那弯弯长长的洞,还是那样娇嫩的声音:"来了。"接着从洞口露出一顶白毡帽,但下面是一张俊秀的少女的脸,花格条布的上衣,跳出来时,脚下却是一双男人的破棉鞋。她坐下,把破棉鞋拉下来,扔在一边,就露出浅蓝色的时样的鞋来,随手又把破毡帽也摘下来,抖一抖墨黑柔软的长头发,站起来,和她嫂子争辩着出去了。

她嫂子说:"人家喊了这么半天,你聋了吗?"

她说:"人家睡着了么。"

嫂子说:"天早亮了,你在里面没听见晨鸡叫吗?"

她说:"你叫还听不见,晨鸡叫就听见了?"姑嫂两个说笑着走远了。

我想,这就是游击区人民生活的情绪,这个少女是在生死交关的时候也还顾到在头上罩上一个男人的毡帽,在脚上套上一双男人的棉鞋,来保持身体服装的整洁。

我见过当敌人来了,女人们惊惶的样子,她们像受惊的鸟儿一样向天空突飞。一天,三槐的二嫂子说:"敌人来了能下洞就下洞,来不及就得飞跑出去,把吃奶的力量拿出来跑到地里去。"

我见过女人这样奔跑,那和任何的赛跑不同,在她们的心里可以叫前面的、后面的、四面八方的敌人的枪弹射死,但她们一定要一直跑出去,在敌人的包围以外,去找生存的天地。

当她们逃到远远的一个沙滩后面，或小丛林里，看着敌人过去了，于是倚在树上，用衣襟擦去脸上的汗，头发上的尘土，定定心，整理整理衣服，就又成群结队欢天喜地地说笑着回来了。

一到家里，大家像没有刚才那一场出生入死的奔跑一样，大家又生活得那样活泼愉快，充满希望，该拿针线的拿起针线来，织布的重新踏上机板，纺线的摇动起纺车。

而跑到地里去的男人们就顺便耕作，到中午才回家吃饭。

在他们，没有人谈论今天生活的得失，或是庆幸没死，他们是：死就是死了，没死就是活着，活着就是要欢乐的。

假如要研究这种心理，就是他们看得很单纯，而且胜利的信心最坚定。因为接近敌人，他们更把胜利想的最近，知道我们不久就要反攻了，而反攻就是胜利，最好是在今天，在这一个月里，或者就在今年，扫除地面上的一切悲惨痛苦的痕迹，立刻就改变成一个欢乐的新天地。所以胜利在他们眼里距离最近，而那果实也最鲜明最大。也因为离敌人最近，眼看到有些地方被敌人剥夺埋葬了，但六七年来共产党和人民又从敌人手中夺回来，努力创造了新的生活，因而就更珍爱这个新的生活，对它的长成也就寄托更大的希望。对于共产党的每个号召，领导者的每张文告，也就坚信不移，兴奋地去工作着。

由胜利心理所鼓舞，他们的生活情绪，就是这样。每个人都是这样。村里有一个老泥水匠，每天研究掘洞的办法，他用罗盘、水平器，和他的技术、天才和热情来帮助各村改造洞。一个盲目的从前是算卦的老人，编了许多"劝人方"，劝告大家坚持抗战，他有一首四字歌叫《十大件》，是说在游击区的做人道德的。有一首《地道歌》确像一篇"住洞须知"，真是家传户晓。

最后那一天，我要告别走了，村长和中队长领了全村的男女干部到三槐家里给我送行。游击区老百姓对于抗日干部的热情是无法描写的，他们希望最好和你交成朋友，结为兄弟才满意。

仅仅一个星期，而我坦白地说，并没有能接触广大的实际，我有好几天住在洞里，很少出大门，谈话的也大半是干部。

但是我感触了上面记的那些，虽然很少，很简单，想来，仅仅是平原游击区人民生活的一次脉搏的跳动而已。

我感觉到了这脉搏，因此，当我钻在洞里的时间也好，坐在破炕上的时间也好，在菜园里夜晚散步的时间也好，我觉到在洞口外面，院外的街上，平铺的翠绿的田野里，有着伟大、尖锐、光耀、战争的震动和声音，昼夜不息。生活在这里是这样充实和有意义，生活的经线和纬线，是那样复杂、坚韧。生活由战争和大生产运动结合，生活由民主建设和战斗热情结合，生活像一匹由坚强意志和明朗的智慧织造着的布，光彩照人，而且已有七个整年的历史了。

并且在前进的时候，周围有不少内奸特务，受敌人、汉奸、独裁者的指挥，破坏人民创造出来的事业，乱放冷箭，使像给我们带路的村长，感到所负责任的沉重和艰难了。这些事情更激发了人民的智慧和胆量。有人愿意充实生活，到他们那里去吧。

回来的路上

回来的路上我们人多了，男男女女有十几个人，老李派大车送我们，女同志坐在车上，我们跟在后面。我们没有从原路回去，路过九区。

夜里我们到了一个村庄，这个村庄今天早晨被五个据点的敌人包围，还抓走了两个干部，村里是非常惊慌不定的。

带路的人领我们到一所空敞的宅院去，他说这是村长的家，打门叫村长，要换一个带路的。

他低声柔和地叫唤着。原来里面有些动静，现在却变得鸦雀无声了，原来有灯光现在也熄灭了。我们叫女同志去叫：

"村长，开门来吧！我们是八路军，是自己的人，不要害怕。"过了很久才有一个女人开门出来，她望了望我们说："我们不是村长，我们去年是村长，我家里的男人也逃在外面去了，不信你们进去看看。"

我猜想：看也是白看，男的一定躲藏了，而且在这样深更半夜，也没法对这些惊弓之鸟解释。但是我们的女同志还是向她说。她也很能说，那些话叫人听来是：这些人是八路军就能谅解她，是敌人伪装，也无懈可击。

结果还是我们女同志拿出各种证明给她看，讲给她听，她才相信，而且热情地将我们的女同志拉到她家里去了。

不久她的丈夫陪着我们的女同志出来，亲自给我们带路。在路上他给我说，这两天村里出了这样一件事：

连着两天夜里，都有穿着八路军绿色新军装的人到年轻女人家去乱摸，他们脸上包着布，闹得全村不安，女人看见一个黑影也怪叫起来，大家都惊疑不定，说着对八路军不满的话。但是附近村庄又没有驻着八路军，也没有过路军队住在村里，这些不规矩的八路军是哪儿来的呢？

前天晚上就闹出这样的事来了。村妇救会缝洗组长的丈夫半夜回到家里，看见一个男人正压在他的女人身上。他呐喊一声，那个男人赤身逃走。他下死手打他的女人，女人也哭叫起来：

"你个贼啊！你杀人的贼啊，你行的好事，你穿着那绿皮出去了，这村里就你一个人有这样装裹啊。我睡得迷迷糊糊，我认定是你回来了，这你能怨我呀，你能怨我呀！我可是站得正走得稳的好人呀，天啊，这是你行的好事啊！……"

带路的人接着说："这样四邻八家全听得清清楚楚，人们才明白了。前几天区里交来的几套军装，说是上级等着用，叫缝一下扣子，我就交给缝洗组长了。她的丈夫是个坏家伙，不知道和什么人勾结，尽想法破坏我们的工作，这次想出这样的办法来破坏我们的名誉，谁知道竟学了三国孙权，赔了夫人又折兵，他自己也不敢声张了。

"他不声张我可不放松。我照实报告了区里，我说他每天夜里穿着八路军的军服去摸女人，破坏我们子弟兵的威信。区里把他传去了。至于另外那一个，是他的同伙，倒了戈回来搞了朋友的女人，不过我不管他们的臭事，也把他送到区里了。

"同志你看村里的事多么复杂，多么难办？坏人心术多么毒？

"他们和敌人也有勾结，我们头一天把他们送到区里，第二天五个据点的敌人就包围了我们的村庄，还捉去了两个干部。

"同志，要不是你们到了，连门也不敢开啊。这要请你们原谅，好在大家都了解我的困难……"

送过了封锁沟墙，这路我们已经熟悉，就请他回去了。第二天我们到了县里，屈指一算，这次去游击区连来带去，整整一个星期。

一九四四年于延安

山里的春天

这天,从家乡来了一个人,谈了半天家里的事,我很快乐。我很惦记家里的生活问题,他说一切很好。我高兴地要请他吃饭,跑着各家去买鸡蛋,走到一个人家,一个年轻的女人正坐在炕沿上,哭丧着脸,在她怀里靠着一个五六岁的女孩子。我说:

"老乡,有鸡蛋啊,卖给咱几个?"

她立时很生气地喊叫起来:

"没有!还有什么鸡蛋?"

我说:

"我是问一问你,没有就算了么!"

她还是哭丧着脸不答理。我走出来,心里想这才没的事哩!忽然她把我叫回去说:

"桌子上那小罐里有两个鸡蛋,是留来给小妮煮着吃的,你拿去吧。"

我一看她忽然又变得这样,莫名其妙,又一想,我说:

"给孩子吃的,放着吧,我到别人家去买吧。"

我走了出来,吃过午饭,送走客人,村长来找我,说是叫我去给一家抗属翻沙,家具他也拿来了,就带我走。我两个走到村东,过了河滩，到了一块方方的堆着石沙的地里，村长说：

"就是这块地，男人到咱们队伍上去了，这块地去年叫水冲了，你给她把这沙子挑到四边去，好种玉茭子。辛苦你了，回头我叫她给你送水来。"

说完，村长笑一笑走了。我把军装上衣脱下，同皮带手枪挂在地边的一棵小枣树上。这时已是暮春三月，枣树快要长叶儿，河滩上的一排大杨树，叶子已经有铜钱大了，绿油油的。

我开始把沙子翻起来，然后铲到筐里，挑到地边，堆成土埝，叫夏天的水冲不到地里来。

今天工作很高兴，一大担沙土挑起来，也觉得轻松。我想山里的土质坏，还费这么大劲；我家里那三亩菜园，出产多么大啊，够他娘儿两个吃的了。

起晌的时候，我看见远远的走来一个妇女，左手拉着一个小孩，右手提着一把水壶，我想是主人家给我送水来了，走近一看，原来就是上午为买鸡蛋和我吵嘴的那女人。她一见是我，脸上有点下不来，后来才说：

"原来求的是你啊！"

我说：

"原来是你的地啊！"

她把水壶放下，对我说：

"同志，休息一下吧。我和你谈谈。"

我说：

"谈什么呀？"

她说：

"上午，你赶得不巧，我正生气。你看人家有人的，有的种地了，咱这地还没起沙子。前半天，我拉着孩子来一看这个地这样费劲，一个女人和一个孩子怎么会种上，就生起气来，正在心里骂我们当家的,撇下大人孩子不管,你就来了,我那时一看见你们这当兵的就火了。"

我说:

"我们当兵的可没得罪你呀。"

她说:

"你没得罪我,我是恨我们那个当兵的。"

我问:

"他走的时候没告诉你?"

她狠狠地说:

"人家会告诉咱,头一天晚上,人家说去报个名,一去就没回家。第二天,我到区里去给人家送衣服鞋袜,人家还躲着不见哩。"

我一听她这样说,想起自己从军的事,笑了。那一年,我们全村的青年抗日先锋队说到村外开会,排上队就去参加了学兵营,家里人听见,急了,母亲们说:"你们再到家里睡一夜再走,没人拉你们啊!"可是我们谁也不听,头也不回跑了。第二天,媳妇们也凑了一队,仗着胆子,给我们送衣服,我们藏起来,叫她们放下回去。她们说:"只是见一下,谁拖你们的尾巴哩。"可是我们死也不见。

我喝了几口水,就又开始翻沙。在挑的时候,女人已经拿起铁铲,替我装筐。她看我能挑那么重的东西,就问:

"你在家里也种地?"

我说:

"种地,我有三亩菜园子。"

她又问:

"家里有大人孩子吗?"

我说:

"有,一个老婆,一个女孩子,今年六岁了。"

她惊异地看了看我,又叹了一口气说:

"都是这样的吗？你就不惦记你的大人孩子，她们在家里不骂你呀？"

我说：

"她不骂我，今天才从我们家乡来了个人，她还捎口信给我，说好好抗日，不要想家，你抗日有了成绩，我和孩子在家里也光荣，出门进门，人家都尊敬。"

我说到这里，那女人脸红了一下，她说：

"呀，你家里的进步！"

我说：

"我们那里有敌人，村边就是炮楼，她们痛苦极了，她恨敌人，就愿意我在外面好好抗日。"

女人说：

"有人给她种地吗？"

我说：

"家乡来的人说：一到春天，不用她说话，就有人给她种上了，一到该锄苗的时候，不用她说话，就有人给她锄去了；秋天，她的粮食比起别人，早打到囤里。我在家的时候，是我一个人种地，忙得不行，现在是有好多人给她耕种。我们八路军的弟兄，比亲弟兄还亲，他们在那里驻防，打敌人，知道我不在家，就会替我去种上地，照顾我的大人孩子，和我在家一样。"

这时候，这女人才真正眉开眼笑了，她说：

"刚才我还觉得辛苦你，自己不落意，这样一说，你和我们当家的是一家人，他要住在你们村里，也准得给你家里去帮忙吧？"

我说：

"一定，我们八路军就是这样一个天南海北的大家庭。你明白这个道理，你就不用惦记他，他也就不再惦记你们了。"

这时候，女孩子跑到那小枣树下面，伸手去够那枪，又回过头来望望我,望望她母亲。我放下担子过去,哄着她穿上我那军装上衣,系上皮带,把枪放在她那小手里,那孩子就像一个小战士一样,紧紧地闭着小嘴。对面的母亲,响亮地笑了。

一九四四年

白洋淀边一次小斗争

有一天,我送一封信到同口镇去。把信揣在怀里,脱了鞋,卷起裤腿,在那漫天漫地的芦苇里穿过。芦苇正好一人多高,还没有秀穗,我用两手拨开一条小道,脚下的水也有半尺深。

走了半天,才到了淀边,拨开芦苇向水淀里一望,太阳照在水面上,白茫茫一片,一个船影儿也没有。

我吹起暗号,吹过之后,西边芦苇里就哗啦啦响着,钻出一只游击小艇来,撑船的还是那个爱说爱笑的老头儿。他一见是我,忙把船靠拢了岸。我跳上去,他说:

"今天早啊。"

我说:

"道远。"

他使竹篙用力一顶,小艇箭出弦一般,窜到淀里。四外没有一只船,只有我们这只小艇,像大海上漂着一片竹叶,目标很小。就又拉起闲话来。

老头儿爱交朋友,干抗日的活儿很有瘾,充满胜利情绪,他好打比方,证明我们一定胜利,他常说:

"别看那些大事,就只是看这些小事,前几年是怎样,这二年又是怎么样啊！"

　　过去，他是放鱼鹰捉鱼的，他只养了两只鹰，和他那个干瘦得像柴禾棍一样的儿子，每天从早到晚在淀里捉鱼。刚一听这个职业，好像很有趣味，叫他一说却是很苦的事。那风吹雨洒不用说了，每天从早到晚在那船上号叫，敲打鱼鹰下船就是一种苦事。而且父子两个是全凭那两只鹰来养活的，那是心爱的东西，可是为了多打鱼多卖钱，就得用一种东西紧紧地卡住鱼鹰的嗓子，使它吞不下它费劲捉到的鱼去，这更是使人心酸可又没有办法的事。老头儿是最心疼那两只鹰的，他说，别人就是拿二十只也换不了去；他又说：

　　"那一对鹰才合作哩，只要一个在水里一露头，叫一声，在船上的一个，立刻就跳进水里，帮它一手，两个抬出一条大鱼来。"

　　老头儿说，这两只鹰，每年要给他抬上一千斤。鬼子第一次进攻水淀，在淀里抢走了他那两只鱼鹰，带到端村，放在火堆上烧吃了。于是，儿子去参加了水上游击队，老头儿把小艇修理好，做交通员。

　　老头儿乐观，好说话，可是总好扯到他那两只鹰上，这在老年人，也难怪他。这一天，又扯到这上面，他说：

　　"要是这二年就好了，要在这个时候，我那两只水鹰一定钻到水里逃走了，不会叫他们捉活的去。"

　　可是这一回他一扯就又扯到鸡上去，他说：

　　"你知道前几年，鬼子进村，常常在半夜里，人也不知道起床，鸡也不知道撒窠，叫鬼子捉了去杀了吃了。这二年就不同了，人不在家里睡觉，鸡也不在窠里宿。有一天，在我们镇上，鬼子一清早就进村了，一个人也不见，一只鸡也不见，鬼子和伪军们在街上，东走走西走走，一点食也找不到。后来有一个鬼子在一株槐树上发现一只大红公鸡，他高兴极了，就举枪瞄准。公鸡见他一举枪，就哇的一声飞起来，跳墙过院，一直飞到那村外。那鬼子不死心，一直跟着追，一直追到苇垛场里，那只鸡就钻进了一个大苇垛里。"

没到过水淀的人，不知道那苇垛有多么大，有多么高。一到秋后霜降，几百顷的芦苇收割了，捆成捆，用船运到码头旁边的大场上，垛起来，就像有多少高大的楼房一样，白茫茫一片。

这些芦苇在以前运到南方北方，全国的凉棚上的，炕上的，包裹货物的席子，都是这里出产的。

老头儿说：

"那公鸡一跳进苇垛里，那鬼子也跟上去，攀登上去。他忽然跳下来，大声叫着，笑着，往村里跑。一时他的伙伴们从街上跑过来，问他什么事，他叫着，笑着，说他追鸡，追到一个苇垛里，上去一看，里面藏着一个女的，长得很美丽，衣服是红色的。——这样鬼子们就高兴了，他们想这个好欺侮，一下就到手了。五六个鬼子饿了半夜找不到个人，找不到东西吃，早就气坏了，他们正要撒撒气，现在又找到了这样一个好欺侮的对象，他们向前跃进，又嚷又笑，跑到那个苇垛跟前。追鸡的那个鬼子先爬了上去，刚爬到苇垛顶上，刚要直起身来喊叫，那姑娘一伸手就把他推下来。鬼子仰面朝天从三丈高的苇垛上摔下来，别的鬼子还以为他失了脚，上前去救护他。这个时候，那姑娘从苇垛里钻出来，咬紧牙向下面投了一个头号手榴弹，火光起处，炸死了三个鬼子。人们看见那姑娘直直地立在苇垛上，她才十六七岁，穿一件褪色的红布褂，长头发上挂着很多芦花。"

我问：

"那个追鸡的鬼子炸死了没有？"

老头儿说：

"手榴弹就甩在他的头顶上，他还不死？剩下来没有死的两三个鬼子爬起来就往回跑，街上的鬼子全开来了，他们冲着苇垛架起了机关枪，扫射，扫射，苇垛着了火，一个连一个，漫天的浓烟，漫天的大火，烧起来了。火从早晨一直烧到天黑，照得远近十几里地方都像白天一般。"

从水面上远远望过去，同口镇的码头就在前面，广场上已经看不见一堆苇垛，风在那里吹起来，卷着柴灰，凄凉得很。我想，这样大火，那姑娘一定牺牲了。

老头儿又扯到那只鸡上，他说：

"你看怪不怪，那样大火，那只大公鸡一看势头不好，它从苇子里钻出来，三飞两飞就飞到远处的苇地里去了。"

我追问：

"那么那个姑娘呢，她死了吗？"

老人说：

"她更没事。她们有三个女人躲在苇垛里，三个鬼子往回跑的时候，她们就从上面跳下来，穿过苇垛向淀里去了。到同口，你愿意认识认识她，我可以给你介绍，她会说得更仔细，我老了，舌头不灵了。"

最后老头说：

"同志，咱这里的人不能叫人欺侮，尤其是女人家，那是情愿死了也不让人的。可是以前没有经验，前几年有多少年轻女人忍着痛投井上吊？这二年就不同了啊！要不我说，假如是在这二年，我那两只水鹰也不会叫兔崽子们捉了活的去！"

一九四五年

塔 记
——蠡县抗战烈士塔碑记

斯大林同志在抨击丘吉尔的反苏叫嚣的时候说道:"有些人想轻易忘记苏联的损失,即是曾经为了保证欧洲从希特勒压迫下解放出来的人民的巨大损失,可是苏联不能忘记这些损失。"这话深深地感动了我,因为在中国也有些人想轻易忘记解放区人民八年来所经历的战争,为求取解放所付出的代价,想轻易把我们从站脚的地方踢开,他们好重温往日的旧梦。事实上已经证明这些妄想是不可能的了,冀中区的人民,是不能轻易忘记这八年的。因为死去的既然已经埋葬在地下,残废的已经不能肢体齐全,病损的要负担着长期的痛苦以至老死。我们为了求得解放,献出的是身体、精神和生命;这些失掉的东西和由这些东西锻炼成的意志和理想、经验和能力,能够轻轻刷洗下去,能够消失淡漠吗?

蠡县县城,失掉得最早,收复得较晚,而敌人在这里的烧杀迫害比别的地方也更重。除去县城,敌人大据点有大百尺、南庄、李岗、林铺、莘桥;而蠡县又是保定、高阳联结的中心,敌人突击的重点。每次出动,至少七路。而大的"扫荡"则规律性的一月一次。

但这里人民的斗争也最顽强。过去的高蠡暴动虽然失败,却留下了火种。七七事变,蠡县人民觉悟最高,奋起最早。风起云涌,一九三八年一个冬季，蠡县的子弟兵就组成了三个坚强的支队。从此以后，这些人民的军队，县区村的干部和人民，就在大平原上，在大洼里，在秋夏的青纱帐里，奔走、呼号、战斗和牺牲。

烈士里面，有子弟兵，有农民，有知识分子，有孩子们。烈士里面，有的因为伏击、奇袭、攻坚、遭遇，死在战场。有的因为隐蔽在村，被敌人发觉，向外冲杀死在墙院，死在街道，死在洞里。有的因为侦察敌情、内线坐探，死在敌人的据点、炮楼、牢狱和刑场。这些烈士用肉体和精神的全部力量和敌人冲杀搏斗，射击完最后一颗子弹，流尽最后一滴血。他们都是共产党的好党员，好干部，好人民，因为他们生前的奋斗不屈和死后的英雄影响，使我们从"五一大扫荡"以后最艰苦的环境坚持过来，打败敌人，而且胜利了。

死难烈士里面，百分之九十五是共产党员。我想再也用不着别的事实来证明中国共产党和中国人民的血肉关系了。劳苦的和长期被压迫的人民，献出他们的儿子，交给解放战争。共产党组织了这些人物，教育了这批力量，把最好的党员再献给人民——他们的父母！

为什么共产党员在战争的时候，冲锋在前，退却在后？为什么共产党员在临死的时候．还能想起自己的责任，掩藏好文件，拆卸并且破坏了武器，用最后的血液去溅敌人？为什么这些县区干部能在三四年的最艰难的环境里，不分昼夜，在风里雨里，冰天雪地和饥寒里支持住自己和抗日的工作？为什么一个老百姓，一个小孩子，他会为战争交出一切，辗转流离在野地里、丛林里，不向敌人低头？而一旦被敌人捕获，他们会在刺刀下面、烈火上面、冰冻的河里和万丈深的井里，从容就义，而不暴露一个字的秘密？我们说："冀中是我们的！"是包含着这些血泪的意义的。

八年来，我们见到什么叫民族的苦难和什么叫民族的英雄儿女了。

只就县级干部来说，一九四一年秋天，齐庄一役，牺牲的就有王志远县长、陈叔衡政委、丁砚田大队长、王勤公安局长。一九四二年，在南玉田，敌人掘洞快掘到身边了，县长林清斥责妥协的企图，主张最后牺牲，打完两支枪的子弹。敌人往洞里投弹把他炸死，用紧系在他脖颈上的枪纲绳拖出洞外。同年秋后县委组织部长被困室内，敌人要他交枪，他把一支枪，卸去大栓投在门限外面；敌人来取，他用另一支枪击杀之。看见敌人倒在地下，他说："你不要吗，我还拿回来。"这样两次，一个人坚持半天工夫。敌人从房顶纵火，他才从容地把枪拆卸自杀。耿交通科长在牺牲时，则用自己的尸首掩盖武器。

蠡县牺牲县干部最多，那时曾有"蠡县不收县长""干部供不上敌人逮捕"等俗话。但干部前仆后继，壮烈事迹层出不穷，一砖一石地奠定了胜利的基础。他们在这样残酷的环境里坚持，所忍受的艰难、困苦、饥饿、疲累是不能想象的。他们的身体大半衰弱不堪，而他们所完成的工作，创造的奇迹，也是不能想象的。他们是非常时代，创造了非常功绩的人物。

当一个县长上任不久就牺牲，另一个接职，不久又牺牲了。第三个再负起这个担子和责任的时候，他的一个亲戚伤心地问他："你不怕吗？"他不怕！他又英勇地牺牲了。

我们也不忘记那些人们：那些残废的人们，那些因为自己的儿女战死牺牲想念成病的人们，那些在反"扫荡"的时候，热死在高粱地里，冻死在结冰的河水里，烧死在屋里，毒死在洞里的大人孩子们。

我们立碑塔纪念，是为了死去的人，自然也更是为了活着的人。使烈士的英雄面貌和钢铁的声音，永远存在，教育后来。使那些年老的母亲父亲们在春秋的节日，来到这里，抚摸着儿子的名字，呼唤着他，想念他们的战绩的光荣，求得晚年的安慰。使烈士的儿女们，在到学校去学习的路上,到田地里去工作的路上,到战场上去保卫的路上,望见他们父亲的名字刻在这里,坚定他们的意志,壮大他们的勇气。

  我想立塔纪念的意义就在这里了。这塔是结合了人民的意志和力量,人民和他们的子弟的意志和力量来立起高耸在云霄的。塔也结合着人民所受的苦难,所经历的事变,所铸成的希望。塔和这希望将永远存在。

一九四六年春天写

采蒲台的苇

我到了白洋淀,第一个印象,是水养活了苇草,人们依靠苇生活。这里到处是苇,人和苇结合得是那么紧。人好像寄生在苇里的鸟儿,整天不停地在苇里穿来穿去。

我渐渐知道,苇也因为性质的软硬、坚固和脆弱,各有各的用途。其中,大白皮和大头栽因为色白、高大,多用来织小花边的炕席;正草因为有骨性,则多用来铺房、填房碱;白毛子只有漂亮的外形,却只能当柴烧;假皮织篮捉鱼用。

我来得早,淀里的凌还没有完全融化。苇子的根还埋在冰冷的泥里,看不见大苇形成的海。我走在淀边上,想象假如是五月,那会是苇的世界。

在村里是一垛垛打下来的苇,它们柔顺地在妇女们的手里翻动。远处的炮声还不断传来,人民的创伤并没有完全平复。关于苇塘,就不只是一种风景,它充满火药的气息,和无数英雄的血液的记忆。如果单纯是苇,如果单纯是好看,那就不成为冀中的名胜。

这里的英雄事迹很多,不能一一记述。每一片苇塘,都有英雄的传说。敌人的炮火,曾经摧残它们,它们无数次被火烧光,人民的血液保持了它们的清白。

最好的苇出在采蒲台。一次，在采蒲台，十几个干部和全村男女被敌人包围。那是冬天，人们被围在冰上，面对着等待收割的大苇塘。

敌人要搜。干部们有的带着枪，认为是最后战斗流血的时候到来了。妇女们却偷偷地把怀里的孩子递过去，告诉他们把枪支插在孩子的裤裆里。搜查的时候，干部又顺手把孩子递给女人……十二个女人不约而同地这样做了。仇恨是一个，爱是一个，智慧是一个。

枪掩护过去了，闯过了一关。这时，一个四十多岁的人，从苇塘打苇回来，被敌人捉住。敌人问他："你是八路？""不是！""你村里有干部？""没有！"敌人砍断他半边脖子，又问："你的八路？"他歪着头，血流在胸膛上，说："不是！""你村的八路大大的！""没有！"

妇女们忍不住，她们一齐沙着嗓子喊："没有！没有！"

敌人杀死他，他倒在冰上。血冻结了，血是坚定的，死是刚强！

"没有！没有！"

这声音将永远响在苇塘附近，永远响在白洋淀人民的耳朵旁边，甚至应该一代代传给我们的子孙。永远记住这两句简短有力的话吧！

一九四七年三月

回忆沙可夫同志

沙可夫同志逝世,已经很久了。从他逝世那天,我就想写点什么,但是,心情平静不下来,也不知道该从哪里说起。

我对沙可夫同志有两点鲜明印象:第一,他的作风非常和蔼可亲,从来没有对他领导的这些文艺干部疾言厉色;第二,他很了解每个文艺干部的长处,并能从各方面鼓励他发挥这个专长。遇到有人不了解这个同志的优点所在的时候,他就尽心尽力地替这个干部进行解释。

这好像是很简单的事,但沙可夫同志是坚持不懈,并且是非常真诚、非常热心地做去的。

当时,晋察冀边区是一个战斗非常紧张,生活非常艰苦的地区。但就在这里,聚集了不少从各路而来,各自抱负不凡的文艺青年。

在这些诗人、小说家、美术家、音乐家和戏剧家的队伍前面,走着沙可夫同志。他的生活和他的作风一样,非常朴素。他也有一匹马吧,但在我的印象里,他很少乘骑,多半是驮东西。更没有见过,当大家都艰于举步的时刻,他打马飞驰而过的场面。饭菜和大家一样。只记得有一个时期,因为他有胃病,管理员同志缝制了一个小白布口袋,装上些稻米,塞到我们的小米锅里,煮熟了倒出来送给他吃。

我所以记得这点，只是因为觉得这种"小灶"太简单，它反映了我们当时的生活，实在困难。

这些琐事，是他到边区文联工作以后，我记得的。文联刚刚成立的时候，他住在华北联大，我那时从晋察冀通讯社调到文联工作，最初和他见面的机会很少。事隔几年之后，有一次在冀中，据一位美术理论家提供材料，说沙可夫同志当时关心我，就像关心一个"贵宾"一样。我想这是不合事实的，因为我从来也没有当"贵宾"的感觉。但我相信，沙可夫同志是关心我的。因为在和他认识以后，给我的这种印象是很深刻的。

当然，沙可夫同志也很关心这位美术理论家。他在那时负责的工作相当重要。

我很明白：领导文艺队伍和从事文艺创作是两回事。从事创作不妨有点洁癖，逐字逐句，进行推敲，但领导文艺工作，就得像大将用兵一样。因此，任用各种各样的人，我从来也不把它看做是沙可夫同志的缺点，这正是他的优点。在当时，人才很缺，有一技之长，就是财宝。而有些青年，在过去或是现在，确实是发挥了很大作用的。

我只是说，当时沙可夫同志领导的这个队伍，真是像俗话所说，"宁带千军万马，不带十样杂耍"，是很复杂的，很难带好的，并且是常常发生"原则的分歧"的。什么理论问题，都曾经有过一番争论。在争论的时候，大都是盛气凌人，自命高深的。我记得，有一次是关于民族形式之争。在文联工作的一些同志，倾向于"新酒新瓶"，在另外一处地方，则倾向于"旧瓶新酒"。我是倾向于"新酒新瓶"的，在《晋察冀日报》上，写了一篇短文，其中有一句大意是："有过去的遗产，还有将来的遗产。"这竟引起了当时两位戏剧家的气愤，在开会以前，主张先不要进行讨论，以为"有很多人连文艺名词还没弄清"，坚持"应该先编印一本文艺词典"。事隔二十年，不知道这两位同志编纂出这部词书没有？我当时的意思只是说，艺术形式是逐渐发展的，遗产也是积累起来的。

周围站立着这样多的怒目金刚，沙可夫同志总是像慈悲的菩萨一样坐在那里，很少发言，甚至在面部表情上，也很难看出他究竟左袒哪一方。他叫大家尽量把意见说出来。他明白：现在这些青年，都只是在学习的路上工作，也可以说是在工作的路上学习。谁的意见也不会成为定论，谁的文章也不会成为经典的。但在他做结论的时候，却会使人感到：这次会确实开得有收获，使持各种意见的同志都心平气和下来，走到团结的道路上去，正确执行着党在当时规定的政策。

沙可夫同志在发言的时候，既无锋利惊人之辞，也无叱咤凌厉之态，他只是平平淡淡地讲着，忠实地简直是没有什么发挥地反复说明党的政策。他在文艺问题上，有一套正确的、系统的见解，从不看风使舵。总结工作中的成绩和缺点的时候，实事求是。每次开会，我都有这样一个感觉：他传达着党的文艺方针和政策，就像他从事翻译那样忠实。

是的，沙可夫同志是把他从事翻译的初心，运用到工作里来的。他对文艺干部的领导，是主张多让他们学习。在边区，他组织多次大型的、古典话剧的演出。凡是真正有价值的文学作品，不分古今中外，不管是什么流派，他都帮助大家学习。有些同志，一时爱上了什么，他也不以为怪，他知道这是会慢慢地充实改变的。实际也是这样。例如故去的邵子南同志，当时是以固执欧化著称的，但后来他以同样固执的劲头，又爱上了中国的"三言"。此外，当时对《草叶集》爱不释手的人，后来也许会主张"格律"；喜欢马雅可夫斯基跳动短句的人，也许后来又喜欢了字句的修长和整齐。

在当时那种一切都是从困难中产生的环境里，他珍爱同志们的哪怕是小小的成果。凡有创作，很少在他那里得不到鼓励，更谈不到什么"通不过"了。当然，那时文艺和战争、生产密切结合，好像也很少出现什么有害的作品。当时文联出版一种油印的刊物，叫作《山》，版本的大小和厚薄，就像最早期的《译文》一样，用洋粉连纸印刷。编辑部设在牛栏村东头，一间长不到一丈，宽不到四尺，堆满农具，只有个一尺见方的小窗子的房子里。编辑和校对就是我一个人。沙可夫同志领导这个刊物，真是"放手"，我把稿子送给他看，很少有不同的意见。他不但为这刊物写发刊辞，翻译了重要的理论文章，为了鼓励我们创作，他还写了新诗。

我已经忘记这刊物出了多少期，但它确实曾经刊登了一些切实的理论和作品，著名作家梁斌同志的纸贵洛阳的《红旗谱》的前身，就曾经连续在这个刊物上发表。那时冀中平原的战斗，尤其频繁艰苦，同志们得不到休息的机会和学习的机会，有时到山里来开会，沙可夫同志总是很好地招待，给他们学习的时间和写作的时间。他们有些作品，也发表在这个刊物上。

我和沙可夫同志虽然相处有一二年的时间，但接触和谈话并不很多。我只是一个普通的干部，有些会议并不一定要我去参加。加以我的习性孤独，也很少主动到他那里闲谈。最初，我只知道他在七七事变以前，翻译过很多文学作品，在当时起了很大的革命和文学的推动作用，至于他学过戏剧，是到山里以后，才知道一些。关于他曾经学过音乐，并从事革命工作那么长久，是他死后从讣文上我才知道。这当然是由于我的孤陋寡闻，但也证明沙可夫同志，不只在仪表上，非常温文儒雅，在内心里也是非常谦虚谨慎。他好像从来也没有对人夸耀：他做过什么，或是学过什么，或是什么比你们知道得多……

是一九四二年吧，文联的机关取消，分配我到《晋察冀日报》社去工作，当时，我好像不愿去当编辑，愿意下乡。我记得在街上遇到沙可夫同志，我把这个意见提了，那一次他很严肃地只说了三个字："工作么！"我没有再说，就背上背包走了。这时我已入了党。

从此以后，好像就很少见到他。一九四四年，我们先后到了延安，有一天，他来到鲁艺负责同志的窑洞里，把我叫去，把我在敌后的工作情况，向那位负责同志谈了。送出我来，还问我：是不是把家眷接到延安来？这或者是因为他看到在那里工作的同志，差不多都有配偶，觉得我生活得有些寂寞吧。

全国胜利以后，在一次文艺大会上，休息时我到他的座位那里，谈了几句。他问我近几年写了什么东西，又劝我注意身体，这或者是因为他看出我的身体已经不大好了吧。

一九五九年夏天，我养病到北戴河，一天黄昏，我在海边散步，看见他站在一块岩石上钓鱼，我跑了过去。他一边钓着鱼，一边问了问我的病的情形。当时我看他精神很好，身体外表也很好。在他脚下有处水槽，里面浮动着两只海蟹。但他说的话很少，我就告辞走了。这或者是因为他正在集中精神钓鱼，也或者是因为他自己知道自己的病情，不愿意多说话耗费精神吧。

从此，就再没见过面。

关于沙可夫同志，在他生前，既然接近比较少，多少年来我也没有从别人那里打听过他的生平。关于他的工作，事实和成效俱在，也毋庸我在这里称道。关于他的著述，以后自然有地方要编辑出版。我对于他的记述，真是大者不知，小者不详。整理几点印象，就只能写成这样一篇短文。

一九六二年三月十一日于北京
一九七八年三月改

关于《荷花淀》的写作

《荷花淀》最初发表在延安《解放日报》的副刊上，是一九四五年春天，那时我在延安鲁迅艺术文学院学习和工作。

这篇小说引起延安读者的注意，我想是因为同志们长年在西北高原工作，习惯于那里的大风沙的气候，忽然见到关于白洋淀水乡的描写，刮来的是带有荷花香味的风，于是情不自禁地感到新鲜吧。当然，这不是最主要的，是献身于抗日的战士们，看到我们的抗日根据地不断扩大，群众的抗日决心日益坚决，而妇女们的抗日情绪也如此令人鼓舞，因此就对这篇小说发生了喜爱的心。

白洋淀地区属于冀中抗日根据地。冀中平原的抗战，以其所处的形势，所起的作用，所经受的考验，早已为全国人民所瞩目。

但是，这里的人民的觉醒，也是有一个过程的。这一带地方，自从九一八事变以来，就屡屡感到日本帝国主义的威胁。卢沟桥事变不久，敌人的铁蹄就踏进了这个地区。这是敌人强加给中国人民的一场大灾难。而在这个紧急的时刻，国民党放弃了这一带国土，仓皇南逃。

农民的爱国心和民族自尊心是非常强烈的。他们面对的现实是：强敌压境，自己的生命，自己的家园，自己的妻子儿女，都没有了保障。

他们要求保家卫国,他们要求武装抗日。

共产党和八路军及时领导了这一带广大农民的抗日运动。这是风起云涌的民族革命战争,每一个人都在这场斗争中献出了自己的全部力量。

在抗日的旗帜下,男女老少都动员起来了,面对的是最残暴的敌人。不抵抗政策,早已被人们唾弃。他们知道:凡是敌人,如果你对他抱有幻想,不去抵抗,其后果,都是要不堪设想,无法补偿的。

这是全民战争。那时的动员口号是:有人出人,有枪出枪,有钱出钱,有力出力。

农民的乡土观念是很重的。热土难离,更何况抛妻别子。但是青年农民,在各个村庄,都成群结队地走上抗日前线。那时,我们的武装组织有区小队、县大队、地区支队、纵队。党照顾农民的家乡观念,逐步逐级地引导他们成为野战军。

农民抗日,完全出于自愿。他们热爱自己的家、自己的父母妻子。他们当兵打仗,正是为了保卫他们。暂时的分别,正是为了将来的团聚。父母妻子也是这样想。

当时,一个老太太喂着一只心爱的母鸡,她就会想到:如果儿子不去打仗,不只她自己活不成,她手里的这只母鸡也活不成。一个小男孩放牧着一只小山羊,他也会想到:如果父亲不去打仗,不只他自己不能活,他牵着的这只小山羊也不能活。

至于那些青年妇女,我已经屡次声言,她们在抗日战争年代,所表现的识大体、乐观主义以及献身精神,使我衷心敬佩到五体投地的程度。

《荷花淀》所写的,就是这一时代,我的家乡,家家户户的平常故事。它不是传奇故事,我是按照生活的顺序写下来的,事先并没有什么情节安排。

白洋淀属于冀中区,但距离我的故乡,还有很远的路。

一九三六年到一九三七年，我在白洋淀附近，教了一年小学。清晨黄昏，我有机会熟悉这一带的风土和人民的劳动、生活。

抗日战争时期，我主要是在平汉路西的山里工作。从冀中平原来的同志，曾向我讲了两个战斗故事：一个是关于地道的，一个是关于水淀的。前者，我写成一篇《第一个洞》，后者就是《荷花淀》。

我在延安的窑洞里一盏油灯下，用自制的墨水和草纸写成这篇小说。我离开家乡、父母、妻子，已经八年了。我很想念他们，也很想念冀中。打败日本帝国主义的信心是坚定的，但还难预料哪年哪月，才能重返故乡。

可以自信，我在写作这篇作品时的思想、感情，和我所处的时代，或人民对作者的要求，不会有任何不符拍节之处，完全是一致的。

我写出了自己的感情，就是写出了所有离家抗日战士的感情，所有送走自己儿子、丈夫的人们的感情。我表现的感情是发自内心的，每个和我生活经历相同的人，就会受到感动。

文学必须取信于当时，方能传信于后世。如在当代被公认为是诳言，它的寿命是不能长久的。时间检验了这篇五千字上下的小作品，使它得以流传到现在。过去的一些争论，一些责难，现在好像也不存在了。

冀中区的人民，在八年抗日战争中作出重大贡献，忍受重大灾难，蒙受重大损失。他们的事迹，必然要在文学上得到辉煌的反映，流传后世。《荷花淀》所反映的，只是生活的一鳞半爪。关于白洋淀的创作，正在方兴未艾，后来者应该居上。

一九七八年十一月五日草成

《善闇室纪年》摘抄

一九四四年(三十一岁)返至华北联大教育学院,立即得到通知,明日去延安。

次日,领服装上路,每人土靛染浅蓝色粗布单衣裤两身。我去迟,所得上衣为女式。每人背小土布三匹,路上卖钱买菜。

行军。最初数日,越走离家乡越远,颇念家人。

路经盂县,田间候我于大道。我从机关坚壁衣物处携走田的日本皮大衣一件。

我们行军,无敌情时,日六七十里,悠悠荡荡,走几天就休息一天,由打前站的卖去一些土布,买肉改善伙食。

至陕西界,风光很好。

在绥德休息五天。晋绥军区司令部,设在附近。吕正操同志听说我在这里路过,捎信叫我去。我穿着那样的服装,到他那庄严的司令部做客,并见到了贺龙同志,自己甚觉不雅。我把自己带着的一本线装《孟子》,送给了吕。现在想起来,也觉举动奇怪。

绥德是大山城,好像我们还在那里洗了澡。

清涧县城给我留下了很深的印象。那里的山,是一种青色的、湿润的、平滑的板石构成的。那里的房顶、墙壁、街道,甚至门窗、灶台、炕台、地下，都是用这种青石建筑或铺平的。县城在峭立的高山顶上，清晨黄昏，大西北的太阳照耀着这个山城，确实绮丽壮观。雨后新晴，全城如洗过，那种青色就像国画家用的石青一般沉着。

米脂，在陕北是富庶的地方。县城在黄土高原上，建筑得非常漂亮。城里有四座红漆牌坊，就像北京的四牌楼一样。

我们从敌后来。敌后的县城，城墙，我们拆除了，房屋街道，都遭战争破坏；而此地的环境，还这样完整安静。我躺在米脂的牌坊下，睡了一觉，不知梦到何方。

到了延安，分配到鲁迅艺术文学院，先安置在桥儿沟街上一家骡马店内。一天傍晚，大雨。我们几个教员，坐在临街房子里的地铺上闲话。我说：这里下雨，不会发水。意思是：这里是高原。说话之间，听流水声甚猛，探身外视，则洪水已齐窗台。急携包裹外出，刚刚出户，房已倒塌。仓皇间，听对面山上有人喊：到这边来。遂向山坡奔去。经过骡马店大院时，洪水从大门涌入，正是主流，水位迅猛增高。我被洪水冲倒，弃去衣物，触及一拴马高桩，遂攀登如猿猴焉。大水冲击马桩，并时有梁木、车辕冲过。我怕冲倒木桩，用脚、腿拨开，多处受伤。好在几十分钟，水即过去。不然距延河不到百米，身恐已随大江东去矣。

后听人说，延河边有一石筑戏楼，暑天中午，有二十多人，在戏楼上乘凉歇晌。洪水陡至，整个戏楼连同这些人，漂入延河。到生地方，不先调查地理水文，甚危险也。

水灾后，除一身外，一无所有。颇怨事先没人告诉我们，此街正是山沟的泄水道。次日，到店院寻觅，在一车脚下找到衣包，内有单衣两套。拿到延河边，洗去污泥，尚可穿用。而千里迢迢抱来田间的皮大衣，则已不知被别人捡去，还是冲到延河去了。那根拿了几年的六道木棍，就更没踪影了。

在文学系，名义是研究生。先分在北山阴土窑洞，与公木为邻。

后迁居东山一小窑,与鲁藜、邵子南为邻。

一些著名作家,戏剧、音乐、美术专家,在这里见到了。

先在墙报上发表小说《五柳庄纪事》,后在《解放日报》副刊,发表《荷花淀》《芦花荡》《麦收》等。提升教员,改吃小灶,讲《红楼梦》。

生活:窑洞内立四木桩,搭板为床。冬季木炭一大捆,很温暖,敌后未有此福也。

家具:青釉瓷罐一,可打开水。大砂锅一,可热饭,也有用它洗脸的。水房、食堂,均在山下。经常吃到牛羊肉,主食为糜子。

刚去时,正值大整风以后,学院表面,似很沉寂。原有人员,多照料小孩,或在窑洞前晒太阳。黄昏,常在广场跳舞,鲁艺乐队甚佳。

敌后来了很多人,艺术活动多了。排练《白毛女》,似根据邵子南的故事。

我参加的生产活动:开荒,糊洋火盒。修飞机场时,一顿吃小馒头十四枚。

延安的土布,深蓝色,布质粗而疏,下垂。冬季以羊毛代棉絮,毛滑下坠。肩背皆空。有棉衣,甚少。邓德滋随军南下,相约:在桥儿沟大道上,把他领到的一件棉上衣换给我。敌后同来的女同志,为我织毛袜一双,又用棉褥改小袄一件,得以过冬。

讲课时,与系代主任舒群同志争论。我说《红楼梦》表现的是贾宝玉的人生观。他说是批判贾宝玉的人生观,引书中《西江月》为证。

沙可夫同志亦从前方回来,到学院看我,并把我在前方情况,介绍给学院负责人宋侃夫同志。沙见别人都有家眷,而我独处,关怀地问:是否把家眷接来?彼不知无论关山阻隔,小儿女拖累,父母年老,即家庭亦离她不开。

一九七九年

"古城会"

一九三八年初冬,敌人相继占领了冀中大部县城。我所在的抗战学院,决定分散。在这个时候,学院的总务科刘科长,忽然分配给我一辆新从敌占区买来的自行车。

我一直没有一辆自行车,前二年借亲戚间的破车子骑,也被人家讨还了。得到一辆新车,心里自然很高兴,但在戎马倥偬、又多半是夜间活动的当儿,这玩意儿确实也是个累赘。再说质量也太次,骑上去,大梁像藤子棍做的,一颤一颤的。我还是收下了,虽然心里明白,这是刘科长在紧急关头,采取的人分散物资也分散的措施。

我带着一个剧团,各处活动了一阵子,就到了正在河间一带活动的冀中区总部。冀中抗联史立德主任接收了我们,跟着一二○师行军,当天黄昏站队的时候,史主任指定我当自行车队的队长。当然,他的委任,并非因为我的德才资都高人一等,而是因为我站在这一队人的前头,他临时看见了我。我虽然也算是受命于危难之时,但夜晚骑车的技术,实在不够格,经常栽跤,以致不断引起后面部属们的非议。

说实在的,这个抗联属下的自行车中队,是一群乌合之众。他们都是些新参加的青年学生,他们顺应潮流,从娇生惯养的家里出来,原想以后有个比较好的出路。出来不多两天，就遇到了敌人的大进攻，大"扫荡"，他们思家心切，方寸已乱。这是我当时对我所率领的这支部队的基本估计，并非因为他们不服从或不尊重我的领导。

一二〇师，是来冀中和敌人周旋打仗的，当然不能长期拖着这个调动不灵的尾巴，两天以后，冀中区党委，就下令疏散。

我同老陈同志被指令南下，去一分区深县南部一带工作。

一天清早，我同老陈离开队伍往南走，初冬，田野里已经很荒凉，只有一堆堆的柴草垛。天晴得很好，远处的村庄上面，有一层薄薄的冬雾笼盖着，树林和草堆上，也都挂着一层薄薄的霜雪。路上没有一个行人，也遇不到一只野兔。四野像死去了一样沉寂，充满了无声的恐怖。

我们一边走着，一边注视着前面的风吹草动，看有没有敌情。路过村庄，也很少见到人。狗吠叫着，有人从门缝中望望，就又转身走了。一路上都有惊魂动魄之感。

我和老陈，都是安平县人，路过安平境，谁也没想到回家去看看。天快黑的时候，我们到了深县境内。

"我们在哪里吃饭住宿呢？"一路上我同老陈计议着。

"我二兄弟国栋，听说在大陈村教武术，这里离大陈村不远了，要不我们去找找他吧！"老陈说。

老陈兄弟三人，他居长，自幼读书，毕业于天津第一师范，后在昌黎、庆云等处执教多年，今年回到家乡参加抗日，在抗战学院任音乐教官。

他的三弟，听说在南方国民党军队做事。他的二弟在家过日子，我曾见过，是个有些不幺不六的愣小伙子，常跟人打架斗殴，和老陈的温文尔雅的作风，完全不一样。

天很黑了，我们才到了这个村庄。这是个大村庄，我们顺南北大街往前走，没遇到一个人。我们也不敢高声喊问。

走到路西一家大梢门前面，老陈张望了一下，说：

"我记得他就在这个院里，敲门问问吧！"

刚敲了两下门，就听得有几个人上了房，梢门上有像城墙垛口一样的建筑。

"什么人！"有人伸出头来问，同时听到拉枪栓的声音。

"我们找陈国栋，"老陈说，"我是他的大哥！"

听到房上的人嘀咕了几句，然后说：

"没有！"

紧接着就望天打了一枪。

我同老陈跟跄登上车子，弯腰往南逃跑，听到房上说：

"送送他们！"

接着就是一阵排枪，枪子从我们头上飞过去，不过打的比较高。我们骑到村南野外大道上，两旁都是荆子地，我倒在里面了。

我们只好连夜往深南赶，天明的时候，在一个村庄前面，见到了八路军的哨兵，才算找到了一分区。

在一家很好的宅院里，很暖和的炕头上，会见了一分区司令员和政委。并见到了深县县长张孟旭同志，张和老陈是同学，和我也熟。他交给我们一台收音机，叫我们每天收一些新闻，油印出来。

从此，我和老陈，就驮着这台收音机打游击，夜晚，就在老乡的土炕上，工作起来。

我好听京剧，有时抄新闻完了，老陈睡下，我还要关低声音，听唱一段京戏。老陈像是告诫我：

"不要听了，浪费电池。"

其实，那时还没有我们自己的电台，收到的不过是国民党电台广播的消息，参考价值并不大。我还想，上级给我们这台收音机，不过是叫我们负责保管携带，并不一定是为了听新闻。

老陈是最认真负责，奉公守法的人。

抗战胜利，我又回到冀中，有一次我在家里，陈国栋来找我，带着满脸伤痕，说是村里有人打了他。我细看他的伤，都是爪痕，我问：

"你和妇女打架了吗？"

"不是。有仇人打了我。"他吞吞吐吐地说。

我判定他是自己造的伤，想借此和人家闹事。我劝他要和睦邻里，好好过日子，不要给他哥哥找麻烦。最后，我问他：

"那次在大陈村，你在房上吗？"

"在！"他斩钉截铁地说。

"在，你为什么不让我们进去？"

"黑灯瞎火，我知道你们是什么人？"

"你哥哥的声音，你也听不出来吗？"

"兵荒马乱，听不出来。"

"唉！"我苦笑了一下说，"你和我们演了一出古城会！"

一九八一年十一月四日上午

第一次当记者

一九三八年冬季,我和老陈,又在深县马庄隐蔽了一段时间,冀中区的形势越来越不佳。次年初,就奉命过平汉路西去工作了。

这是王林同志来,传达的黄敬同志的命令。在驻定县境内七地委那里,开了简单的组织介绍信。同行的有冀中导报的董逸峰,还有安平县的一个到边区受训的区干部。我那时并非党员,除了这封信外,王林又用当时七地委书记张雪峰的名义,给我写了一封私函,详细说明我在冀中区的工作情况,其中不乏赞扬器重之词。这本来是老王的一番朋友之情。但是我这个人很迂挚,我当时认为既是抗日工作,人人有份,何必作私人介绍?又没有盖章,是否合适?在路上,我把信扔了。不知道我在冀中工作,遇到的都是熟人,一切都有个看顾,自可不必介绍,而去阜平则是人地两生之处。果然,到了阜平,负责组织工作的刘仁同志,骑马来到我们的驻地,分别和我们谈了一次话。老陈很快就分配了。而我住在招待所,迟迟不得分配。每天饭后爬到山头上,东迎朝霞,西送落日,颇有些惆怅之感。后来还是冀中区过去了人,刘仁同志打听清楚,才把我分配到刚刚成立的晋察冀通讯社工作。

这还算万幸,后来才知道,当时有一批所谓"来路不明"的人,也被陆续送往边区。和我同来的那个区干部，姓安，在没分配之前，有一天就找到我说："我和你们在路上说的话，可不能谈，我是个党员，你不是党员。"弄得我很纳闷，想了半天，也想不起在路上，他曾和我们说过什么不是党员应该说的话。我才后悔：千不该万不该把老王那封信撕掉。并从此，知道介绍信的重要性。还明白了，参加革命工作，并非像小说上说的，一进来，就大碗酒、大块肉，论套穿衣服，论秤分金银，还有组织审查这一道手续。

晋察冀通讯社设在阜平城南庄，主任是刘平同志。此人身材不高，仪表文雅，好抽烟斗，能写当时胡风体的文艺论文，据说刚从北平监狱放出不久。我分在通讯指导科，科长姓罗，是抗大毕业生，宁波人，青年学生。此人带有很大的洋场恶少成分，为人专横跋扈，记得一些革命和文艺的时髦名词，好给人戴大帽子。记得在边区记者协会成立时，我忘记说了一句什么话，他就说是周作人的理论。这种形左实右的人，在那时还真遇到不少，因为都是青年人。我置之不理，留下了非常不良的印象。他平时对我还算客气，这一是因为我年事较长，不与人争；二是因为我到社不久，就写了一本小册子，得到铅印，自己作品，封面上却写上集体创作，他以为我还算虚心，有可取之处。那时，因为伙食油水少，这位科长尤其嘴馋，我们在业余之暇，常到村外小河芦苇深处，掏些小沙鱼，回来用茶缸煮煮吃。（那里的老乡，不叫用他们的锅煮这些东西，甚至鸡也不让煮。他们还不许在他们的洗脸盆里用肥皂。他们说，闻不惯这些味道。这是事实。）每次掏鱼，他都是站在干岸上，很少下水，而且不断指手划脚，嘴里不三不四，使人生厌，兴趣索然。

我和他睡在老乡家一条乌黑发亮、没有炕席、枕头和褥子的土炕上。我好失眠，有时半夜里，在月光之下，看见他睁大两只眼睛，也没有安睡。后来我才知道，他正在和社里一位胖胖的女同志，偷着谈恋爱。那时候，虽然没有明文规定，但恋爱好像是很不体面的事。

罗后来终于和这位女同志结了婚，并一同调到平北游击区去工作。那里很残酷，礼拜六，罗骑马去接妻子，在路途遇见敌人，中弹牺牲。才华未展，深为可惜。

就在到通讯社的这年冬季，我有雁北之行。边区每年冬季，都遭敌人"扫荡"。因此派一些同志，到各分区采访，一是工作，二是疏散。罗科长在我们早晨出操的农民场院里，传达了主任的指示。

同行者三人：我，还有董逸峰，是从冀中和我一同过路来的。此人好像被列入"来路不明"的那一类，后来竟不知下落。另一人姓夏。此人广东籍，小有才气，写过一些通讯，常常占去当时《晋察冀日报》的整个四版。我现在想，通讯文章之长，在开天辟地之时，就发生了。那时报纸虽不大，但因消息来源小，下面来稿也少，所以就纵容这些记者们，去写长篇通讯。随后，就形成了一种风气，一直持续抗战八年，衍及现代。这是题外的话。夏好像已是党员，社长虽未公布他是我们的负责人，但我忖度形势，他是比我们更被信任的。

出发时，已发棉装，系中式土布土染袄裤，短小而不可体。另有一山西毡帽，形似未打气的球皮，剪开一半，翻过即可护耳，为山地防寒佳品。腰间结一布带（很少有人能结皮带）。当时如摄影留念，今日观之，自是寒伧，在当时和农民比较，却又优越得多了。

从阜平去雁北，路很难走，我们走的又多是僻路，登山涉水，自是平常，有时还要从两山挟持的罅缝中，相互推举牵拉，才能过去。详细沿途情形，现已记忆不清，走了几天，才到了雁北行署所在地。

当时的雁北地区，主要指应县、繁峙一带，我们活动的范围并不大，而敌人对此处，却很重视，屡次"扫荡"。行署主任是王斐然同志，王本是我在育德中学时的图书管理员，是接任安志诚先生的。我在学校时的印象，他好像是一九二七年大革命失败后，到学校任职的，整天穿一件不太干净的深蓝布大衫，走路有些蹒跚，给人一种有些潦倒的印象。他对校方有些不满，曾经和我谈过当时的一名被校长信任的会计，是"恨无媚骨，幸有长舌"的人物。在学校，他还曾送我一本不很流行的李守章的小说，名叫《跋涉》，使我长期记住这位昙花一现的作家的名字。

　　到了行署，王震的部队正在这一带活动，我同董逸峰跟随部队活动了一程子。在一次集合时，在山脚下遇到了两个小同乡：一个是东邻崔立国，他父亲是个商人；一个是同街道的孙建章，他父亲是个木匠。异地相逢，非常亲热，他们都是王震旅的战士。在山下，朔风呼啸，董逸峰把他穿的一件日本黄呢军大衣，脱下来叫我穿上，也使我一直感念不忘。此人南方人，白皙，戴眼镜，说话时紧闭嘴唇，像轻蔑什么东西一样。能写些作品。

　　我跟随一个团活动。团政治主任，我忘记了他的姓名，每餐都把他饭盒里的菜，分一些给我吃。以后我到部队采访，经常遇到这种年轻好客的指挥人员。

　　敌人又进行"扫荡"，我回到行署，有些依赖思想，就跟随王斐然转移。有一天走到一个村庄，正安排着吃顿羊肉，羊肉没有熟，就从窗口望见进村的山头上，有了日本兵。我们放下碗筷，赶紧往后山上跑，下山后就是一条河，表面已经结了冰，王斐然穿着羊皮袍子，我穿着棉裤，蹚了过去。过了河，半截身子都是水，随即结成了冰，哗哗地响着，行走很不便。我发起高烧，王斐然给找了担架。夜晚到了一处高山，把我放在一家没有人住的农舍外屋，王与地委书记等人开会，地委书记说要高度疏散，问他还带着什么人，他说有一名记者。地委书记说，记者为什么不到前方去？他说，他病了。

　　在反"扫荡"时，王有时虽也因为有这样一个学生拖累，给他增添不少麻烦，曾有烦言。但在紧急关头，还是照顾了我。不然，战争年代，在那样人地两生的荒凉之地，加上饥寒疾病，我一个人活动，很可能遇到危险的，甚至可能叫野狼吃掉。所以也一直对他感念不尽。

接近旧历年关时,我们这个被称做记者团的三个人,回到了通讯社。我只交了一篇文艺通讯稿,即《一天的工作》。夏一个人向领导作了汇报。刘平同志在开会时,委婉而严厉地对我们的这次出差,表示了不满。

后来,我知道夏这个人,本身散漫,不守纪律,对别人却好造作谎言,取悦领导。全国解放以后,他曾以经济问题,受到制裁。

我有这样的经验,有的人在战争打响时,先叫别人到前方去;打了胜仗慰问时,他再到前方去。对于这样的记者或作家,虽是领导,我是不信服,也不想听从的。

我虽在幼年就梦想当一名记者,此次出师失败,证明我不适宜当记者,一是口讷,二是孤僻。所以后来就退而当编辑了。

一九八一年十一月六日改讫

编　后　记

在我国现当代文学史上，孙犁是一位众所周知的、风格独具的作家，而他以抗日战争为题材创作的文学作品，更是誉满天下。著名作家魏巍说："抗战小说，数孙犁同志写得最多，也写得最好。"

孙犁从1937年正式加入抗日队伍，直到1945年抗日战争结束，经历了艰苦卓绝的战争全过程。

八年中，他从河北到延安，从冀中平原到太行山区，参加过无数次水上游击、村野地道战，其间爬坡行军、山沟宿营更是家常便饭。这一段让他热血沸腾的岁月，牢牢地植根于他的心中。直到生命的晚年，他还在回忆说："我非常怀念经历过的那一个时代，生活过的那些村庄……我非常怀念那时走过的路，踏过的石块，越过的小溪，记得那些风雪、泥泞、饥寒、惊扰和胜利的欢乐，同志们兄弟般的感情。"正因为如此，孙犁的文学之路与生活之路，形成了无间的融合，他称自己的抗日作品中"自传的成分多"。只要我们仔细阅读这些作品，就会发现，不少散文中的人和事，就是小说中的人物和事件的原型。情真意切、感人至深便是很自然的了。

收入本书的作品分为两部分，一为写于抗战期间的，一为日后回忆抗战生活的。小说、散文均以写作时间先后为序，这样更能见出当时的斗争环境和作者的思想脉络，也符合读者大众的阅读习惯。

　　有不尽意处，还望读者、方家不吝赐教，不胜感激。

编选者
2016年3月